我們仰望的四個天空

張婷慧
JENNY TINGHUI ZHANG

艾平——譯

獻給我的父母

目次

Contents

第一部

芝罘，中國[1]

Zhifu, China

1882

1｜譯注：目前學界普遍認爲，「中國」一詞及其背後之國族概念是由梁啟超等人於二十世紀初提倡，本書故事背景設定於十九世紀末，一般老百姓間應無此觀念。在不妨礙理解的情況下，爲求譯文簡明易懂，本書統一將原文的China簡譯爲「中國」，Chinese則依據原文情境，從「華人」及「中國人」間擇一使用。

1

我被綁架的時候，不是在小巷，不是大半夜，不是獨自一人。

我被綁架的時候，十三歲，就站在芝罘海岸路上的魚市場中央，看著一個微胖的女人將一條條鐵鏟狀的白魚堆成一落。女人蹲得很低，曲起的膝蓋抵在腋窩旁，她重新調整魚堆放的順序，把賣相最好的擺到最上層。在我們四周，還有其他十來位魚販也在做著同樣的事，他們的魚在懸掛的漁網裡擺動著。網子下方置有好幾個桶子，用來承接魚身滴下來的水。活魚身上的水流得一地都是，讓地板顯得光滑發亮。牠們胡亂擺動時，空中彷彿閃爍著銀色煙火。

整個地方聞起來又濕又生。

有人在大聲叫賣紅鯛。很新鮮喲！他們說。從北直隸海灣來的！另一個叫賣聲蓋過前一個，更大聲，更響亮。這裡有鯊魚鰭！保證貨！男人吃了更持久，女人吃了變漂亮，還可以幫家裡小皇帝補補元氣！

那些替主人來魚市場跑腿的家僕聽見這話，宛如聽見詩歌，一群人爭先恐後朝叫賣鯊魚鰭的方向湧去。升遷、上位、爭寵的美好希望，全都靠這鯊魚鰭的品質了。

眾人吵吵鬧鬧時，我的視線繼續鎖定在賣魚的女人身上。她還在整理她的魚，她的魚不像別人的一樣擠在漁網中，而是平鋪在一片防水布上。她弄著弄著，一兩條魚從魚堆頂上滑了下來，滑到防水布的邊緣，看上去毫無防備又無人注意。

飢餓感緊緊壓迫著我的胃。偷一條魚應該很容易吧。我只要湊近，抓起離她最遠的魚，然後拔腿跑掉就行了。這麼短的時間內，女人一定連站起來的機會都沒有。我用指尖搓了搓褲子口袋裡的銀子，然後鬆手。這筆錢應該省下來，不能浪費在這些軟趴無力的魚上面。我只會拿走一兩條，她隔天就能賺回來的。大海向來不虞匱乏。

然而，當我好不容易下定決心，賣魚的女人竟發現了我。她立刻就嗅出來者何意，看穿我正受飢餓的折磨，肚子堅決要求吞噬所有它能接觸到的東西。我被自己瘦如蘆葦的身體給出賣了。她能認出所有膽敢溜進魚市場的髒小孩，識破我們的意圖。我來不及把視線移開，她已經大步一跨站到我面前，身軀跟著呼吸上下起伏。

你想做什麼？

她瞇起眼盯著我，伸手朝我大力一揮，手掌跟平底鍋一樣大。

我躲開一擊，然後又閃過一擊。走開！走開！她大喊。身後的白魚小山靜靜地閃閃發亮。我還有時間抓起幾條然後溜之大吉。

不過，此時市場裡的其他人也注意到我們的動靜了。

這小混蛋昨天就來過這裡，我看見了！有人大叫。抓住這小子，我們賞他一頓鞭子！

周圍的魚販紛紛大聲附和。他們繞過各自的魚，在我和女人旁邊圍成一堵人牆。我待得太久了，我心想。他們的肩膀緊緊相靠，越來越緊密。倘若我能順利脫身回去，要跟王師父解釋的事可多了。前提是，他還允許我繼續留下來的話。

拿下他！某人用興奮的口吻大喊。女人使力張開雙臂朝我撲過來，嘴巴大張，牙齦色澤髒腐。魚販們在她身後，一張張臉鼓漲飽滿，寫滿了期待。我閉上眼，做好準備。

但是，事情出乎我所預料。取而代之的，是肩上傳來的一股力量，溫暖而堅定。我睜開眼睛。女人僵在那裡，雙手仍然大張著。旁邊的魚販們同時吸了口氣。

你跑去哪兒了，一個聲音說。聲音來自上方，蜜糖般的音調。我到處找你。

我抬起頭，男子修長的身體輪廓映入眼簾，他的額頭寬大，下巴很尖，低頭看著我笑。他很年輕，但身上帶著年齡稍長者才有的穩重氣質。我曾聽過關於天上神仙的傳說，關於龍化爲人形、成爲守護者的故事，關於這些人總是出手保護像我一樣的人的故事。

男人對我眨眼示意。

你認識這個小無賴？女魚販重重喘氣。她的手現在垂在身體兩側，又紅又髒。

無賴？男人笑了。他不是無賴，他是我侄子。

周遭的魚販發出不滿的咕噥聲，紛紛散去，回到稍早擱下的漁獲後面。今天沒有好戲看了。紅鯛！紅鯛！第一個販子又吆喝了起來。

但是我看得出來，賣魚的女人不相信眼前這個男人。她怒視著他，然後瞪向我，想要令我心虛，逼我把視線移開。從男人放在我肩頭上的手，以及手上傳來的微溫之中，隱約傳達出一個訊息：如果我這麼做，便永遠無法從這裡脫身。我繼續回瞪女人，眼睛沒眨半下。

如果妳還有疑慮，男人接著說，可以跟我的父親吳師傅談談。

神奇的事發生了，男人的話語彷彿在空氣中釋放了魔法，賣魚的女人自己先移開了視線。我眨眨眼，一下、兩下、三下，眼皮和眼球中間因爲太乾而刺痛。

抱歉啦，吳公子。她說，還鞠了個躬。這裡太暗，魚味也弄得我頭昏腦脹。我會送些最上等的魚給吳師傅，彌補一下今天這場大誤會。

我們一起離開市場，我和這位瘦高且朝我眨眼的陌生人。他的手一直搭在我肩上，直到我們走回街上才收回。那時日正當中，陽光將四周一切照得鬱鬱蔥蔥，閃著金黃色的光輝。一個小販用推車載著一頭母豬經過我們，牠的乳頭搖晃著。

我們來到芝罘海岸路上的國際貿易中心區。在英國領事館和幾排屋瓦連成的天際線上方，一片綠色的田野一路延伸到遠處的山丘腳下。海濱在我們的身後，如棉花般的白色浪花拍打出陣陣聲響。大海吐了一口長長的氣，化爲海風包圍我們。這裡的空氣聞起來很鹹。萬物緊抓住我，我抓住萬物。

我之所以會來到這附近，是因爲這一帶向來有發現不完的新事物。在外國人時常出沒的地方，我曾撿到銀子、繡花手帕和遺落的手套，都是些西方人用來妝點自己的小玩意。今天的戰績是兩枚銀子。它們待在我的口袋，和我從王師父那兒賺到的另外四枚銀子一起發出叮叮噹噹的細微聲響。今天，我稱得上是一個富翁。

在光線下，我仔細觀察身旁陌生的眨眼男子。感覺上，他很有錢，但打扮卻不像我平時見到的富人。他沒有穿絲質長衫，而是一件白色上衣，脖子處還垂掛著一條亮面的布料。他的黑色外套看起來頗沉，而且沒有扣上釦子，反而敞開著。他的褲子很貼身。最奇怪的是他的髮型——竟沒有梳成辮子，反而修剪得短短的，短得貼近他的頭皮。

你在想什麼，我的小侄子？救星男子說，臉上還掛著微笑。

我是女生，我忍不住脫口而出。

他笑了。陽光映照出他的兩顆黃牙，讓我想起一個民間傳說，關於男人的黃牙是如何從金子變成的。這個我知道，他說，不過，就目前的狀況來說，假扮成男孩倒是對我們彼此都有利。

他上下打量我，眼神閃著某種意圖。妳餓了嗎？妳一個人嗎？妳的家人在哪裡？

我告訴他，是的，我餓壞了。我非常希望他對我略施小惠。我也想要問他一些問題，像是：你是誰？你從哪裡來？吳師傅是誰？爲什麼那女人一聽見這名字就退縮了？

我來好好回答妳，他說，又把手放回我的肩膀上。他提議去吃麵——這條路一直往前走就有一家不錯的店。

直覺告訴我不能隨意看待這個邀請。我點點頭，回以一個害羞的微笑。這樣回答足夠了。他帶我繼續遠離魚市場，一起緩步沿著路走，沿途經過郵局，三間外國領事館，還有一間教堂。路人的視線時不時飄向我們，對眼前這對獨特的父子檔感到驚訝。一人打扮得像從劇院走出來的角色，另一人蒼白瘦弱有如驚弓之鳥。大海在我們身後拍打出浪沫。

每經過一間麵店，我就問我的救星，是這間嗎？每一次他都說，不，小侄子，還沒到呢。我們繼續走、繼續走，直到我搞不清身在何方。等到我們停下的時候，我才恍然大悟，我們永遠抵達不了那間麵店。

那天是春天的第一天。

2

這是一顆神奇石頭的故事。這故事是我奶奶告訴我的，也是我名字的由來。

＊＊＊

故事裡，女媧娘娘打算修補天庭，於是將大石熔化，捏製出三萬六千五百零一顆小石頭，但最後只用上三萬六千五百顆，最後一顆剩了下來。

這顆小石頭有任意移動的本事，可以長成一座廟宇那麼大，也能縮成一顆蒜球那麼小，畢竟，它是女神娘娘加持過的。但是自從被遺下之後，石頭就一天天渾噩度日，認爲自己一文不值，並且對自己的沒用感到羞恥。

某天，石頭遇上一個道士和一個僧侶。他們見識到石頭擁有的法力，大爲驚艷，決定帶著石頭一塊上路。就這樣，石頭進入了人類的世界。

很久以後，一個嘴裡含著神奇玉石的男嬰誕生了。人人都說這男嬰肯定是石頭轉世。

然後呢？男孩長大後愛上了他的表妹，林黛玉。黛玉年幼喪母又體弱多病，兩人的感情引來男孩家人的非難，堅持他必須娶另外一個較富有也較健康的表姊，薛寶釵。婚禮當天，家人故意讓薛寶釵戴上厚厚的面紗，哄騙男孩相信他所迎娶的人是林黛玉。

黛玉得知婚禮的消息後便病倒，吐出的痰都帶著血色。她死了。男孩對此一無所知，順利成婚，相信他與新娘會從此白頭偕老，過上快樂的日子。等到他終於發現眞相時，瘋鬧了一場。

將近一世紀之後，在一座小漁村的一棵桑樹下，一名年輕女子讀完了這個故事後，一隻手摸著自己的肚子，內心想著，黛玉。

至少我聽到的版本是這樣。

我一直非常討厭自己的名字。林黛玉是弱者。我向自己承諾，我絕對不會成爲像她那樣的人。我不想要當個多愁善感、善妒或內心充滿怨恨的人。而且，我也絕對不會讓自己死於心碎。

爸媽竟然用一樁悲劇幫我取名字，我向奶奶抱怨。

不是這樣的，寶貝黛玉呀，他們是以一個詩人的名字爲你命名的。

我的父母出生在臨海的芝罘。我總愛幻想他們是這樣相遇的——浪潮輕輕推著他們往彼此的方向靠近，直到有天他們在眼前遇見了彼此。天意如此，海亦若是。婚後，他們共同開了一家織坊，母親負責織錦，父親負責將錦緞賣給政府官員的太太和其他富有的商人。母親的手藝高超，無論是鳳凰、鶴或是菊，每種花紋都栩栩如生，像是要從布料上蹦出來似的。鳳凰高飛，野鶴低頭，菊花盛放。在她手下，錦緞彷彿有了生命。因此，他們的店自然而然成爲全芝罘最受歡迎的織坊。

後來，出於某些他們沒告訴我、我也沒想到要問的原因，我的父母搬到了城市旁邊的一座小漁村。我只知道母親並不想要搬家。芝罘有很多外國人，從海邊小鎭搖身變爲熱鬧的港市，城市四處開始蓋起一間間西式學校，而母親希望腹中的孩子能進這些學校讀書。因爲懷孕的關係，她的雙手浮腫，無法上縴絲機紡織，只能一心等待我來到這個世上。搬家工人將她的縴絲機和絲線裝上馬車，然後她轉頭，望了她心愛的店最後一眼。

那時是夏末，父親、母親和奶奶抵達了距離芝罘市中心六天腳程的小漁村。我在母親的肚子裡，已經從一顆小豆子長得跟小拳頭一樣大。那年秋天，我，一個出生於鄉郊的小孩，來到了這個世界。當我終於從母親身體中滑出，她告訴我，她想像自己喝下海水，液體從她身體一路下滑，聚集在我的嘴裡，如此一來我便永遠能找到回去大海的路。

這招八成是奏效了。我們的村子坐落在河邊，河水直奔大海，我小的時候時常沿著河岸散步，跟在黑尾鷗後面，一路走到出海口。我面向汪洋，將其擁入懷中，細數它的豐厚蘊藏：生命，記憶，甚至毀滅。母親談起大海時總是語帶戀慕，父親是尊敬，奶奶則是警戒。這些感受我都沒有。海鷗、雨燕和燕鷗在頭頂上盤旋，我只感覺到自己，一個一無所有、無所背負，也無所給予的人。我才正要開始。

我們家就在一間坐南朝北的三合院裡。我們並不富有，但也不窮。父親繼續經營紡織事業，儘管這個村子根本沒人負擔得起母親的手藝，但是生意似乎比之前更好了。我們家成爲朝廷官員因公來往芝罘的駐足之處，有時歇個腳，有時買樣禮物回去送給家中夫人和小妾。只要看一眼母親織的粉牡丹、白鵬或是金龍——它們只爲官階最高的一群客人保留——必定會爲之著迷。我還記得店裡幾個常客：一個擠出好幾層下巴肉的魁梧壯漢，一隻腿比另一隻短的大哥哥，還有一個老是想向我炫耀配劍的叔叔。

除此之外還有其他人，男人，偶爾也有女人，他們會短暫停留，壓低聲音和爸媽說話。這些訪客穿的不是正式的朝廷服飾，而是一身黑色的簡單衫褲，看起來不像是官員，比較像是教會的兄弟姊妹。他們時常帶著錦緞離開，我不禁猜想，爸媽是不是在布施爲善。其中，有個客人總會準備糖果餅乾給我，所以我最期待他的來訪。有天早上我一起床，竟看見他坐在我家餐桌前，弓背吃著粥和蘿蔔乾，讓我很驚喜。

這裡離我家太遠了，小朋友。他看我一臉驚訝，對我解釋。你爸媽非常慷慨，讓我留宿一晚。

別找她說話！奶奶在廚房嚴厲地警告。

他道了個歉，趁奶奶不注意時，越過桌子又塞了一顆糖給我。一個屬於我倆的祕密。

也許是因爲這次事件的關係，後來每當家裡來了訪客，奶奶就會帶我去她的菜園。在芝罘的時候，家裡沒有空間讓她種所有她想要種的蔬菜和藥草，但在這裡，整塊地都能供她使用。她在我們家後方的一塊空地上倒了些土，埋了種子進去，再把土壤拍打得緊緊實實。等到我的身高終於高到可以看到窗外時，我已經吃了一輩子的青椒和碎薄荷，儘管當時的我連這些菜的名字都還不認識。

在菜園裡，我學會如何照顧生命。讓我感到困惑的是，一樣東西爲什麼可以被稱作是活的，卻很晚才展現出生命的能耐。我想要的是立刻、馬上，想要幼芽在一天之內就結出成熟的果實。但奶奶想要透過種植作物教我一些道理，這些道理並非都跟種菜有關，而耐心就是其中之一。我們種了長滿髮鬚的人蔘，長得像白鞋的蕪菁，還有表皮生皺紋的黃瓜。我們在陽光下種青椒，把長豆掛在木桿上曬乾，它們細長如手指般的豆身無力地垂向地面。番茄對環境敏感又特別需要照顧，所以我們時常細心照看它，輕輕撫摸它的表皮，黃黃綠綠的，被某種神祕的張力繃得光滑飽滿。

藥草因爲有治療的功效，在我心中比蔬菜更有趣：我們種有枝幹堅挺的麻黃，它結的果實像一盞盞紅色小燈籠；還有黃連，我們用它來製作染料以及幫助消化。我們也種柴胡，一種珍罕的植物，用來護肝，細長的莖直挺挺地串起分落有秩的葉子，像風箏拖著長長的尾巴。其中，生長狀況最不穩的是黃耆，一種莖帶細毛、花小而黃的藥草。對奶奶來說，黃耆的照料難度最高，因爲它不喜歡我們家的濕土，而且種子還得先用粗石摩擦，再浸泡整夜。在向奶奶購買藥草的商人和鄰居中，黃耆一直都很受歡迎。客人會將乾燥後的根磨成粉，跟人蔘一起服用，用來強身補氣。他們稱它爲萬能的藥草。

妳正在學習成爲一個眞正的匠人，母親對我說。她身子嬌小纖瘦，全身皮膚跟牛奶一樣白，除了她布滿細微紅印的手。在我年紀比現在小得多的時候，她會讓我坐在大腿上看她穿放絲線，再像刷馬匹一樣用梭子把線往下梳攏。我滿十歲時，終於能幫忙做更重要的工作，像是用熱水把蠶繭煮軟。

我的一雙巧手是我母親調教出來的。她教會我把馬鈴薯皮削得跟緞帶一樣長，以及如何折一台紙風車。園藝活讓我的手掌長繭，但母親會用石頭幫我把繭磨平，讓雙手恢復成能做細活的狀態。不管手再怎麼粗糙，她總會告訴我，真正能使你變柔軟的，是你善良的心。

若說母親教會我活用雙手，父親則是教我要活用腦袋。他會突如其來發問，把我嚇一跳，那些問題讓我感到挫折，在腦海揮之不去。在我十一歲生日那天，他問我，小孩和大人的區別在哪裡？有次，當我沒把碗裡的食物吃完，他看都不看我就開口問，要多少的米才能餵飽一整個村莊的人？還有一次，我赤腳在草地上奔跑，一根刺扎進左腳後跟，讓我哭著跑回來。於是他問，什麼時刻對一名父親來說最是折磨？他好奇地盯著我，眼神藏有深意，彷彿能在我體內看見一撮幼小的根，即將迸發並綻放。

這些時光是我最喜歡的家庭回憶——沐浴在他們三人的愛與呵護中。這股愛化爲種種象徵，透過他們教會我的每一件事情，傳遞到我身上。村莊有可能消失，我們的家也可能被吹走，但只要母親、父親和奶奶在我身邊，我知道我能夠做到所有事——我們四個人，無敵、強大，愛使我們緊緊相繫。

店裡較清閒的時候，母親會喚我坐在她的大腿上，用緞帶幫我編頭髮。小的時候，她只是簡單地打一兩個麻花結或者編辮子，但隨著我年紀漸長，她便多加上了金飾、珠子、纓穗和花。我忽然領悟，我的頭髮反映了母親對我的愛。頭髮編得越精緻，她的愛意就越浩瀚。

如果我們還住在芝罘，她一邊調整我頭上的緞帶一邊說，妳的才華一定會爲妳帶來很多追求者，多得妳不知道該怎麼辦才好。她總愛這樣說，總是假想著我們如果沒離開，生活會是怎樣的光景。她每每講起芝罘總是語帶柔情，但是對我而言，那裡始終是我不得其入的模糊夢境。

如果我們還住在芝罘，我曾想，我的雙足應該早已損壞，變成新的形狀。我知道城裡的人都對女孩的腳做了什麼。要成爲一家的女主人，你的腳必須永遠是破壞後的形狀，必須嫁給一個有錢的男人，幫他生小孩，然後變老，腳骨簇合成一團乾掉又裂開的麵團。這不是我想要的未來。在我們村裡，最有野心的家庭在女兒五歲時就幫她纏了腳，因爲那是最適合開始破壞腳骨的年紀。五歲的孩子骨頭還沒那麼硬，且歲數又大到能夠忍痛了。女孩長大成女人後，就會擁有一雙玲瓏小腳，嫁給城裡有錢的男人，成爲他完美的妻子，或是妾。每當身邊有朋友剛開始纏足，我就會好幾天見不到她們，就算特地找去她家也沒辦法久待，因爲斷骨和爛肉散發的腐臭味實在讓人受不了。最終，這球腐爛的骨肉會變成馬鈴薯、再變成蹄，以至於我們一起在戶外玩耍時，朋友不能跑、不能跳、更不能四處奔躍。但她們也不坐。一雙雙被裹起來的腳了無生氣地直直插在泥土裡，靜靜等待被父母賣去夫家的日子到來。

我爸媽沒有幫我裹腳，也許是因爲他們害怕我撐不過，也可能是因爲，在他們的計畫中，我們一家永遠不會離開這座漁村。我很滿意這個結果。我一點都不想成爲城中男人的玩具。我的夢想是成爲一名漁夫，在船上度過餘生，有著一雙大腳並且引以爲傲，因爲這是破浪前行的唯一之道。

＊＊＊

後來，我滿十二歲的時候，父親母親消失了。廚房空蕩，臥室一片漆黑，床鋪疊得整整齊齊。父親的辦公室大門敞開，證件散落得到處都是。母親的織布機孤伶伶的。那個早晨跟別的早晨沒有什麼不同，只有爸媽不見了，當夜沒有回來，隔夜也沒有，再隔一個夜晚也是。

我等啊等，一下坐在大門口的台階上，一下進去母親編織的房間，然後又在廚房繞圈子，走到腳開始抽痛，接著再跑去他們臥室，把毯子弄亂再折好，反反覆覆。奶奶跟著我，央求我吃點東西，喝點這個，躺下睡一會，休息一下，怎樣都好。妳一定要告訴我他們去了哪裡，我大聲哭嚎。她唯一能做的，只有把一杯茶塞到我手上，然後揉揉我的脖子。

我把頭埋得低低的，繼續等著。我已經連續三個晚上沒睡了。

第四天的早晨，家門口來了兩名男子，身上穿著繡有龍紋的長袍。他們在我們小小的房子裡用力踏著大步走來走去，罐甕都被推倒，枕頭也被用刀割開，袍上的龍隨著他們的動作時而扭曲、時而旋轉。明明可以清楚看見織布機裡頭什麼也沒藏，他們還是把我母親的織布機給拆了。我能感覺到鄰居都躲在他們的窗子後面偷看，眼睛睜得大大的，神色害怕。

我們知道他們住在這裡，其中一名男人說。你可知道窩藏罪犯該當何罪？

這裡只有我們，沒住其他人，奶奶一而再再而三地聲辯。我兒子和媳婦好幾年前就死了，東西都被那場大火燒光了！

他們轉向我，嘴張得好大，大到露出牙齒。質問我們的男人朝我湊近，我的視線無法從他袖子上的龍移開。龍身帶紅帶金，綴著一隻黑眼睛，舌頭像是揮在半空中的一條鞭子。

聽好了，他說。我認識妳父親。妳最好從實招來，他人在哪兒。

他說話的語氣不帶威脅，反而冷靜又沉穩。我想起所有來過我們家的人。他們也認識父親，他們可以告訴我父親的去向。我想起那個出現在我家餐桌邊、給我糖果的男人。我們可以先從他開始打聽。

我張開嘴，打算告訴他們我知道的一切。然而不曉得是出於我自己的意圖，還是某位神祇的旨意，我的喉嚨發不出聲音。感覺像有隻手緊緊掐住我的脖子，在我想要吸氣時用力一壓。我晃了晃頭，努力想要擠出話語。

不妙，另一個男人對這位同伴說。一個瘋女人和一個不會說話的小畜生。你確定是這一家嗎？

第一個男人一語不發。他盯著我，然後朝另一個人點頭示意，兩人一同轉身走出大門。他們身上的袍子在陽光下熠熠生輝，我看著龍揚長飛去。

＊　＊　＊

妳絕對不能向任何人提起妳的父母。他們離去後，奶奶對我說。從現在開始，我們必須表現得像是再也不會見到妳的父母。這樣對所有人都好。

但我不想聽。我相信父親和母親會回來的。我鋪好他們的床，撫平他們衣服的皺褶。我拿了最精緻的緞帶來編頭髮，因爲我知道母親一定會稱讚這條緞帶很漂亮。我甚至試圖用我在父親書房找到的漿糊將她的織布機組裝回去。我會守在這裡，等待他們回來，他們回來時看到我一定會很高興。所以那一天就這樣過了，之後的每一天也是如此。

秋天來臨時，父親母親消失已屆三個月了。我想起與我同名的那個女人。故事中，林黛玉的母親在她幼時便撒手人寰，不久後，她的父親也跟著辭世。我不禁懷疑，父親母親之所以會消失，是不是因爲我的名字。他們之所以消失，是否因爲注定如此。

如果妳任由自己那樣想，奶奶跟我說，很可能會成眞。

說得好像這件事還不是眞的一樣，我說。我從未如此憎恨林黛玉。

＊　＊　＊

那個春天，一封沒載明寄件人的信寄到家裡。爸媽被逮捕了。奶奶一邊將信燒毀一邊說，那些抓走妳爸媽的人，隨時會來抓妳。

我不懂她的意思，但奶奶也不再解釋。她讓我穿上男孩的衣服，給我一件鋪棉外套，剃光我的頭髮。我望著髮絲落到地上，像一彎彎黑色新月，設法忍著不哭。我想起母親，想到倘若她真的回來，我卻沒有頭髮讓她裝飾了。去芝罘吧，奶奶說，一邊使勁塞棉花到黑色男鞋裡，讓它合我的腳。隱沒在城鎮中吧。妳有一雙巧手，妳會找到一份正正當當的工作的。

那奶奶妳呢？我問。

奶奶會做一直以來都在做的事呀，她回答。奶奶會繼續種藥草，幫助別人恢復健康。那些人不能拿我這個瘋老太婆怎樣，他們提防的是妳。

半夜，鄰居胡叔叔拉了他的拖車來。我抱著塞了衣服、饅頭以及店裡幾枚銅板的麻布袋爬進後座。奶奶想要多給我一些銅板，但我握起雙拳並把口袋弄平。如果那些穿著龍袍的人再次找上門，她會需要這些錢的。

不要寫信回來，她說道，並往我的光頭上壓了一頂帽子。我已經開始想念長髮了，想念頭髮在脖子上留下的暖意。那時還是冬季嚴寒的尾聲，深夜的冷風吹得我渾身發抖。寫的信會被攔截，等到下雨的時候，我們再聊吧。

如果我去的地方都不下雨怎麼辦？我問她。這樣的話我們只有偶爾才能說話了。

那樣最好，她回應。否則我會太常心碎。

我哭了起來，問奶奶是否還能再見到她。我認識村裡幾個年紀長我幾歲的小孩，很小時家人就急著把他們送走，只因實在無法再多養活一張嘴。我從未想過自己有天也會被送走。但如今，爸媽不在了，我裹著鋪棉外套躺在胡叔叔的拖車上，心裡明白，我的人生正往一個全新的、困難許多的方向駛去。在村後水溝邊玩耍的日子已逝，我再也不能早晚幫奶奶沏一杯茶，再也見不到我的朋友，再也無法在自己的床上睡去。我們家會變成一個沒有主人的空殼。我看不到今年院子長出的第一顆甜椒，也嚐不到它的初摘滋味——苦甜參半，清爽，生猛。不知怎的，一想到甜椒，原本低聲啜泣的我嚎啕大哭了起來。

奶奶伸手輕撫我的眼睛，彷彿能將一潭眼淚全部抹去。然後她拉起防水篷布將我遮住。

等到一切都穩定到可以回來的時候，她說，妳會知道的。

天色漆黑，我無法分辨她是不是也在哭泣，但她的聲音聽起來黏在一起。

鄰居胡叔叔的拖車載著我出發，我將衣服包袱和仍有餘溫的饅頭緊抱在胸前，企圖將爸媽的臉、奶奶的臉和我們家的樣貌深深烙在記憶之中。父親微笑時眼尾擠出的紋路。母親後頸髮際下方一塊溫暖的肌膚。夜半因惡夢驚醒時，爸媽房間令人安心的光線。一幅幅畫面在我眼前輪轉，像一串我緊抓不放的念珠。我絕不會忘記，我一再重複對自己發誓。

胡叔叔的拖車被石頭絆了一下，遮住我的防水篷布滑了下來，無星的夜空展露在我頭頂。我伸出頭，往我家眺望最後一眼。在夜色中，奶奶弓著背的身影看起來很柔和。我這才意識到，我從來沒有在如此遠的距離之外看著她。

她的菜園需要人手幫忙。我現在身上穿的是她的鋪棉外套。下個冬季來臨時，她的衣服夠暖嗎？我應該先安排好的，確保每天都有人會去查看她的狀況。我的臉又沾滿淚水。我望著奶奶的身影越縮越小，小到被黑暗吞沒，小到我僅能用想像的，想像她還站在我們家門前等待著、瞻望著，動也不動，直到她確認我們已經走遠。雨很快就會下了，我向天祈求。

3

這是一個女孩搭著拖車抵達芝罘的故事。

＊＊＊

旅程花了六天。我躺在鄰居胡叔叔的拖車上，半夢半醒，吃著麻布袋裡的饅頭，東想西想。

我必須成爲一個新的人。不能再當黛玉，得是別人，一個不可能往回追溯出我眞正身分的角色。我會成爲男孩阿風——這樣比較保險。沒有家，沒有父母，沒有過去。沒有奶奶。

第五天，雨來了。拖車的其中一個輪軸壞了，連車帶人一起翻覆。胡叔叔跪在拖車旁，邊咒罵邊修復壞掉的輪軸。我在防水篷布下，衣服因爲沾滿泥濘而緊緊黏住肌膚。我側耳傾聽，雨聲滴滴答答，彷彿手指在木頭上打著節拍，讓我想起奶奶，進而露出微笑。妳的黛玉想妳了，我低語，然後閉上眼睛，想像她會說什麼回應我。

第六天，我被額頭上炙熱的陽光與鼻腔中大海的氣息喚醒。這股氣息讓我感到我們好像從未離開漁村，但這份熟悉的感覺並未維持太久。胡叔叔掀開防水布，扶我下車。我們停在某個類似巷弄的地方，周圍傳來各種我從未聽過的方言，高聲喧嘩著。祝妳好運啦，他說，不太眞心地在我背上拍了拍。我會跟妳奶奶說妳到了。

他用不抱希望的眼神看著我，彷彿這將是他最後一次見到活著的我。我不想讓他發現我看見了他的眼神，趕緊鞠了個躬，感謝他辛苦送我。胡叔叔架起拖車，靈巧地駛離巷弄。

阿風，來自風中的男孩，我對自己說。

好。開始吧。

＊＊＊

您好，我朝餃子店喊。我是阿風，我想替您工作。

我為什麼要請你？廚房師傅笑了。好讓你趁我睡覺的時候割破我的喉嚨，然後把我洗劫一空？

您好，我朝紡織店裡喊。我是阿風，我以前織過布。

走開，老闆吐了口口水。這裡不歡迎你這種雜碎。

我又去了幾家咖啡店、茶館和香料店，結果都一樣。我需要好好洗個澡，換掉發臭且沾滿泥巴的衣服和鞋子。這副邋遢的模樣，讓我看起來和在街上遊蕩的骯髒乞兒沒什麼兩樣，飢餓感彷彿是支撐他們活下去的唯一原因。我目睹他們在各個商店溜進溜出，口袋漸漸塞滿順手偷來的物品。要不是有幾個店家老闆抄起掃帚追著他們跑，他們絕對能將整座城市偷個精光。這些警覺性高的老闆，跟不聽我的請求就拒我於千里之外的老闆，是同一批人。

我試圖回想爸媽口中的芝罘。我知道，隨著芝罘漸漸發展為中國最大的港口之一，大批外國人也逐漸湧入。城市就坐落在海邊，商船載著棉花和鐵而來，又載著黃豆油和冬粉而去。狹窄的街道邊佇立著一家家光鮮亮麗的店鋪，以充滿活力的姿態承迎顧客一時興起的購買慾與生活所需。有賣酒的，有賣各式各樣精緻帽子的，還有一家專賣草藥的店，聞起來有生薑和泥土的味道。我站在那兒聞了一陣子，想起奶奶的菜園，直到櫃檯後的女孩抄起掃帚。這些店的正上方，有另一層看起來像住家及辦公室的樓層，有幾間還設有面向街道敞開的露台。我從來沒見過如此密集的樓房，如此窄小的天空。

這也是我第一次親眼看見來自其他國家的人。**外國人**，爸媽都這樣稱呼他們。他們擠進店家，身材魁梧且自信滿滿，皮膚白中帶紅，看起來像被摩擦過。我不知道原來頭髮可以是黑色以外的顏色，而這些外國人的髮色像泥土，像檀木，也像褪了色的皮革，或是稻草。我甚至看見一個男人，他的頭髮是胡蘿蔔色，我盯得目不轉睛，直到被他察覺才趕緊別過頭。

我流連於一條條新奇的街道上，讓城市的各種聲音引領我：商人的叫賣聲，音樂聲，一張張形狀和我不一樣的嘴中流洩出的陌生話語。我擺出同一張寫滿盼望的臉，在樓房與樓房間進出徘徊，但每一處都與先前相同：我們不會雇用你這樣的人。

夜幕低垂，我縮在一台廢棄的水果拖車下方，肚子裡裝著壓壞的蘋果和梨——這是用奶奶給的硬幣僅能買到的食物。這天晚上沒有前幾天晚上那麼冷。我披著鋪棉外套入睡，夢見那兩個男人又回到我家，把奶奶帶走。

隔天也是一樣。我來到商業區，街上的房子奇形怪狀，有的窗子是正方形，有的則是弧形，有的窗像是用一條條彎折的鐵條圈出的花。我經過一間用灰磚砌成的外國郵局，它的窗戶竟是圓頭鞋的形狀。我正在仔細端詳這些窗戶時，一個淡金色頭髮的男人走出來，自言自語著，他的鬍子濃密明顯，隨著講話的動作擠壓著嘴唇。有那麼一瞬間，我不禁好奇，這些外國人會不會同情我。他們願意給我地方住、給我東西吃、給我工作嗎？但是，當這個念頭一閃過腦海，淡金色頭髮的男人便注意到了我，開始朝我走來。他眼中的欲望令我緊張不安，趁他更靠近前，我立刻拔腿跑離現場。

該怎麼做？我真希望奶奶送我離開前給我更多資訊。我真希望爸媽告訴過我更多有關芝罘的事，或是我當時能多記住一點。我最最希望的，是這一切從來沒有發生過，我們可以恢復從前那個家庭，那時，芝罘還只是則故事，而不要把植物種死是我唯一的煩惱。

我生氣嗎？我氣。氣爸媽丟下我，氣奶奶把我送走，不跟我一起來。氣那兩個男人闖進我寶貝的家，讓它分崩離析。這個在街上漫無目的流浪的新人生，不是我向自己許下的未來。我曾夢想接管父母的織坊事業，說不定，有天甚至能自己設計一套花紋。我會去大海捕魚，拿漁獲跟朋友家交換麵粉、糖和海菜。我們總是能吃飽喝足，一家人會長長久久，活過四季，勝過帝國，甚至超越死亡。

第五天傍晚，我走了太多路，腳後跟感覺像是被石頭捶打過一樣。我頭暈，身體輕飄飄的，腦中罩著一層隱約閃著光的霧，讓我想不起來踉蹌的腳步走過哪些路。

找到工作前，我會先餓死，我對自己說。我是一具飄在空中的身體，一縷風中的線，周圍沒有人在意我，也看不見我。說不定我早就消失了，我大膽地想。如果一副身軀從內部開始啃噬自己，最後剩下的部位會是什麼？

我夢見奶奶包的水餃，一粒粒飽滿又沉重，塞滿豬肉和韭菜，或是蝦仁配櫛瓜。我喜歡趁餃子剛起鍋的時候吃，這樣一口咬下時冒著煙流出的肉汁才夠燙。假如我閉上眼，仍可以聞到那股香味——可口的熱度，光滑的薄皮，以及裡頭包含的美味期待。

這股香味不只是想像。我真的聞見了。我眼睛大張，視野頓時鮮明起來。那邊，就在左邊往前走幾步的地方，有間餃子店。我搖搖晃晃地走過去，但沒走幾步又停下。老闆正在掃地，屋裡的燈火也熄了。店家顯然早已打烊。

如果說是飢餓將我推進迷霧中，那麼它現在又將我拉了出來。我加快腳步順著小巷走，來到一條髒兮兮且飄著過熟橘子味的廊道。胃彷彿跟著心臟一起開始跳動。

我靜靜等在那裡。

老闆一如我預想地走了出來。他剛掃完地，抬著一盤要扔掉的餃子從後門走出去，倒進垃圾堆，回到室內後鎖上了門。我左顧右盼。夜色漸漸降臨，廊道也空無一人。

我衝上前，口水直流。餃子躺在一塊髒抹布上，但模樣依然狀似珍珠，渾圓飽滿。儘管空氣聞起來淨是水果的腐臭和髒水味，我的食慾還是被激得發狂。我撿起所有餃子塞進褲子口袋。那一晚，我睡在教堂門口的階梯上，餃子在胃裡，肚皮快樂地鼓脹著。

4

奶奶說得對，我有一雙巧手。是母親賜給我的。早晨醒來，昨夜的飽足感讓腦袋清明許多，我要靠著這雙手能做的所有事活下去。

我會包餃子，還知道怎麼摺出包子上頭的皺褶。我會用小刀削蘋果皮，去掉長豆的蒂且不浪費任何豆身。我的手會幫我活下去。我所需要的，只是有人願意給我一個機會。

我跑了一間又一間的店，卻總是被店家用扭曲高亢的聲音罵走：走開！這裡不歡迎你，別再來了！

我的手很巧——我向第七位或是第八位、第九位老闆懇求，那是間賣手桿麵條的店鋪。我曾經跟母親一起織布，我的手一定也很適合桿麵。

就算是以乞兒來看，你也太瘦小了，麵鋪老闆說。她的目光上下掃視我的身形，像塊陰影從我身上飄過。你自己也知道，沒人會雇用你這樣一隻餓壞的小崽，你得先學會懂事，才會有人信任你。

她比其他人親切，沒有拿出掃帚，也沒威脅要扒掉我的皮。

我只能幫你到這邊了，她說，然後指了指門口。

她是在叫我走。我鞠了個躬，轉身離開。

別急，她在我踏出店門的時候喊。你看見我說的了嗎？就在那兒，貼在門上。

你看到了嗎？

我的確看見了。起先，我以爲那是一幅畫，畫中是一棵樹，線條綿長有力，像樹根般穩穩抓住紙張。但當我近看才搞懂，那不是樹，是一個中文字，一個我不認識的字。我從未見過有人這樣寫一個字——墨水又粗又黑，每一畫、每一勾、每一點都在必要的地方粗，必要的地方細，穠纖合度，四平八穩。不知爲什麼，儘管我不認識那個字，更不認識寫它的人，我竟感到一股平靜。這幅字灌入我的身體，使我內心充滿平和。

這是別人送我的禮物，老闆說。我聽說那個書法家需要人手。

我問她該上哪兒找這位書法家，但願她的好心還沒用光。

她整了整身上的圍裙，留意是否有任何客人上門。一個人也沒有。我有一個跟你差不多大的女兒，所以我才沒趕你出去。仔細留意一棟紅色的房子，屋頂是花生的顏色。我只能告訴你這麼多了。命運會決定你是否能找到它。

抵達芝罘後，這是我首次允許自己燃起一線希望。我飛奔到街上，差點撞上載著一車雞的男子。

你看過一棟屋頂是花生色的紅房子嗎？我著急地問。

滾開，免得我揍你，他咆哮。

如果我正在找的人眞的是書法家，那麼我知道該上哪兒找人幫忙。我閃避男人的腳，前往第一天登門乞求過的紡織店。

老闆就站在那裡，好像一直在等我的樣子。他舉起一隻手，準備在我打算偷任何值錢東西時阻止我。

我跟你說過這裡不歡迎乞丐，他出言警告。一陣風把他長衫的袖子吹得鼓動起來，他看起來彷彿是隻大鳥。

拜託，我氣喘吁吁地說，你可以告訴我要去哪裡找一棟花生色屋頂的紅房子嗎？住著一個書法家的那間？

老闆用懷疑又困惑的眼神盯著我。

你問這個要做什麼？打算對一個正人君子的藝術品下手？

不是的，先生，我說。我突然想起母親。置身於布匹中，她的形象重新在我腦海浮現，讓我感到一陣揪心刺痛。我再一次回到了她的房間，坐在她大腿上，看她的手在織布機上靈活地前後舞動，指甲像一顆顆珍珠。我的背抵在她溫熱的胸前，她哼的小調傳來微微顫動，讓我感到安穩富足。

喂！你怎麼了？老闆大聲問，一副被弄糊塗的樣子，讓我從回憶中驚醒。你爲什麼在哭？

他說的沒錯。我自己沒發現，但臉是濕的，嘴也垮著。過去幾天的重量壓在我身上，把我往下壓進地面的核心。我從來沒想要經歷這些。

先生，我很抱歉，我說，用手掌抹去眼淚。我認識跟您一樣會織布的人，只是他們織的布上還有花跟鳥，甚至龍。

老闆聽了這話，態度有些放軟。你認識會織布的人，他重複。在芝罘嗎？他們叫什麼名字？我認識他們嗎？

不，我搖搖頭回答。而且您大概也沒機會認識了。他們不久前不見了，但他們常常教我如何用這雙手幹活，這就是我爲何來這裡的原因，先生。我來找工作，但我得先學會懂事。我在找一個能用手認眞幹活的地方。您知道花生色屋頂的紅房子在哪嗎？您如果告訴我，我絕不會再來打擾您。倘若我之後眞的回來，我會成爲一個懂事又値得信賴的人，我向您保證。

太陽很快就要下山了。老闆正在慢慢消化我說的話，我看著他，等著他出手趕我離開。我們之間的時間凝滯。

我預期的喝斥沒有發生。相反地，老闆開口了。

5

隔天早晨，我一醒來，便看見有個男人從正上方俯視著我，他的腳就在我的身體旁邊。

我猛然坐起。男人透過眼鏡盯著我，雙手揹在身後。他穿著灰色長衫，袖子繡有桃花。他長得像我父親，我心想。

你為什麼睡在我學堂的階梯上？

他的口氣聽起來並無厭惡或惱怒，只有好奇。

我很抱歉，先生，我告訴他，匆忙爬起。請別叫您的守衛來。

等等，他說，並伸出一隻手。手指上有黑色的污漬。你還沒回答我的問題。

我告訴他我叫阿風，需要一份工作。如今說謊已非難事，就像事實一樣脫口而出。我想來當您的學徒。

但我不需要學徒，他說。你怎麼會認為我需要？

麵鋪的老闆娘跟我說的，我回答。她說你可能需要人手。

原來如此，但我不懂她為何這麼想。好吧，需要工作的阿風，我很遺憾讓你失望了。這裡沒在招人。

我垂下頭，盯著身上的衣服，褲腳被階梯的塵土弄髒了。一個點子油然而生。

等等，我說。如果您不需要學徒，或許您需要一個幫忙打掃的人？我之所以會來這裡，是因爲我在麵鋪看到了您優美的作品。我從來沒見過有人那樣寫字。一個創造美的地方，環境也該同樣整潔才是？

我從未用如此大膽的口吻跟一個大人說話。我咬著嘴唇，等著面對賣弄聰明的下場。

但他的手動也不動。他反倒眨了眨眼，視線往下掃過我褲腳上的髒污，再移到他的階梯上。說說看，你爲何適任這份工作？

我想起母親和奶奶。我的手很巧，我回答。

伸出你的手給我看看，他說。

我猶豫地照做。這是雙女孩的手，指節圓滑如枕，園藝工作磨出的老繭早就消失了。這雙手就連一天粗活都沒做過。男人彎下腰，將我的手翻面，仔細檢視我的手掌，擠壓我的大拇指腹。他查看了好長一陣子，久到我開始懷疑他是不是睡著了。但當他重新挺起身，竟顯得精神奕奕，臉上掛著滿意的表情。

你沒說謊，他說。你想要一份工作嗎，手很巧的阿風？

太陽升起，將他的白髮染上一片土黃。我凝視他鏡片後的雙眼，沒問他在我手上看見了什麼，只答了聲好。

站起來吧，他說。我照做，意識到這是我人生首次堂堂正正地站著。你的名字的意思是風，他說。所以我期待你行事迅疾如風——不可偸懶，務必確實。在我這裡工作絕不容許虛應故事。

他叫王師父，而這棟頂著花生色屋頂的紅房子則是他的書法學堂。

我們一起走進屋子。光線從掩著的窗戶縫隙滲入教室，在木地板上留下細窄的白光。教室裡有十二個位子，每個位子上都有一隻毛筆，一個我猜是用來盛裝墨水的容器，一大捲宣紙，還有其餘幾件我叫不出名字的玩意。寫有黑字的繡帷沿著牆壁從天花板垂掛到地面。上頭的字跡恢宏又精細，宛如一場瞬間凍結的狂舞。這些字的背後好似有股更龐大的力量，將其捏塑成形。

王師父的房間就在教室的對面，用一道屏風隔開。我們直直經過，未作停留。最後一個房間很小，擺滿各種用具與閒置的墨水罐、一捲捲宣紙。我就睡在這裡。

課程在太陽完全升起後開始，第一抹夜色現身時結束，王師父邊在倉庫找掃帚邊跟我說。你的工作，是在每天的課程開始前和結束後，把外面的階梯和中庭打掃乾淨。其餘時間，你要做什麼都是你的自由，但是切記：無論在哪兒，你的所作所爲都代表我的學堂。

他找到了掃帚然後遞給我。柄身很粗——我的手很勉強才能握住。我不想讓王師父發現，擔心這會讓我丟了工作，但他很快就轉身，帶我穿過學堂後方，來到一座由石頭鋪成的中庭。地上每塊石磚中間都刻著一個漢字。中庭的正中央有座水池，立有兩尊龍像，龍身纏繞於四口罈罐上。水池四周還環繞著一小片花圃。我想起奶奶，深深懷念，但很快便將回憶逐出腦海。現在必須集中才行。

每塊石磚都要掃過，王師父說。你方才的觀察很敏銳，一間書法學堂的外觀必須維持得體，才能反映它內部所創造的美。

我點頭，沒打算追問他爲何讓外頭落得這麼髒，也不好奇爲何花生色的屋頂看起來如此坍垮下陷。他的口吻聽來字字確鑿，那對我而言就足夠了。

此時已日頭高舉，中庭轉爲一片燦亮。上課的時間快到了，阿風，他說。你該幹活了，用你那雙巧手。

我鞠了個躬，因爲感覺應該這麼做，然後雙手握著掃帚走向正門階梯。太陽在頭頂上跟著我。天空很美，花兒很美，書法很美，石磚很美。儘管如此，我還是不介意來場大雨。

＊　＊　＊

隔天清晨，我照著師父說的做。天還未亮我就起床，把掃帚從櫃子裡拖出，一路拖到學堂門口。每一階我都掃過三遍，掃帚揚起的灰塵爲早晨蒙上一層霧，讓我想起母親拍掉雙掌上的麵粉時粉末紛飛的情景。回到屋裡後，我發現房間門口放著一碗粥，還有一盤芥菜。

王師父的學生清一色都是男性。他們排成一列、魚貫地進入教室，動作有條不紊，好似在效仿自己親手寫下的字。他們表情嚴肅、態度順從地跪在各自的位子上，身體坐直，袖口捲高，準備迎接老師。

大家早安，他進教室時說。

師父早安，他們眾口同聲。

今天有誰看見了日出？他問，語氣堅定。

我沒有，他們一齊回答。

我要求你們明天去看，後天去看，還有那之後的每一天都要看，王師父說，這樣有一天你就會明白，你寫下的字能如何塡滿整個世界。

學生默而不答，但我聽呆了。不只是因爲他說話的方式，語調像睡蓮浮在池塘上那般平穩，還因爲他所說的話。我不理解他字裡行間的意思，但我知道，倘若世上有一個人能給予我生命的答案，一定是他。

從那刻起，我便發誓要守住自己在學堂的位置。日子總是相同：清晨起床打掃，太陽升起後迅速解決粥和一旁淺碟中的蔬菜，接著便在走廊徘徊，看學生進入教室，羨慕他們安穩的生活，羨慕他們從家裡來，而且還能回到那裡去。

白天的時候我會走去市中心。王師父提供的餐食簡樸而貧乏——食物總是在我能感到飽足前就被吃光了。我渴望吃肉，最想念的是小時候常吃的淸蒸魚。我想吃油亮的蝦，配上用薑、蒜、山楂果調製的醬。在我與爸媽和奶奶的家，吃東西一直是件值得歡慶的享受，但在王師父這裡，進食僅僅是一項必須完成的任務，爲了進行接下來更重要的事。擁有飢餓感是好事，他在我第一次開口想要第二碗飯的時候跟我說。飢餓感讓藝術家精神更專注。從那之後我就沒再問過第二次。

恆常的飢餓感促使我日復一日來到市中心。我想要品嚐一切——包子、芝麻糕、手工麵、外國人口中陌生的話語，以及刺鼻鮮腥的海水味。所以，這就是我父母親所鍾愛的城市，我心想。我餓到足以吃下所有攤販的食物，甚至吞食每根支撐建築物的木樑，但我還想要更多。這股想望是全新的體驗，是可能性。它比我肚子裡的飢餓還要巨大——它也存在我的心中，而我知道有一天，這股匱乏感將會吞噬我。但還沒，還不是現在。

午後，我回到學堂，在中庭晃來晃去，一一記住腳下石磚上的文字。有時候其他學生會把吃剩一半的蘋果往中庭丟。如果遇上好天氣，王師父會把窗戶打開，我便能偷聽他們上課，讓自己沉醉在師父堅定高亢的話語中。

透過這些課，我學到毛筆、墨條、紙和硯台被稱爲「文房四寶」。除了依照正確的順序寫下正確的筆畫，我還學到，書法家必須維持內心平衡，才能寫出好的書法作品。

書法，不只與寫字的方法有關，更關乎人的品格陶冶，王師父大聲說道。他信仰書法如同信仰一門哲學，而不僅是視它爲一門技藝。這是一名書法家必須一生承擔的志業，讓墨水取代鮮血，筆刷取代雙臂。成爲一名書法家，是將書法的道理落實在每個行動、反應和決定中，在紙上如此，紙外亦然。這就是你將來有機會成爲的人，王師父告訴他的學生，有機會成爲一個每一次面對世界都猶如面對一張空白畫紙的人。

對他而言，所謂的焦慮、危險、擔憂或是失落都不存在。如果你懂得書法的道理，萬事的解答自然會浮現——凝視文字，讓你所知的一切引領你。他也將同樣的道理運用在生活上：凝視想要的結果，讓你所知的一切引領你去到那裡。最重要的是，你必須練習。

怎樣才能寫出一手好字？他問學生。

一隻穩定的手，某人回答。

耐心和銳利的雙眼，另一人說。

良好的基礎，第三人嘗試回答。

都正確，王師父說。但你們忘記了其中最關鍵的因素：為人正直。寫書法時，你必須尊重你寫下的字，尊重委託你寫字的人。但更重要的是，你必須尊重你自己。你是怎樣的人，和你能夠成為怎樣的人，讓兩者逐漸合而為一，是最至關重要的任務。好好想想：身為你自己，也身為藝術家，你能夠成為怎樣的人？

台下聽得敬畏，陷入一片靜默。學生這些年來聽得夠多了，夠他們去實現自己的夢想。但我呢？我終於得到一個答案，看見一條能遵循的道路，一條能夠幫助我戰勝姓名重擔、戰勝附加命運的路。假如書法是我能將自己與林黛玉切割的關鍵，那麼我會遵照王師父的教誨努力練習。我會成為不屈於命運之力的人，絕不向這個名字背後承載的故事低頭。我會成為一個全然獨立的人，在這世上留下屬於自己的痕跡。

或許到了那時候，爸媽就會回到我身邊。

6

我立刻開始練習。我在中庭抓起一根長樺木枝，跟著石磚上的筆畫揮舞、輕彈，彷彿能從地底召喚出什麼。感覺有點蠢，而且我知道外人會怎麼看：一個外表不男不女的小孩在玩揮筆寫字遊戲，認爲他自己或她自己很勇敢。我手裡握著樹枝，感覺相當陌生，動作也很彆扭。學堂下課了，我還來不及掩飾自己的行徑，學生便從教室出來。他們發現我用樹枝刮弄著石磚，紛紛指著我未經訓練的手，以及我手裡來回晃動的樹枝笑了起來。我丟掉樹枝跑回房間，急忙找出掃帚，咬起唇，生自己的氣。

幾個月前的那個黛玉，那個身邊還有奶奶以及一張暖床的黛玉，會放棄精通書法的念頭。盡全力嘗試某事，以及因此被嘲弄，從來就不在黛玉的理解範圍內。但我變了，從奶奶把我送上駛向芝罘的拖車那一刻起就變了。我極度渴望書法爲我開啟的可能性。就像我確定自己永遠不可能成爲城市男人的妻子那般，我也確定我未來的人生中要有書法。這不容易。就像王師父說的，我必須練習。

剛到芝罘頭幾天的境遇早就讓我準備好面對此刻——每位趕我走的店家老闆，每個我正面迎接的嫌棄眼神，都是一顆顆賜予我的石頭，直到最後，我已能用這些石頭在自己周圍蓋起一座堡壘。儘管嗤笑我吧，那個晚上我這樣想著。至少我擁有我的堡壘，並且堅不可摧。

隔天午後，打掃工作完成後，我便回到中庭，拾起樹枝。那天比平時更涼爽，教室的窗戶是開著的，王師父上課的聲音從窗戶飄出，飄入中庭，我讓他的聲音圍繞我，透過氣流引導我的手。

看仔細了，那道聲音說。你寫的字會透露很多你的事。只要看一眼你寫的字，我便能明瞭你的情緒和精神，摸透你的路數，辨認你的風格。當對的時機來臨，你會發現，你的字會揭露更多關於你的祕密。

我珍藏他說的每個字。這些知識對我而言非常珍貴，是我通往世界的路。

我沒受過正式教育，但在王師父的督管下，我感覺自己慢慢成爲我心目中想要成爲的人。那個人會跟我父親一樣堅強且高尚，擁有跟我母親一樣的好心腸和好手藝，跟奶奶一樣懂得照顧事物，做出溫柔但明智的判斷。如果我能成爲那個人，我想，就算他們早就不在我身邊，我至少也能更靠近他們一點。而且，我想，這些特質都離林黛玉和她的故事遠得很。

我不需要模仿石碑就能寫字的那天來臨了。我把視線從腳下移到空中，讓字體在我眼前浮現，粗健端正，跟王師父教室中出現的字一樣。我的手在空中揮舞、刻劃，直到字體塡滿整個天空。這些字邀請我抓住它們，將它們從虛空中捏塑出來。又或許，是從我自己身上而來。

＊　＊　＊

除了打掃外面的階梯，學生回家後淸掃教室的工作也成了我日常負責的範圍。

我總是安靜地移動，深怕打擾了還縈繞在教室空氣中的墨水。我手持掃把，穿梭在十二個位子之間，著迷於學生留下的文字。那時，我已經認識了所有器具的名字和用途：毛筆、紙、紙鎮、墊布、墨水、墨條、硯台、印章、印泥。

好的毛筆是富有彈性的，王師父曾說。一筆畫能創造的細節很多，無論是一隻耳朵，一隻爪子或是一座山。毛筆越軟，便越能創造更多可能性，筆畫中的變化也更豐富。

王師父的教室裡有著各個尺寸的筆刷。有的巨大如拖把，筆頭又粗又鈍，伸進幾乎跟水桶一樣大的墨池後，能把墨吸得飽飽的。有的毛筆比一根手指還細，筆刷毛緊緊聚攏出精細的筆尖。何時該用哪支筆並沒有固定的正確答案，而我對這一點很滿意。問題不在於毛筆，王師父告訴學生。問題在於紙張需要什麼。

紙，文房四寶中的第三寶，也同樣細分爲許多種類。有些以稻桿或草製成，有些則用竹子，甚至是漢麻。王師父偏好用單層的宣紙，墨水在這種紙上流動速度很快，但這就是他偏愛它的原因——一名書法家若想要成爲大師，就要連最細微的特性都能夠駕馭。

＊＊＊

一天傍晚，我發現有個學生把永遠的「永」寫錯了，應該要由上而下的筆畫，他從下到上寫去。一切都顚倒了過來，失去平衡。我還來不及克制自己，就已跪在習字小桌前方的軟墊上，拿起學生留下的毛筆。筆身是竹製的，筆尖是某種毫毛。王師父曾跟學生說過，等他們長大之後有了孩子，可以取新生兒的頭髮來做毛筆。這將會是無上的榮耀。

如此大膽可以嗎？我將筆尖浸入硯台，裡頭還剩一些白天課堂上留下的墨水。我把那個學生紙上原有的字劃掉，緩慢移動著手臂重寫一次。毛筆的重量讓我有點驚訝。原來，用眞正的毛筆跟用樹枝寫字是如此不同，有非常多要考慮的地方，像是筆刷的走向，以及墨水渲染開時多變的特性。每一筆、每個錯誤都會留下痕跡。過去，我太習慣只移動手腕，以爲這樣寫出來的字就是完美的。現在，握著一支活生生的毛筆，我明白自己還有好多要學。但卽便如此，我還是感覺到體內幾塊自我的碎片滑到了正確的位置，彷彿我剛破解了內心一個不得了的祕密。

我寫完後，身體往後一坐，盯著那個字看。成果實在差強人意，但看著未乾的墨水在紙上一呼一吸，我仍然感到相當震撼。王師父對台下說，一旦寫在紙上，中國的墨水能留存好幾世紀而不褪去。當你發現自己被某幅特定的字給攫住，當那筆畫看起來似乎能將你榨乾，你要記住，每個文字都承載著豐富的歷史，在你眼前的，是好幾世紀的痕跡。

我著了迷，開始練習寫下我在中庭石磚上學到的字，把整張紙寫得滿滿的。直到蟋蟀開始在窗外合奏，我才想起今天的打掃工作還沒完成。

隔天，王師父的聲音從窗戶飄出。這些是誰寫的？他問那張紙的主人。那個學生堅稱都是他自己寫的，但王師父說他是騙子。你又驕傲又自私，甄佳，王師父說。

所以你的字永遠都會是那副模樣。我不能再收你爲徒了。

我在外頭繼續掃地，緊張到忘記呼吸。

一會兒後，那個蒙羞的學生甄佳在中庭找到了我。他不是第一個被開除的學生——王師父對違反學堂規矩的學生毫不留情，因此學生的數量漸漸從一大群人縮減到只剩六人。去掉甄佳後，就剩五人了。我知道是你，他說。他把我推倒在地並開始踢我。沒有人會來救你。沒有人會想你，因爲你只有自己。他繼續踢，沒有要停下的意思。我縮成一團，不確定我臉上的濕潤是淚還是血。

我一直維持著同樣的姿勢，直到夜漸深，王師父發現教室無人打掃，才在中庭地上發現了我。你的字寫得不差，他扶我坐起的時候對我說，但你寫字的時候，應該要聽從你的內心。觀察鸕鷀翱翔的弧線，追蹤葉子落下時的軌跡，記住女人散落的髮絲在風中飄揚的線條。那才是書法。

那天之後的每個晚上，我進入教室不再只是爲了打掃而已，也開始上課。一天的課程結束後，王師父會繼續站在教室前方的授課位置上，我在台下聽著，四周環繞的墨水、濕紙的氣味把我迷得出神，我的手跟著他在空中指揮的手一起擺動。

我學到，書法家的魔力從他握起毛筆的那一刻就開始了。那之後的每個選擇，例如墨水多稠、筆壓多深、手臂移動多快，都是在爲筆畫的最終形態注入靈魂。

這就是意念，王師父說。這就是信念。他講課的時候沒有看著我，而是看著我上方的什麼，好像在跟我未來會成爲的那個人說話。我們身旁，牆上的書法繡帷在晚風中輕晃。這些是他多年來四處收集的作品，有的出自他老師之手，有的來自更出名的書法大家。

每位書法家、每位藝術家，起點都是相同的，他說。他們都想要創造藝術。但，意念是讓藝術變成作品而非美的原因。你要練習的，就是不帶任何目的與計畫地去創造藝術，單純仰賴你的紀律、訓練和良善之心。很少書法家能達到這般境界。這就是聽從你內心的結果。

他沒有孩子，我也未曾聽說過他的家族情況。在這方面，我們是完美的搭擋。夜晚，當他一邊讀書一邊準備隔天的課時，我會坐在我的窄床上，在掌心上練字。

等你的書法變得很厲害的時候，他跟我說，也許會有重要的官員上門請你寫字。你的字會讓人注意到你，手很巧的阿風。

每上完一堂課，我就更大膽一點。我不再只是沒有過去也沒有未來的男孩阿風。我已經學會多少字了呢——一千，還是兩千？奶奶把我送來芝罘只是希望我能活下去，但如今我卻有了日益壯大的夢想。我想要成爲跟王師父一樣的老師。我想讓世界看見我的能耐。這雙手和這對眼睛是您給我的，母親，我心想，手中的筆墨在紙上刷過。還有您的耐心和堅毅，父親。還有奶奶，您給了我活下去的機會。

王師父在課堂上總結：你的最終目標，是達到一種自由的境界，讓你和你能夠成爲的藝術家成爲一體。這就是我們說的「合一」，你終於能和自我共處。

是，王師父，我說，準備提筆沾取墨水，重新再來。我從未質疑他說的話，只是默默吸收，讓那些話語帶領我度過每一天。在課堂之外，他並未給我支付薪水，我也從未開口要。但偶爾，如果我把某個字寫得特別好，他會悄悄塞一塊銀子給我。我盡可能把錢存起來，幻想有一天能創立一間自己的書法學堂，讓學生使用最好的器具。看來，聽從內心所收穫的，就是一個又一個的字。

但我早該料到這種日子不會持續下去。

7

我現在知道：我遭人下藥了。

＊＊＊

我醒來，刻意不發出聲音。睡意灌入雙耳，我的意識掙扎著抓住清醒的世界。我不記得自己曾經睡去，也沒印象做了夢。

我的身體很沉，是我從來沒感覺過的重量。還住在漁村的時候，我只懂輕盈和歡快，從海邊蹦跳至田野，再跳回家門前的階梯上。在芝罘街頭的時候，我快速適應，快速生存。但現在我的喉嚨像是被膠封住，身體也是，將我黏在我躺著的地方。我使勁轉動眼皮下的眼球，從角落轉到另一個角落，逼它們專注。我感覺頭骨下的血管正在大力跳動，手掌和腳底也是。

我試著坐起來。

我首先注意到的是：我躺在地板的一塊墊子上。我在一個類似房間的空間。

再來注意到：房間非常暗。我僅能辨識出物件的黑影，還有身下的草蓆，其他什麼都看不清。房間在黑暗中顯得永無止境。我用手充當雙眼，拍拍全身上下：上衣、長褲、襪子、鞋子。除了頭以外，沒有其他地方感到疼痛。一切感覺都很正常，只不過周圍這一切都不正常。

我記得什麼？結束今日的打掃工作，然後從學堂散步去海岸路。魚市場，賣魚的女人。她大力揮動的雙臂。被一群想把事情鬧大的魚販包圍。肩上意外的重量。打扮奇異的男人低頭看我。短髮。陽光。兩顆黃牙。食物之約。走路。走路。走路。

我用手指按壓太陽穴。沒有腫脹，壓了也不會痛。我還記得什麼？我們經過的建築：一間教堂、幾家食堂、一間藥材店、一座肉市。大海刺鼻的鹹味。也有一些對話，但我不記得說了什麼。每段記憶都躲在煙霧和陰影之後。唯一清楚的影像是那個男人的臉，他寬大的額頭和尖下巴。散發神一般的魄力。

在我想起更多事之前，藥效如粉色泡沫般再次湧來。我倒回地板上，視野逐漸模糊。

＊　＊　＊

我第二次醒來的時候，感覺有什麼東西在我上方徘徊。我倒抽一口氣，胸口一緊。是眨眼的男人，他要來殺我了。

他伸手抓住我的上衣，一語不發地把我往上提。有那麼可怕的一瞬間，我以爲他要把我丟進藏在房間某個角落的無底洞，但接著，我的背碰到了冰冷又堅硬的東西。背後的牆壁把我抵住，我只是個癱軟無力的生物。

吸氣，對我眨眼的男人說。

我嘗試。吸兩口，吐一口。我閉上眼，想起奶奶數著節拍，她的手放在我的膝蓋上。黛玉，吸氣，再吸氣，吐氣。再一次。

這裡是哪裡？我質問，聲音沙啞。

他默不吭聲。我聽到一陣沙沙聲，接著是一聲輕響。房間終於有了光線。這裡並非我所想像的地窖，反而跟我老家的房間非常相似。我的視線掃過一張桌子，一張椅子，我癱在地板上的腳，還有門。靠近天花板的位置有扇正方形的窗戶，被人用報紙和膠水全部遮住。房間並不小，但感覺整個空間持續朝我和眨眼男的方向擠壓，縮成只容得下我們的大小。我們是房裡唯一的焦點。

眨眼男蹲下，手裡提著油燈。他不是天上神仙先變成龍再化身爲人形前來保護我的守護者。在燈火照射下，他的臉像在燃燒。

我想回家，我告訴他。

妳叫什麼名字？他問，忽視我的話。在我記憶中，他的聲音是柔軟而親切的，然而現在卻透露著危險。

妳叫什麼名字？他又問一遍。

我沉默。

他用手背賞我一巴掌。他的關節撞擊我的臉頰，爆出火花一般的聲響。

阿風，我低聲回答，強迫自己不准哭。

很好。他微笑。阿風，妳幾歲？

我害怕他知道答案後會對我做什麼。

我們就說妳十四歲吧，他回應我的沉默。油燈裡的火苗閃爍。孤兒阿風，妳十四歲，而且妳永遠會是十四歲。

他站了起來，往下看著我。

讓我回家，我說。假如我求得夠可憐，我想，他可能會變回先前那個在魚市場搭救我的善心男士。

但他沒有。他把食指抵在唇上，然後轉身離開。他每走一步，燈光就縮小一些，房間的樣貌漸漸從我周圍消失。當他走到門邊，我的視野中只剩下一個微弱的黃色光球。

拜託，我大聲央求，並不知道接下來會發生什麼，但我確定只會更糟。我想回家，我再次央求道。

黃色光球顫動了一下。孤兒阿風，他說，我們離家還遠著呢。

8

黑色的「黑」字是由口、火、土組成的。口坐在土上。土的尖端將口剖半。在這兩個字之下，是火。

但嘴巴是粉色的。土則是棕。火是光亮。我第一次學到這個字時，不明白爲何這三樣東西加起來會是黑色。

如果你不知道，王師父告訴我，你將永遠無法領悟它該如何被寫下，也無法寫出它應有的樣貌。

眨眼男離開時，把光線一併帶走了。我想我終於明白爲何這三項東西能造出黑色來了。如今我置身黑暗中，好像看到自己坐在一張打開的嘴裡，只差一口氣就會掉入地心的惡火。我用手指頭寫下「黑」，卽便看不見，但我知道這一次，我終於用它應該被寫下的方式，寫出了它應有的樣貌。

黑，是一種時間消失而使某些事物占據其位的方式，是孑然一身。

＊＊＊

我試著回想：我被綁架了多久？那時是正午，現在一定是晚上了。我甚至無法確定還是不是同一天的白晝，同一天的晚上。

在黑暗中，我把膝蓋抱在胸前，雙手緊抓住手肘。如果讓恐懼攫住我，我將永遠無法逃離這裡。想想眞實存在的東西，我告訴自己。抓住它，絕對別放手。

花生色屋頂的紅房子。中庭的水池，花圃裡種的蒔蘿。學生爭先恐後回答問題的聲音。王師父在台上演示手心如何虛空。王師父，我真正的守護者。

我把眼睛緊緊閉上，祈求他來這個房間陪我。祈求他救我出去。

明天早上他發現我不見的時候會怎麼想？他會擔心嗎？還是說，他早就預料到了——這個不知從街上何處冒出的神祕男孩，八成繼續過他的生活去了，也許去了哪裡當流氓，也許死了。有差嗎？學堂還是會繼續辦下去。在書法中，我們不會去修飾寫好的筆畫，就跟人生一樣，王師父時常如此說。已經發生的事，我們就必須接受它。

＊＊＊

漁村裡較年長的女孩老愛說一個故事：好幾年前，早在我父母搬去那裡之前，漁村裡有個名叫白荷的年輕女孩。她是村裡焊工的女兒，皮膚像琉璃般透潤無瑕。如果你白天見到她，她的肌膚就像是吸收了陽光般燦亮。若是在晚上，月亮在她旁邊都相形失色。當她微笑，光線會落在她顴骨上最突出的一端。焊工的女兒不應該擁有這麼美的肌膚，但白荷是個例外。她身上定有某種純潔的祝福。那女孩的臉上有星光，村民總說。

白荷滿十二歲的時候，城裡有頭有臉的男人紛紛登門造訪，一時絡繹不絕。村裡有個肌如琉璃的美女，這個消息早就傳開了，人人都想親睹她的風采。村裡的其他女孩則擠在她家窗外爭相搶看來客的模樣，踮腳踮得鞋都快插進土裡去了。她們看慣臉上沾滿泥土的農村男孩，也看慣父親們粗硬的大手。但她們沒見過這些有權有勢的男人。

一個接著一個，這些城市男人走進白荷家，渾身上下散發著自信，步伐堅定，舉手投足都在宣示：我無所畏懼。這是坐擁舒適生活、金錢和幸福人生而有的自信。

雙方會面時，白荷披著面紗踏入正廳。城市男人各個面露期待，身體緊繃起來，雙手交握放在膝上，指節發白。我女兒的皮膚是非常特別又少見的，她的父母向廳裡的眾人說。您絕對沒見過像這樣的肌膚。這樣的肌膚，一定是天上神明的恩賜。

她爸媽在男人和白荷之間你一言我一語持續下去，彷彿面紗是永遠不會拿下來了。外頭，村裡的女孩們不耐煩地抱怨，雙手抓著窗台。白荷會選誰？眞愛是什麼樣子？

接著，談話總算告一段落。白荷掀起面紗，露出底下白裡透紅的肌膚。窗外的女孩用嫉妒的目光盯著。屋裡的動作都靜止了下來，男人在心中垂涎。海底的珍珠固然稱得上美麗，但遠不及她的臉蛋動人。

村裡的每個女孩都知道，白荷將會去到一個她們這輩子從來沒見過，往後也永遠見不到的地方。她們的皮膚在她旁邊顯得黯淡無光又充滿瑕疵。她們得向世界乞求，但世界卻自動撲倒在白荷腳邊。目睹她家正廳裡的場面之後，有些女孩回家發誓只吃白飯。另一群女孩決定要偷拔一根白荷的頭髮。她們都深信，一定有某種辦法能偷取她身體裡的那股魔力。

隔天早晨，整座村子被一陣嚎哭聲吵醒。白荷的父母挨家挨戶敲門，神色瘋狂，近乎歇斯底里。我們家白荷被人拐走了，他們哭叫。有人趁著半夜把她綁走了。

村裡的人冷淡以對。一個肌如琉璃的少女消失了，你還能做什麼？讓那麼多男人進入家裡是在自找麻煩，他們說。

或許這就是擁有那種皮膚的代價，另一些人說。他們關上門，還在窗戶旁掛上毯子，阻隔她父母的悲痛聲。不要像白荷一樣，他們告誡小孩。別想著要變漂亮。你看見美麗的下場了吧？

白荷的故事是爲了要嚇嚇村裡的女孩，我知道。但卽使是這樣，我還是很慶幸自己與她是多麼不同。我的頭型像顆蛋，眼睛的形狀讓我看起來總是很累，或者剛哭過。我的表情一向正經。你給人一種嚴肅感，我奶奶常說，一舉一動都是。

陰沉的男孩扮相比肌膚白裡透紅的女孩好多了。白荷之所以會被帶走，就是因爲她太顯眼了。那種事絕對不可能發生在我身上。直到眞的發生了。

久遠的痛苦再次湧上心頭，讓我想起了小漁村和三合院，最後，還想起了爸媽。想起他們空蕩得詭異的臥室。想起靜止的織布機。那一瞬間的失落如此劇烈地穿過我，沒有任何事物，就連女媧的三萬六千五百零一顆石頭，都無力修補它鑿下的深壑。你們爲何離開？爲什麼不帶我一起走？原來拋棄我這麼容易嗎？幾個詞像著火般迅速飛掠我的腦海：欺瞞、背叛、厭棄。以及最後一個，羞愧。愧於這份憤怒，這份埋怨。愧於我根本就應該原諒他們。無論他們出於何種原因而非得離開不可，都不是他們的錯。我必須相信這點。我必須堅持相信下去，否則我將永遠沉沒在這股絕望之中，再也無法浮出水面。

殘留的藥效再次來襲，我靠回冰冷的牆壁上。黑，是一種足以在你肺上灼穿一個洞的想望，濃烈至極。

＊＊＊

當我再次醒來，我知道有另一個東西和我一起待在這片黑暗中。我非常確定。有東西拖著腳走過房間，在牆壁爬上爬下，滑過地面的塵土。我想要坐起來看個清楚，但身體卻像塊木板一樣僵硬沉重。

眨眼，我對自己說。抬起妳的手。

我的手動也不動。

不明的東西靠我更近了。我感覺它的氣息竄上我的身體，一陣刺痛從我的腳趾一路蔓延到肚臍。它現在移到我的頭頂上方，往下盯著看，對我的無力反擊感到幸災樂禍。我瞪回去，用目光游穿這片賦予它力量的黑暗。

走開，我想要尖叫。但尖叫聲被困在我體內，跟全身上下一樣。

我告訴自己這只是幻想。黑暗使我發狂。藥效也一起搗亂。但我也清楚，無論它是什麼，它都已經跟在我身邊好一陣子了。

林黛玉?我朝黑暗發問。

雖然她沒回答，但我知道我說中了。

9

早晨的光穿過窗戶上糊著的紙透進室內。我頓時感到一陣溫暖，確信自己在老家的房間，爸媽和奶奶早就起床了，正在等我一起吃早餐。幸福，眞眞確確的幸福。我抬起手臂向前伸，幾乎就要抓住這份狂喜。所有的一切都是惡夢。我很安全。我在家裡。

我睜開眼。房間再次占據我的視野。桌子椅子都還在，草蓆也還在，地面就跟先前一樣冰冷無情。我的狂喜瞬間煙消雲散。我，以及其他一切，都還在這裡。

門開了，有隻手把一個托盤推入房間。等等！我喊。我還來不及繼續說話，門就被大力甩上。我爬到托盤前，上面擺著一小碗粥。我飛快地一口吃光，再爬回草蓆上，肚子似乎比先前更餓了。

門又開了，同一隻手伸進來撤走托盤。我張嘴準備再次大喊，但話還沒出口，有個女人就走進了房間。

她拄著拐杖，背著布包。頭髮是發白的乾草色。我的喊叫消失在喉嚨深處。跟一個老太太待在一起，無論我身在何處，都不算太糟吧，我推論。

我期待能從她那兒得到善意和溫暖，但希望很快破滅。甚至，當她混濁的眼睛掃過我時，我意識到自己就跟條狗一樣無足輕重。她冷冷地告訴我，她之所以來這裡，是爲了教我英文。接著她用拐杖指了指椅子，我明白是叫我坐下的意思。

她從布包拿出一本書，放在桌上。裡頭印著我看不懂的字——有的有稜角，有的圓且胖。女人唸出這些字的發音，而我後來才知道這些字稱爲字母，每個都跟針一般細。

換妳唸了，她舉起拐杖，拐杖的尾端在我面前晃了晃。

A，我嘗試。B，C，D，E。我的聲音顫抖，猶豫不決。

女人叫我再唸一遍。我一邊看著她用拐杖一個字母敲過一個字母，一邊跟著發出聲響。F，G，H，I。我和拐杖搭配出一組節奏。

好幾個小時後她才離開，外頭的夜色讓房間的光線又紫又灰。我將自己縮成一顆球，剛才的聲音還在我腦中互相撞擊回響。

以我看不見的姿態在一旁守著的，是林黛玉，她正在看著我。

＊＊＊

關於英文，妳知道什麼？老女人問。

世界另一端的語言，我回答。腦中想像著船、煙、五官立體又蒼白的臉，還有一頭秋天落葉色調的頭髮。

英文使用的字母系統是有限的，她說。二十六個字母，各有自己的固定模式，有自己的一套規則。把它們想成大人。把它們想成長大成人。將它們依照特定的順序擺放，就能創造出特定的詞。

聽起來很簡單，我想。

但我很快便遇上第一個難關：發音。這些字母聽起來和組合起來的詞相去甚遠，而且還得考慮很多組合性的因素。每種不同搭配會組出一個新的音，一個新的意義。英文字母雖然有限，卻能創造出無限且不規律的的可能性。

V：將兩顆上門牙咬住下唇然後吐氣。

Th：把舌頭伸進上下牙齒中間，沿舌周發出震動的嗡嗡聲。

Tr：牙齒閉合，送氣。

Dr：跟Tr一樣，但更沉更濁。

St：發嘶聲，然後急停。

Pl：想像你在模仿馬匹噴鼻息的聲音。

中文裡，每個音節都至關重要，每個音節都要用和周圍音節同等的力道去強調。但是在英文裡，每個單字和單字中的字母有發音上的位階之分。最重要的音必須灌注活力，而不重要的音則被夾在其中、被淡化、被隱藏。英文自成一個音樂流派——每個句子都富有特定的節奏，每個單詞都自帶節拍器。英文，似乎是關於時機與混沌。

我把每個詞想像成蹺蹺板，不確定哪一端會先下降。有一邊總會比另一邊更沉。問題是該怎麼判斷。

我們中午會休息一次，停下吃午餐，每天都是一樣的蒸饅頭和鯷魚乾，兩道菜都又硬又乾，刮著我的上顎。課程之外，這個女人對我來說並不存在——她變成了英文，而英文變成了她。

每一天都相同，日復一日。

我是否能回家，妳知道嗎？我問她。妳知道他想要對我做什麼嗎？爲什麼我要學英文？

那個「他」指的當然是眨眼男，自從被綁架的那天後，我就再也沒見過他。我開始懷疑他是否眞的存在，還是我的幻想，這個幻想莫名地把我自己帶到了這個地方。偶爾，在最走投無路的那些片刻，我告訴自己，或許這一切都是命中注定。

每天，老女人對我的提問充耳不聞，只會繼續發出聲響，然後教我那個詞的意思。我背誦單詞，在黑暗中召喚這些單詞的形象。CAT，貓：橘色且獨來獨往。WAGON，拖車：鄰居胡大叔。WIND，風：阿風，來自風中的男孩。

最孤單的時候，我會用手指就著地上的土寫起英文字母。在字母旁邊，我會寫上跟它發音相同的中文字。其中最讓我困惑的是字母I。跟I同音的中文字是：愛。I，在英文中代表自己。愛，在中文中代表著一顆送出去的心。I，在英文裡是獨立，是身分。愛，在中文裡，是爲了他人犧牲自我。多有趣啊，我想，這兩個發音上的雙胞胎竟然承載如此不同的意義。這是我學到的另一件關於英文的事實，以及創造這套語言的人是怎麼想的。

爲了標記在這裡度過的每一天，我用老女人的來去作爲辨別時間流逝的基準，用指甲在牆上刮出線條。我會用手指輕撫它們，把臉頰貼在木牆上，直到我感覺臉頰肉上也烙上了記號。有次當我這麼做時，我好像聽見對面也傳來刮牆的聲音，好像隔壁有一個人，正跟我做著相同的事。

＊＊＊

課程進入閱讀和造句時，牆上已有五十個記號了。

英文裡的複數和時間很重要。人不可能解釋一個動作卻不說明動作是何時發生的。過去、現在或未來足以定義整個經驗。這是最難的部分。

只說「某人給你某樣東西」是不夠的，老女人告訴我。妳必須表明何時。所有事情都根基於時間。跟著我唸：give。gives。given。gave。

給。給。給了。給了。我想問她原因。爲什麼英文重視這點而中文卻不？區分時間有什麼用？

中文裡，時間的「時」這個字裡面含有表示太陽的「日」，意味著四季。王師父曾說，古時中國依據太陽在天空的位置來記錄時間。因此，「時」這個字，本身就隱含「時間循環」之意——不論太陽如何移動，它總會再回到同樣的位置。

在英文中，時間則由四個字母拼成。是某樣由有限的字母組成的有限事物。也許這就是兩者的不同，我心想。對於用英文表達的人而言，時間是有限的。這就是爲何區分過去、現在和未來是如此重要。

當我想通這點時，就知道自己這輩子都能完美寫對時間這個字——無論中文或英文。

我就是這樣開始理解英文的。

＊＊＊

妳準備好了，老女人有一天對我說。

我問她，準備好做什麼？她沒有回答。

那晚她離開後，我摸了摸牆上的刻痕。時間在此很重要。好比說，多少日子過去了？

我的手指滑過三百八十條刻痕。離我開始計算那天，離我爲了大海的滋味去到魚市場的那天，離那碗永遠吃不到的麵，足足過了三百八十天。樹木肯定再度茂密了，草也重新翠綠了起來。外頭，大海肯定在繼續洶湧。王師父學堂的窗戶大概都敞開著，飄散出陳舊的墨水味。新一批學生又朝中庭丟了幾顆吃剩的蘋果呢？雕了龍的水池依然清澈動人、生機盎然。

我忍不住啜泣了幾聲，然後遮起自己的嘴，聲音聽起來絕望又厭倦。整整一年過去了。我知道時間很重要。好比說，需要經過多少時間，一個人才能開始遺忘？

10

隔天晚上，眨眼男來了。

小侄子，妳過得如何？他問。他提著油燈，臉上映滿橙光。我們雙方都意識到，彼此之間橫亙著三百八十天的距離。

這段期間，我讓自己學會相信，眨眼男本來就是一副面目可憎的模樣，脖子上長著好幾顆頭，舌頭鮮紅如烈焰。然而如今，他看起來跟那天在魚市場拯救我的陌生人沒有兩樣，身材一樣修長、舉止一樣優雅。他全身上下唯一改變的地方，只有右眼下方一道微微的疤。我心想，如果我在街上看到他，我還是會跟他走嗎？這點最讓我害怕。就連現在，我對他的眞面目仍然毫無頭緒。

他走到我面前蹲下，把燈舉到我的臉旁邊。光線很刺眼，我不得不把頭撇開。他上上下下移著光源，觀察我的身高。

就妳的年齡來說，妳很瘦小，他說，不完全像是在對我說。剛好適合窄小的空間。

他往後一坐。妳曉得我們爲什麼要教妳英文嗎，孤兒阿風？

我想我知道；我想我開始猜到了。但我沒回答。我不想再對他敞開心扉。

從現在開始，妳只能說英文，眨眼男切換成英文說。

我們之間的空氣緊繃。我點點頭。

妳來美國多久了？他問。

我從來沒去過美國，我用新的語言說。話語從口中滑出，在四周環繞爬行，把我們圈得更近。

妳去過，他柔聲說。妳來美國已經五年了。再回答一遍。

我來美國五年了。

他遞給我一張紙和一個我沒見過的東西，不是毛筆，而是一根細的圓柱體，底端是尖的。我用握毛筆的方法握住它，它的短小顯得我的手大且笨拙。

寫下我說的話，他說。我是阿風，十四歲。我住在美國五年了。我的父母在紐約市開了一間麵店。他們死了。我來舊金山是爲了找一份麵店的工作。

我照著他唸的寫。我不知道怎麼拼舊金山，貶眼男拿走紙筆替我寫。在紙上，那幾個字母長得像條長長的、身上遍布鱗片的龍。

記住這個字，他說。多練習，把它烙印在妳的腦中。如果我們的計畫出了亂子，妳就照著這個說。

我可以回家了嗎？我問。

他站起來，兩邊的膝關節先後發出喀噠聲。喔，當然，他說。妳很快就會到家了。

我知道你在這裡還藏了其他像我一樣的人，我說。我不是在提問，而是質問。牆壁傳來的刮擦聲是眞的，我的房門開關時傳入的叫喊聲也是眞的。房間外頭的世界讓我不至於那麼孤單。

他轉向我，臉部表情難以捉摸。那一刻，我猜想我是否終於激怒了他。但，他的嘴角很快就上揚，伸出一根手指在我面前搖晃，細長的影子在牆上跳著舞，令人毛骨悚然。

也許是有其他人，他說。又或許，就只有妳一個人。

他離開房間。我向黑暗中眨眼，企圖摸索出這一切到底意味著什麼。

＊＊＊

那天深夜，我做了夢。或者是回憶？林黛玉來找我，我終於在光線下看見她。她又矮又瘦，像隻小鳥。我朝她伸手。這是我頭一次對於見到她感到開心。告訴我該怎麼做，姊姊，我央求。這一次，我會聽妳的。

她轉身背對我，越走越遠，髮絲在風中飄蕩。我邊叫喊邊追上去。但我喊出的是英文，我知道她聽不懂。我想換回中文，但話語在嘴裡變了形，我來不及阻止。我想問她該如何逃離這座監獄，如何擺脫眨眼男的掌控。我想要她帶我走向她已經找到的自由，那種只存在於死亡的自由。

我每跨一步她就躍兩步，彷彿她正在加速而我慢了下來。林黛玉！我大聲呼喚她，雙腳掙扎而激烈地跑著。妳要丟下妹妹不管嗎？

這句話讓她停下了。她轉過來面向我。眼前的林黛玉長得像我卻又不像我。她的眼珠不是棕色而是藍色的。她的鼻子比較靠近臉部下方。她的雙唇跟魚嘴一樣粉嫩光滑。我的林黛玉張嘴，沒發出聲音，但鮮血卻從她的鼻孔、眼角、耳朵緩緩滲出。

有人在尖叫。我發現那個人是我。

我驚醒，濕透的上衣像膜一樣緊緊貼在胸前。我的呼吸沉重，一呼一吸都像在劈砍黑暗。

妳在嗎？我低聲問。妳爲什麼不幫我？

房間空蕩蕩的。林黛玉這回幫不了我，就像她過去從來沒幫過我一樣。她從來就不是眞的，我對自己說，但我是。就這麼一次，我眞希望我們的處境能夠對換。

11

隔天傍晚，門再度打開，但這一次卻沒再關上。

三個男人走進來。他們魁梧結實，塊頭幾乎跟一個小型巨石一樣大。眨眼男跟在他們後面，提著他的油燈。

他叫我站起來。我照做，髖關節僵硬，動的時候互相摩擦。一天中大半時間都坐著，站立令我的雙腿發疼。他遞給我一個鼓起的柔軟布包。

換上這套，他說。

他燈裡的光讓我想到滿月，又大又重，彷彿快要從天空上掉下來的那種。我腦海中瞬間閃過一個瘋狂的念頭，假設我讓油燈摔碎在地上的話，不知道會發生什麼事——假設我能讓自己和這個地方一起付之一炬的話。

現在就換，眨眼男說。他身後的三個壯漢摩拳擦掌。

我乖乖聽話，脫下濕掉的上衣。接著換褲子。我幾乎不用使力就褪去了褲頭，看它落在地上。

我一絲不掛站在他們面前，低頭望向自己的身體。我很久沒在光線下看到自己了。兩小坨肉在胸前隆起，尖端是紅鏽色。肋骨突出，在軀幹上形成網狀。我的肚子小而軟，鬆弛下垂，掛在明顯突起的骨盆中間。大腿根部幾乎沒有肉。我的腳是全身上下看起來唯一巨大的部位，好像屬於另一個塊頭比我大上許多的人。但我的腳其實跟以前一樣大。是其他地方縮水了。

出於直覺，我用手遮住身上最私密的部位。一股新的恐懼襲來，被綁架的那天就開始擔心的事重新回到我的腦海。

眨眼男的目光在我身上徘徊。我們以後再來把妳餵胖，他說。他指向那包衣服。現在先穿上它，他說。

布包裡面的衣服是全黑的，而且對我來說太大。穿上後，我感覺身體好像又消失了一點。眨眼男叫我跪在他們面前。我照做，骨感的膝蓋抵在地面的塵土上。

三個男人之中的一個拿著剪刀往前一步。我瑟縮了一下。別動，他警告。他站到我身後然後捏起我的一撮頭髮，髮絲又油又塌，已經長到下巴了。他將刀口伸向頭髮。我聽見什麼被剪斷的聲音。我往下看，地上躺著一道銳利的黑。母親的臉浮現我眼前。我勸她別看。

男人繼續喀嚓喀嚓喀嚓地剪。地板上的頭髮越來越多。每落下一撮，母親的臉就淡一些，最後我幾乎看不見她了。

大功告成後，拿剪刀的男人後退一步，站回眨眼男身旁。

妳叫什麼名字？眨眼男問我。

阿風，我機械性地回答。

妳從哪裡來？

紐約市。

妳的父母親呢？

死了。

妳爲什麼來這裡？

爲了找一份麵店的工作。

很好，很好，眨眼男說，嘴角掛著笑。這下妳眞的準備好了，阿風。

他朝三個男人點點頭，男人們便離開了。他抓了抓脖子，然後對著我開口。

侄子，妳有跟男人在一起的經驗嗎？

終於來了，我心想，我預料中的這一刻。從眨眼男將我帶走的那一刻起，他的目的始終只有一個。我見過狗在夜晚糾纏的樣子，聽過貓的尖嚎，彷彿有人將牠們生吞活剝。村裡蘋果農家的男孩曾經尾隨我到水車後方，把他的手放在我肚子上。我的血在他的碰觸下翻騰。

我開始想像眨眼男在我身上搖擺，他油膩的眼神鑽進我的眼睛，他唇上的髭鬚摩擦我赤裸的皮膚。他那令人不悅的重量。沒有，我告訴他，祈禱他能就此打住。

他彷彿看穿了我的心思，輕蔑地一笑。我不是在說我，侄子。我指的是白皮膚的男人。妳懂他們嗎，他們喜歡什麼？

我身上的眨眼男消失了，換成我在芝罘外國郵局前見到的淡金色頭髮男人。他喘著粗氣，發出低沉的呻吟。他的肚子包住我整個腹部，把我吞噬，我的身體變成他的一部分，不再屬於自己。我搖搖頭，不，不，不。

妳之後會學會的，眨眼男說。他用手指摸摸西裝外套的領子。他們會教妳。那些白人會很願意砸錢在妳身上的。他們喜歡像妳這樣小隻的。妳會成爲我的搖錢樹嗎？我想是的。好了，過來這邊讓我瞧瞧。

我起身，慢慢走向他。我無法停止思考他剛才說的話。他們，他說。小隻，他說。錢，他說。這些話像灰燼在我面前撒下。

他近看時像狐狸。眼下的疤痕像一根草。他毫無預警地伸手捏我的臉。我的身體在他的碰觸下暫停一切運作。我感覺心臟在抗議，血管繃得緊緊的。

妳會乖乖聽話，對嗎？

我點頭，克制自己不去咬臉頰內側和牙齒間的肌肉。他鬆手，然後從口袋裡拿出一個東西。閉上眼睛，他命令。

我感覺他在我的臉和脖子上抹著什麼。聞起來像焦油。他把我轉到另一面，繼續在我的肩膀上塗抹。

手伸出來，他說。

我回轉身，朝他抬起手。他來來回回地將我的手掌、指甲和指縫間搽滿那個東西，現在我能看到了，是黑色的。他的舉動令我想起以前，每到冬天，只要我在戶外待了太久，奶奶就會這樣摩擦我的手。她會用雙手握住我的其中一隻手，來回翻轉，像在生火一樣，直到我的兩隻手都變得又紅又熱。

然而，這裡不是我家，這個男人也不是我的奶奶。他也不是王師父，他沒有跟我說，我的手總有一天會讓我出人頭地。

我的手垂回身體兩側。

那三個男人回來了，抬著一個高至臀部的大桶子。他們在等我們了，賈斯柏，他們其中一人對著眨眼男說。我盯著桶子，心重重一沉。

我想妳應該知道怎麼做，名叫賈斯柏的眨眼男說。

我的確知道。我也知道自己無路可走。與其永遠困在這座牢籠，我寧願選擇桶子，至少它會帶我離開，去到任何這裡以外的地方。

我走向桶子。靠近後才發現它比遠看大上許多，幾乎比我的身高還高。其中一個男人蹲在我前方，用繩子把我的雙手手腕和雙腳腳踝分別綁起。他綁好後起身，雙手穿過我的腋下將我提起。在他手中，我像個布娃娃般垂掛在半空。他把我放進桶裡。如果我把膝蓋縮在胸前，就能剛好坐進去。裡頭聞起來像是被火燒過，有濃濃的煙燻味。

賈斯柏從上方探頭，往下看著我。不准動，也不准發出任何聲音，他說。

旁邊傳來什麼東西在地上拖拉以及碰撞的聲音。把頭低下，他說。某樣物體開始被倒進桶裡，數量感覺有一百萬個之多。我鼓起勇氣看——是一小塊一小塊的煤，稜角尖銳，形狀像糖果。這些煤塊強行霸占我四肢間的空隙，先是淹過我的腳，然後緩慢吞沒我的腿和腰，再來是手臂和胸部，一路壓上我的喉嚨。煤塊雨停下後，我已動彈不得。若有人往桶裡看，他們不會看到我，只會看到煤中的一團黑影。

我快沒辦法呼吸了，我跟賈斯柏說，聲音使周圍的煤塊微微震動。

他什麼也沒說，只彎下腰在我脖子上用繩子繫起一個小麻袋。麻袋很沉，但聞起來清新又涼爽，像薄荷葉的味道。我胸口舒緩了下來，彷彿有人往我嘴裡吹入空氣。

那裡面裝著一顆特別的石頭，賈斯柏說。可以幫助妳呼吸。順便讓妳想起我。

我深吸一口麻袋裡的薄荷味，恨意油生。

如果妳聽見一聲輕敲，就表示有人要打開蓋子，他告訴我。記得把頭壓低。假如，妳抵達的時候不小心被當局抓到，記得複誦我上次教妳的話。如果妳設法逃跑，妳會死。如果妳發出半點聲音，妳也會死。

說得好像現在還不是死亡一樣。

最後一樣東西是一小團布，賈斯柏把它塞進我嘴裡並且用繩子固定。他上身稍微後退以便觀察他的傑作，但手還掐在我的臉上。在我釐清狀況前，他用力抓著我的頭往桶壁上撞。我大叫出來，但聲音被嘴裡的布完全淹沒。賈斯柏得意洋洋地站直身子。

他們在等妳了，其中一名男子的話從上方傳來。我聽見「砰！」的一聲，圓形桶蓋出現在視野中，抵在桶子的上緣。那幾個男人用力地低聲哼氣。蓋子遮住的範圍越來越大，光線像是日蝕一樣逐漸被侵蝕、消失。

賈斯柏的臉再次出現在僅存的最後一絲縫隙中。他打量著我，我的身軀瘦小，深埋桶中，我的臉一片烏黑，只能透過眼白將我從煤堆中分辨出來。

改寫後的故事版本長這樣：有一天，一個高挑的男子在魚市場中央發現一個假扮男孩的女孩。他能從她凹陷的身形看出她的飢餓。他身上也有飢餓，但他善於掩藏。除了眼睛。這回，假扮男孩的女孩發現了。當她在陽光下面向他，她看見了眞相，然後逃跑。男子無功而返。女孩順利回家了。

我從桶底仰望那對眼睛。藝術，是藝術家心靈的證據，王師父曾如此說。那個創造出賈斯柏的眼睛的人，留下了線索，卽便必須瞇起眼才能看清。但線索確實存在。一直都在。只是在魚市場那天，我不知道我必須用心去看。他的名字是賈斯柏，他綁架了我。我想要唸出他的名字，我想要發出聲音，讓他知道我所知道的：他的英文名字中間，有著中文發音的「死」，有著死亡。

但四周的煤擠壓著我，將我的聲音封印在原處。

美國再見了，侄子，賈斯柏說，並最後眨了一下眼。

桶蓋完全蓋上。

第二部

舊金山，加州

San Francisco, California

1883

1

櫥窗外的男人不是第一次做這種事。他的帽沿低垂，陰影幾乎遮住鼻子，但還看得見嘴部緊繃的線條，嘴唇是濕潤的。這代表他對即將要做的事非常熟悉。這代表他明確知道自己想要什麼，以及如何得到它。

男人舉起手，伸出一根彎曲的手指。我們在他的關注下挺直身體。他的手指攪動著空氣，逐一檢視並來回拖曳，猶如在尋找遺失的記憶。當手指掃過我們，我們縮了一下，彷彿隔著玻璃也能感受到他碰觸的溫度。

然後手指停下。

先是暫停，然後確認。櫥窗內，我們同時吸氣，彷彿成爲一體。我們各自都相信他指的是自己。

但是他想要的不是我們。他要的是我左邊的女孩，小燕。意識到這點，我們鬆了一口氣，除了小燕。她對著男人一笑並低頭致意，但我可以感覺到她的身體戒備起來，這種高度警覺的狀態，從她肩膀一路向下擴散到全身。

出去，身後一名保鑣下令。

我們魚貫踏出展示間，身上的絲質洋裝隨著動作發出摩擦聲。我們站在大廳，外頭的男人也進來了。他盯著小燕，彷彿了解她的一切，也了解我們的一切。

我應該要低頭不動，但又忍不住想偷看。小燕雙唇緊閉，投給男人一個靦腆的微笑，身體已然進入隨時準備獻出的狀態，不再屬於自己。一個鐘型的人影跟往常一樣從某處翩然而降。是李夫人，準備來將小燕交付給男人。他的目光此時開始流連在李夫人身上。餓狗一條，我想。

好眼光，李夫人說。她的聲音富有磁性，宛若絲絨。您想進一步仔細看看嗎？

男人低哼了聲，然後點點頭。

轉一圈給我們的客人瞧瞧，她指示小燕。小燕在我們所有人面前轉起圈，先擺動臀部，再來是肩膀，然後是脖子細長的線條，裸露的部分格外嬌豔欲滴。她挽起的頭髮黑得發亮，像是夜色中的河流。她今天的妝是一抹熟李子的艷紫帶點金，嘴唇像蘸了葡萄酒那般紅。身上穿著長春花藍的絲質長褲，搭配繡著花的絲質上衣，儼然是位宮廷之上的公主。

那麼，您決定選她了嗎？李夫人語氣轉硬，微微督促著。

男人舔了舔嘴唇，舌頭色淡且尖。他伸手從夾克掏出一大捲鈔票，李夫人用雙手接下。男人牽起小燕的手。她的手在男人的手中看起來格外小巧。

我們繼續低著頭，直到他們走上樓，進入臥室。

李夫人轉向我們其他人，鼻孔立刻大張。妳們其他人，她說，語速又和緩下來，嗓音悅耳卻冰冷無情。該歸位了。

於是我們折返窄小的展示間，站在面向街道的落地窗前。

我身旁的女孩一一被選中了。她們一個接一個在男人面前轉身，然後男人點頭，把錢交給李夫人後帶著他們的女孩上樓。一旁有保鑣看守，每晚都是。我不曉得他們的名字。

慢慢的，一個女孩接著一個女孩，一個男人接著一個男人，天花板被他們的撞擊和呻吟壓得越來越沉。

長夜將盡的時候，只剩下我和另外兩個女孩。其中一人是年紀較大的小玉，嘴邊因爲太常咬唇而生出了皺紋。她來這裡有段時間了，也許是最久的一個。她曾經是這家妓院的紅牌，但今天已經是她第十四天沒有生意上門了。其他人猜想這要歸咎於她日漸隆起的肚子，跟她每個月不再流血有關。

我需要工作，她哀怨嘆道。男人都去哪了？他們不明白自己錯過了什麼。

另一個女孩，珍珠，只是把眼睛埋到手臂後面哭著。她唯一的客人今晚爽約了。

在我們頭上，女孩們的聲響譜出一曲交響樂。有的聲音又低又粗。有些像狗叫。一些人幾乎是在歌唱。在這些聲音之下，則是男人粗魯的喉音，有時怒吼有時叫囂，然後是揍人的聲音，粗暴的拳腳聲似乎整夜沒完沒了。

我剛來的時候痛恨這些聲音。但我現在必須記得仔細去聽。

他媽的，小玉咒罵。如果我再不趕快招到客人就要被踢出去了。她轉向越哭越大聲的珍珠。小女生，妳在哭什麼？至少還有人會帶著鼓鼓的錢包來找妳。

男人一個個重新現身、下樓，調整他們不整的衣衫，梳平頭髮、戴回帽子。我沒辦法看著他們。我受不了他們貪婪的臉，受不了他們一副剛大獲全勝、從戰場凱旋回歸的樣子。受不了他們可以回到陽光下，回到他們躲藏的地方。

歡迎常來，李夫人對他們每一個人說，臉上堆起假笑。我板著臉坐在展示間角落，其中一名男人盯著我看了太久，於是我把頭別開。

過了一陣子，當太陽將海與天的交界染上金邊，李夫人要我去辦公室找她。她的辦公室不大，兩名保鑣往門邊一站，顯得更小了。跟李夫人的存在感一比，也顯得小上許多。她坐在一張深色大木桌後面，比我在芝罘見到的女人還要巨大，但身上找不到一處圓潤，只有恐嚇與威脅。

妳覺得昨晚的生意如何？她問，香菸夾在兩根珠光寶氣的手指間來回滾動。

很不錯，李夫人，我說。有個女孩因爲沒稱呼她爲夫人而被打個半死。隔天，我們透過襯衫都能看見她身上的血和膿。

坐，她對我說。坐下跟我聊聊。

危險了。坐下可能有危險，但離開也是。我坐了下來。

李夫人長長地吸了一口菸。香菸末端傳來細微的聲音，燃出一圈橙焰，逐漸熄成黑色。我想像她周圍的空氣充滿毒素，她的存在致命得能夠腐蝕草木、毒害花朵。

妳剛來我這裡的時候好瘦好瘦，她說。我用兩根手指就能把妳抬起。現在，看看妳，已經是個健健康康、面色紅潤、舌色粉嫩的女孩了。

全託李夫人的福，我才能吃好睡好，我不帶任何情感地說。

是的，她說。妳的確吃好睡好。

我們沉默。她再吸了一口菸。我看著煙霧在我倆之間繚繞。

在這座城市租一個房間可不便宜，她對我說。更別說擁有一整棟我們自己的房子，嗯，我不覺得妳能想像出那要花上多少錢。多虧協義堂對我們特別慷慨，我們才能舒服又安心地住在這裡。妳覺得呢，牡丹？妳喜歡住在這裡嗎？

非常喜歡，我說謊。

堂會讓我們吃飽、穿暖。他們保護我們。沒錯，他們保護妳，牡丹。我保護妳。

謝謝李夫人，我說，低頭鞠了個躬。

真有禮貌的女孩，她說。突然，她把手上的菸用力壓熄在桌上，香菸在她手指下擠成一堆灰燼。近看，她嶙峋的手骨洩漏了年紀，皮膚皺得像是熱牛奶表面的薄膜。她的手背叛了她。不論她往臉上撲了多少脂粉，我們都明白她終將一死，就跟其他人一樣。

假如有個女孩完全沒有賺錢，她說，那樣公平嗎？假如她什麼都沒做，沒有回報堂會的好心，那麼她就是在占便宜，對不對？牡丹，妳來這裡已滿一個月了，妳怎麼看？

我知道她想要我說什麼。但我害怕說出口。

今天是妳見習的最後一天，她說，手指甲劃過桌子表面。明天，妳就要接待妳的第一個客人。我可愛的小女孩，英文又說得這麼好。光是妳那對悲傷的眼睛，就能幫我們大賺一筆。

又是一陣沉默。我恨她說這些話。我的眼睛是如此不凡，如此全然爲我所有，現在卻被她玷污、變得低賤。但我還是只能說，是的，李夫人。

她心知肚明，甚至品嚐著我的苦楚。因爲我倆都心知肚明，我若不聽話會有什麼下場：街上有著被稱爲「小木屋」的簡陋屋舍，女孩子像牲畜般擠在一起，她們接待的客人只有水手、青少年和酒鬼。我聽聞這些女孩的身體會被糟蹋得又破又病，最終，大部分的人會被送去「醫院」，但那裡根本不是醫院，而是唐人街後巷一間陰森、無窗的房間。門從外頭上鎖。房裡有：一盞燈、一杯水、一碗熱飯。死神很快就能領走這些女孩。

妳這樣的女孩若去到小木屋，連一天也撐不過，李夫人說，彷彿能聽見我腦中的想法。在這裡，我餵飽妳。我給妳乾淨體面的衣服。我把妳打扮得漂漂亮亮。我給妳一張床。有多少中國女孩能獲得這種待遇？我們跟巴特萊特街（Bartlett Alley）上那些悲慘的破地方可不一樣。我們是整座城裡最高級的妓院。妳在這裡能擁有最棒的一切。看看妳四周吧。不會有比這裡更好的地方了。

您是對的，李夫人，我回應。我一定會努力工作報答您的好心。

我就知道妳是個懂事的女孩，她說，伸手輕撫我的頭，眼神閃著得意的光芒。她的手掌跟我的頭皮緊緊貼合，像隻濕漉漉的章魚攀附著我的頭，收緊觸手，打算令我窒息。

明天，她換口氣接著說，就是妳粉墨登場的日子。

她鬆手。我站起身，感覺綠色緞面褲子濕了一片。她看著我走向門口、手忙腳亂地開門。在我踏出去前，她從後面把我喚住。還有一件事。今天晚上開始，小玉的房間就是妳的。

但小玉要睡在哪兒？我問。妓院共三層樓，我們大部分的人都在二樓活動，擠在同一間房睡覺，另外兩間房用來娛樂客人。三樓的專屬房間留給妓院當紅的女孩，像是小燕、虹兒和肚子大起來前的小玉。只有成功攬到身價最高的客人的女孩才能擁有自己的房間。我連一個客人都沒有。

李夫人沒回答我的問題。保鑣看出這是對話結束的暗示，推我離開房間。我上樓回到我們睡覺的空間收拾個人物品，要帶走的東西很少——工作服、化妝品、綁頭髮的緞帶和髮夾。小玉的房間在三樓走廊的最底端，是最寬敞的房間之一。我在她房門前停下，敲門等她回應。

李夫人沒和妳說嗎？虹兒的圓臉從隔壁的房門探出來。他們剛才把小玉帶走了。

噢，我說。她沒跟我說。

反正，她挺著那個肚子是不可能在這裡繼續工作了，虹兒說。哪個男人會想要一個用過的妓女？

她不帶好意地輕笑，縮回自己的房間。我也這麼做了。但這不是我的房間，是小玉的。我幾個小時前才見過她，此刻她卻在前往小木屋的路上，她將在那裡以二十五美分的價碼接客，能接到五十美分的就算走運。我開始揣測她腹中的孩子會有什麼下場。小木屋的女人們撐不過兩年的，我剛到豬仔館的時候曾聽別人說。妳要不死於疾病，要不死在男人手上。我心想，兩者有差嗎？

我點亮油燈。小玉的房間很整齊，深紅色的漆塗滿四壁。從窗戶前的鐵欄杆望出去，能看見底下的灰色街道。房間聞起來很像她，空氣中還妝點著淡淡的柑橘香。她待在這裡的時間如此之長，比我們任何人都長。

她應該沒超過二十、二十一歲。她聊起過在中國的老家嗎？我想不起來。我已經開始搞混哪些資訊屬於哪個女孩。我們是一個由無名的身體和歷史組成的群體，說不定，將來都要前往同一個地方。這重要嗎？我們遲早都會在半夜被帶走，被更年輕、更貌美的女孩取代。

整整一個月，我設法讓自己保持安全，沒被碰過。剛來的時候我曾承諾自己要縮得越小越好。如果有男人瞄上我，我便將臉扭成某種醜陋的模樣。這並不難，只要召喚內心的感覺就能做到。但我太天真了，還以為自己真的有權力去選擇。我被這裡買下是有原因的，而現在我必須兌現那個承諾。

此刻，我想起故事裡的白荷，村裡肌如琉璃的女孩。我曾經相信她的肌膚是她必須背負的重擔。但如今坐在這裡，得知明天的此時此刻我將告別童貞，我意識到一件事實：白荷的肌膚不是重擔。身為女孩才是。假設這個重擔是真的，那麼我們無人能倖免，就連我也不行。

2

這是一桶煤塊飄洋過海的故事。

＊　＊　＊

通往舊金山的旅程費時三週，至少他們是這麼跟我說的。我被緊緊塞在裝滿煤的桶子裡，從芝罘的房間被載上運貨拖車，當我們終於停下時，我能聽見逐漸變大的海浪聲。

聲音自四面八方傳來，跟嘈雜的魚市場相去不遠。聽起來同樣都是叫賣聲，只是這回大多不是中文。

那一桶放去那邊，有人在我附近說話。這兩桶上這艘船。你的名字是？

賈斯柏的嗓音出現了。這批貨要去舊金山，他的聲音說。是吳師傅名下的貨，要送去協義堂的。

遵命，先生，先前那個聲音說，突然唯唯諾諾起來。我們收到吩咐，會小心照看您的重要貨物。

我被抬了起來，桶身傾斜，煤塊滑動到我的脖子這一側。他們又要帶我繼續上路了，只是這回我從海的怒濤和各種語言交織的喧嚷中隱約感覺到，接下來的這趟旅程，恐怕是難以回頭了。

如果我當時就知道後面會發生的所有事，我一定會哭出來。但那時我的視線所及只有桶子內壁。賈斯柏只讓我看到這些。我記得當時最後聽見的是一個人的聲音——或許是他，用近乎歌唱的語調說了再見。

＊＊＊

稍後，有人推開桶蓋，我想像自己一躍而出。但不管我如何竭力想要站起，煤塊依舊緊緊壓著我的大腿。快了，我想，我也快要變成一塊煤了。

賈斯柏的其中一個手下從上方看我。別想大聲求救，他說，手伸進來幫我解開嘴上的繩子。求救就是找死。

我點了點頭。只要能解開嘴裡這塊布，叫我做什麼都好。

吃，他說。他另一隻手遞出一顆襪球大小的饅頭，外表灰灰癟癟的。我盯著饅頭看，然後撲上去。

吃完後——很快就吃完了——男人再次伸手過來，這次手裡拿著一個水壺。我再次撲上，但他把我的頭往後推。

我來，他說。

我點頭，把頭再後仰了些，急切地渴望著什麼好讓體內的炙熱得以舒緩。他將壺口就上我張開的嘴。那瞬間，我恨不得將全世界的水一口飲盡。然而，我喝的量甚至還來不及沖下剛吃的饅頭，他就停下了。他收回水壺並旋上蓋子，接著把布塞回我口中，再用繩子固定。

我每兩天會來一次。或三天。記得保持安靜。

然後他重新蓋上桶蓋。

該如何才能形容待在如此黑暗、狹小的空間的感覺？我身體扭曲，膝蓋抵住下巴，背就跟猴子尾巴一樣彎。一段時間後，彎折的四肢實在劇痛得無法承受，我開始想，自己能否使出雙腿所有僅剩的力量狠狠一踢，把自己踢到桶外。但這只是幻想而已。第一天過去後，劇痛變成麻木，接著消沉下去，只剩隱約的低語。我總是在睡，而當我睡覺的時候，我的頭靠在膝上，大海的韻律哄我到一個遙遠的彼岸，不完全是睡意，而是一種介於清醒與夢境之間的高燒狀態。

我看見幻覺。回憶輕易找上我，但我無力分辨哪些是眞的，哪些不是。事物游過我面前，像一首從遠方傳來的追念與展望之歌。

我看見爸媽被帶走前的樣子。我看見父親爽朗的笑容和下巴泛白的鬍鬚，母親的手在織布機上像鳥兒撲翅般舞動。我還看見奶奶，懷裡捧著她的作物，臉龐留下太陽親吻的色澤。我想知道我離開芝罘後是否會下雨。我推想，如果我現在人在海上，就等於漂浮在一大片雨水之上。所以我開始跟奶奶說話，對她傾訴我有多想她，也告訴她自從我們道別後發生了哪些事；但我跳過了最糟的部分，因爲不想讓她擔心。滾燙的眼淚迅速滑落，我用嘴接住它們，想像淚水是鹹豬肉或者醃魚。

我還看見了王師父和書法學堂，聞到長長一落紙上濃郁的墨水味。教室的窗戶開著，越過窗戶，更多捲紙鋪在中庭晾乾。我想認出每一個字，但那些文字映在眼中全變成皚皚白雪上的一隻隻蜘蛛。

唯一沒出現的是林黛玉。我知道原因。在故事中，林黛玉從未離開中國，相反地，她在那裡死去。隨著船隻載著我逐漸遠離家國，我很好奇她和我是不是終於就此分別了。小時候的黛玉會感到戰勝的歡喜——我們總算擺脫了彼此，我們的故事從此分道揚鑣。但現在林黛玉不在了，長大後的黛玉反而感到害怕。

這就是我一直以來想要的，不是嗎？我人生中第一次體驗到，原來這就是孑然一身的感覺。

＊＊＊

第三天，桶蓋又被打開了，男人依約出現，又帶來一顆饅頭和水壺。

妳想要站起來嗎？我吃完的時候他開口問。

我點頭。他伸手抓住我的手臂向上一拉。我感到自己被抬到空中，一陣劇烈的痛楚狠狠刺穿我的膝窩，讓我整個人幾乎扭成一團。我的腿彎曲了太久，現在又突然被拉直，讓骨頭、未使用的肌肉和休眠中的肌腱受到雙倍折磨。我咬著唇防止自己大喊出來，改用眼淚發洩。直到我再次站直。直到我能看見周遭事物。

男人放開我。我緊抓著桶子邊緣，用手撐起全身的重量。

從周圍嘎吱作響的牆以及黑暗的程度，能看出我們位於較低的樓層，看起來應該是貨艙。我的視野有限，但仍能瞧見其他木箱、容器和類似的桶子頂部。有些層層堆疊，有些則孤零零地單獨置放。我好奇當中有多少裝著眞的貨品、眞的食物、眞的香料，又有多少裝著跟我一樣的女孩。她們也是賈斯柏的女孩嗎？或者屬於別的壞人？

到此爲止，男人說。回去躲好，不准再看了。

拜託你明天也來，我趁嘴裡被塞回布料前向他懇求。我無法想像再有三天不能吃不能喝不能站起來的日子。我的褲子現在不僅骯髒，而且又酸又臭，因爲有幾次我實在憋不住生理需求，除了釋放別無他法。

他一句話也沒說。我感覺自己重新被塞回桶裡，微量排泄物的腐臭朝我襲來。閉好你的嘴，男人說。他關上桶蓋。

日子照著這個流程進行。男人多半趁夜晚船隻安靜下來時來餵我，每次放我站起來幾分鐘。有一次，他將我抬出來後命令我原地跳躍。我照做，我的腳好像不是自己的，臀部掛在骨頭上晃動，感覺又怪又痛。我移動了好長的距離，卻什麼也沒經過，身體因只吃饅頭和水而虛弱。沒有東西可以消化，沒有東西可以排出。脖子上的小麻袋卡在我胸骨的凹槽，薄荷的清香是我和窒息之間唯一剩下的存在。

我的精神開始錯亂。起初先是瘋狂，意識彷彿脫離了自己。耳朵裡發熱，眼球後方刮起風暴。所有一切都燙得難以觸碰。這就是死亡，我記得自己這麼想。

然後是幸福。我被抬升起來，飄在一切之上。我能看見大海，看見船，甚至能看見蜷曲的自己，筋疲力盡、骨瘦如柴，上身垂向膝蓋。但感覺很好。甚至可說相當美妙。桶子裡的人是別人，不是我。我受到保護，我很自由，我身處萬物萬事之中。我忘卻了飢餓和疼痛。我只知無盡歡騰。

我清楚想起那天，那個畫面比人生中任何一刻還要清晰。那是在所有這些事發生之前，有一次父親因爲知道母親愛吃櫻桃而特別買了一袋回家。我對櫻桃沒興趣，它們不是太甜就是太酸，果核更是麻煩。我也不喜歡它們的紅色汁液，總是弄髒我的手指和嘴角。

但我母親熱愛櫻桃，爲了吃到它不惜大費周章。父親買櫻桃回家的那天，是我見過她最興奮的一次。她幾乎是從織布機前跳起，雙手合十、蹦蹦跳跳，臉上綻放出燦爛的笑容，像月亮一樣。

父親將櫻桃倒進碗裡，我們所有人圍上，每人拔下一顆還帶著莖的櫻桃。我看著母親在手掌中滾動她的那顆，圓圓亮亮，彷彿在拿它來祈禱。接著她丟進嘴裡，手還捏著莖，才過一會兒就沒了——只剩下莖。

妳連籽也吞下去了，我不可置信地說。東西卡在喉嚨裡一直是我的夢魘。她看著我驚恐的模樣笑了笑。她說，我有時會想，如果我吞下我愛的東西，它們就會在我體內生長。

別跟她學，父親告誡我，但臉上也掛著笑。

我並未從此喜歡上櫻桃，但我非常喜歡這段我和母親、父親還有奶奶在一起的回憶。奶奶比起白桃更喜歡櫻桃沒錯，但對它的喜愛程度略少於蘋果。我們聚在一起，雖然只是爲了讓我們其中一人開心，但如此讓我們所有人都很快樂。看妳吃東西我就飽了，母親曾如此對我說。我懂她的意思。當我總算從這段回憶中回過神來時，內心非常地充實。

有時候，我會想起林黛玉，並希望她出現。她可以帶我離開這裡，帶我一起在天空飄浮，我們的身體輕薄如紙，燦亮如冬季終結之時。我想把我自己倒進她的嘴，在她身體裡年復一年地長眠，在她體內生長。當我一步步陷入混亂的最高峰，我發現自己想要去愛她。

但林黛玉沒出現。

快樂的「樂」是一棵樹上纏著絲線。就像森林中的樂音，旋律用輕盈的腳步掠過樹冠。這個字看起來就像快樂給人的感覺，王師父曾對我說。彷彿你處於萬物之巔，彷彿你無法阻止自己發光發熱。

這個念頭使我勾起微笑。當男人最後一次掀開桶蓋，他眼中的我一定是這樣的——雙眼緊閉，滿臉淚痕，全身煤黑，但我的嘴，竟彎起湯勺般的弧度。

他當時一定害怕我。

＊　＊　＊

一天，船停了。

那時，我已經覺得身體消失了。但我知道無論還剩下什麼，都要維持靜止不動。我振作並等候。

傳來幾聲敲打，接著是大笑。一陣嘈雜的男聲進入貨艙，聲音之響亮，使我過去幾週短暫消失的恐懼重新甦醒。我聽見沉重的大小木箱被人移動以及搬走的聲音。

我聽見一個男人叫另一個男人不用管這一個，交給他處理。

這桶很特別，他說。

這裡臭死了，另一個人說。

我感覺桶子再次被抬起搬出——但這回不再只是夢境。一定是在那瞬間，我重重摔回現實。我根本沒有在飛。我在一個塞滿煤塊和自己尿液的桶子裡。胃裡，空的，腦中，空的，心裡，空的。跟我小時候站在海邊感受到的神聖時刻不同，這是這輩子都無望被填補的空虛。他們把我卸下船，陽光灑在桶子上，燙得彷彿要燃燒起來。

有一剎那，我以爲自己回到了芝罘。海鷗的聲音耍了我，叫聲此起彼落。浪沫湧上沙灘的唰唰響，搖晃的甲板嘰嘰嘎嘎。空氣涼爽。

這邊、這邊！有人用英文高喊。我感覺自己正朝這個新聲音的方向移動。

這就是那個嗎？新聲音問。

抬著我的某人用低哼表示確認。

很好，聲音說。放去那邊。

一陣交談。馬匹嘶鳴。我感覺被往下搬，然後，一切靜止。歷經幾週的海上飄搖，我靜止了。

賈斯柏希望這件貨物能讓尊敬的協義堂成員們滿意，一個聲音說。那時，我彷彿能再次聽見：有人用歌唱的語調說再見。

鞭子大聲抽擊。我們又開始移動，但海的味道快速淡去。桶裡，煤塊在我身邊上下跳動、移位。

我到美國了。

＊ ＊ ＊

我還能說什麼？該交代我是如何被帶到唐人街聖路易(St. Louis Alley)那裡的屠宰場，一個他們稱之爲豬仔館的地方？那裡瀰漫著尿液、糞便和發酸瓜皮的味道。還是要交代他們如何掀開桶子，太陽如何直直射入我的眼睛，他們如何架住我的手臂將我拖出？我的雙腳不聽使喚，所以他們把我綁在一根柱子上，腰際的繩子剛好陷入我突出的肋骨和髖骨之間。

我該交代他們如何扒光我的衣服，我又髒又臭的衣服，然後把我脖子上的麻袋剪斷？該交代他們把我扔進冷水中，一部分的我是如何慶幸自己的身體還有知覺？或者我該交代豬仔館本身，交代他們如何將我和其他跟我一樣的女孩扔到一塊，全身赤裸、發抖、濕透？

比起這些，我想說說那個走進豬仔館的女人。我們所有人被包圍在地板正中央。室內濕冷且沒有任何裝潢。五十來個女孩。我們的嗚咽在光禿禿的牆之間迴盪，我們一絲不掛，骨瘦嶙峋，準備迎接死亡。中間是我們，外圈是他們：男人，圍住我們，盯著我們。我想起芝罘的魚市場，想起一堆魚是如何被疊起來；想起我和其他人如何晃過一個個攤販，飢腸轆轆地瞪著魚，思緒早已奔向它的滋味。要花多少時間去鱗，肉質是否鮮甜，眼珠會不會在嘴中迸裂開來，魚腦入口卽化，骨頭細軟到用牙齒就能剔乾淨、濕漉漉地堆在桌上。這就是此刻的處境讓我想起的。成爲一條魚。

我之所以注意到那個女人，是因爲她是走進房子的一群男人中，唯一的女性。她有張美麗的臉，嘴巴大、線條傲慢，細長的眼睛描著黑色眼線。我之所以注意到她，是因爲她穿著一襲繡著銀鳳凰的白旗袍，我心想，會選穿死亡的顏色，她鐵定是無情的女人。我之所以注意到她，是因爲男人爲她讓路，因爲她拔群的存在感，因爲她像一陣風吹過懸掛的床單般，從其他男人身邊呼嘯而過。

幾個男人開始伸手朝女孩比劃，接著其中一名人口販子快步上前，把女孩拖到挑選她的人面前。接下來，她將被移交給新主人，她會縮成一團開始哭，最後仲介會收到一疊紙，我後來才知道那是錢。我們一個一個被賣掉，有些人會一次買下好幾個，但當時的我滿腦子只擔心，今天最後剩下的女孩該怎麼辦？我們將何去何從？

女人一次也沒伸手指向任何女孩。她站在最前排，眼睛仔細掃視每個女孩的身體。她手臂交叉抱在胸前，臉上不帶任何表情。她給人的感覺有些不同，不光是她君臨天下的站姿，還有她對其他男人視而不見的樣子，反而是這些男人不斷地用眼角餘光偷看著她。他們討厭她，但我發現那是出於害怕的緣故。

此時，她舉起手並點了下頭。

妳！其中一名販子喊，走向我旁邊的女孩。她哭著，從他身邊彈開。他一把抓住她的手腕，她倒在地上，他將她拖到女人面前，女人彈了下手指。兩個男人從她身後出現，帶走女孩。女孩從啜泣轉成嚎啕大哭，但很快便消失在人群中。

我感覺到一股熱度，於是抬起頭。女人直直盯著我，眼睛眨也沒眨。我認定她身上有殘酷的氣息。販子還站在她跟前，踮著腳向她說悄悄話。女人的目光始終沒離開我。接著她又舉起手，點了點頭。

販子幾乎立刻就移動到我面前，手已扣在我的手腕上。妳！他邊說邊把我拖向女人。我感覺自己順著他。如果我打算跑開，雙腿會先在身下融化。

我盡我所能在她面前站直身子。我絕不哭。

她用雙眼評估我，視線從腳、腿、軀幹、胸部一路往上，最後停在我的臉上。妳就是會說英文的那個？她說。她的聲音低沉，自帶隆隆回音，散發令人卸下戒心的力量。

嘿，販子抓著我的手腕搖晃。回答她！

是的。

她的英文非常好，販子驕傲地說。勝過這裡每一個女孩。是之前在中國跟最好的老師學的。她一定能讓您的白人貴客滿意。

也許吧，女人說，但她太瘦了。我的女孩身上必須有點肉。要養胖她，恐怕我的店都會被吃垮。你開這個價錢，我豈不是要吃大虧了。

哎呀，夫人，販子喊冤，這眞的是最低價了。

那我只要剛剛那個就好，女人說完，準備轉身離去。

不！他說。等等。我再算您便宜一點。

女人停下。

原本兩千四，就算您兩千吧，販子說。不能再低了，再低我老闆就要不高興了。

女人微笑。妳覺得呢？她對著我問。妳覺得自己值這個價嗎？

我睜大眼看著她。我們都心知肚明，我對這金額毫無概念。

那就兩千吧，她說，彈了彈指。方才的兩個男人突然現身，抓住我的肩膀。

等一下！我朝虛空呼喊。

兩個男人把我拽到等在外頭的一輛馬車旁，先幫我套上衣服再關進車廂。稍早的那個女孩坐在裡面，四肢緊緊縮在一起。我們沒有交談。交談意味著承認眼前的現實。

女人上車，對車夫下達指令，車廂增加了她的重量後發出嘰嘎聲。我們開始移動，離豬仔館越來越遠。

沿著街道我們一路行駛。路面起伏大，一個又一個上下坡把我們震得前後搖晃。令人不安的霧氣籠罩四周，將埋頭前衝的馬車一口吞下。我想，假如上坡時馬車再往上衝一點點，或許我們就能抵達雲層。然後我就能飛離這裡。

馬車拐進另一條街，我倒抽一口氣，再次提醒自己早已不在芝罘了。這裡的建築跟中國十分相似——同樣的紅燈籠高掛在店門口，同樣的紅底金字招牌掛滿整個樓面。周圍中英文夾雜，說話的人在兩種語言間切換，如同打水漂的石頭那般流暢自然。我看見一名男子坐在凳子上嗑著瓜子。有人正在吹笛子，但我不曉得笛聲是從哪兒傳來的。我甚至能聞到酥餅一層層油潤可口的香氣。我們身在美國，但這個美國為何看起來這麼像中國呢？

我們終於停下，停在一條繁忙街道中間一座淺棕色的建築外。馬車門打開，女人下車，轉身面對我們站著。另一個女孩吸了下鼻子，頭垂得低低的。我大膽地瞪著女人，看看她敢做些什麼。

好了，她說，我可是幫了妳們一個大忙。不謝謝我嗎？

我們兩人沉默不語。夫人在問妳們問題，她的一名手下叫嚷。還不回答她！

我繼續凝視著她，凝視著夫人。在另一個世界，她足以俘虜皇帝。在這個世界，在逐漸擴散的日光下，她的笑容占據了整張臉龐，將其他的五官擠在一處，看起來相當詭異。

她們會學會的，她說。

男人探進來把我們拉出車外。我跌跌撞撞地走下踏板，並向前衝了幾步以免跌倒。我的腿還在發軟，因為太久沒行走了。就在那時，我抬頭往上看我們到達的建築。裡頭沒點燈，路人應該會以為是棟廢棄的屋子。外面的招牌寫著「洗衣燙衣」，確實，某種類似肥皂和泥土的味道飄散於建築四周。房子的兩側看起來像是住宿的地方。

進去，女人說。她轉身走進屋內。

來吧，我對女孩說。我抓住她的手，她手上黏滿了鼻涕和眼淚。我深吸一口氣，胸口沒了麻袋後感覺輕盈許多。這給了我一絲勇氣。女孩抽身後退，啜泣起來，但我還是抓著她跟我一起踏進大門。

這裡是我們的新家。有人會來帶我們去我們的房間。

3

我們之中沒人曉得李夫人是如何變成李夫人的，但傳言很多，好比有人曾說，她曾經根本就不是什麼夫人。她也只是我們其中的一個。

她的美足以致命，小玉說。

高官的情婦，虹兒接下去。

男人得付一盎司的金子才能看她一眼！最後由天鵝畫上句點。

也有傳言提到，李夫人曾是舊金山收入最高的妓女。她用賺來的錢開了自己的妓院，與協義堂聯手將女孩偷渡至美國。儘管我們害怕李夫人，但我們更怕堂會的人。我們知道整個唐人街都在這些堂會的掌控之中。他們經營餐廳，掌控鴉片館、賭場、妓院、洗衣店，以及假扮成洗衣店的妓院。我沒見過堂會的人，但他們給我的感覺就像是賈斯柏的存在之於我一樣——猶如一隻看不見的手掐住我的脖子，冷冰冰的手掌抵在我的下背。有時，我們會聽見他們的聲音從樓下街上傳來，接著是劃破天空的幾聲巨響。就在上週，其中一個堂會的人伏擊了一家餐廳，開槍殺死裡面來自敵對堂會的客人。

白天，李夫人的妓院搖身一變。我們也搖身一變，從濃妝豔抹的女人變成洗衣服的小女孩。有些女孩曾經做過洗衣工作，但其他跟我一樣的人得從頭學起。

我很早就發現李夫人的妓院並不存在，至少法律上是這麼說。這兒只是家洗衣店，而我們也被規定只能這麼說。天鵝曾經跟我說，在我來到妓院的很多年前，舊金山市企圖對妓院嚴加管制，但僅僅是為了作秀。實際上，很多政府官員和執法人員都私下跟堂會合作，確保這些事業穩定經營。甚至，女孩每賣一次身，有些人就能撈十美元的油水。

在光天化日之下藏得如此隱密的不是只有我們。這座城市的所有人都一樣。那些來消費的男人一到晚上就化身為惡魔，巨大的黑影占滿了整個洞穴。到了白天，他們就變回商人、學者、老闆。我開始意識到每個人都有兩張臉：一張展示於外，一張保留於內，守護著所有祕密。

我還不知道自己的臉是何種模樣，或者哪一張是哪一張。

假使警察路過，雖然機率相當低——他們只會看到十六名女孩在一間擁擠的洗衣店忙東忙西，頭髮打結、通紅的臉上滿是汗水。這整棟三層建築都隸屬於李夫人名下，所以要維持謊言並非難事。一樓是大廳和接待室，白天時拿來充當洗衣店的門面。需要出動三名女孩才能改造房間。首先，得把華美的繡帷和地毯捲起收好，再把花瓶和玉器藏進櫥櫃。接著，拿出衣服和床單塞滿整個房間。最後一步：推動一個大櫃子，用來擋住通往我們臥室的樓梯口。無論誰進來，見到的都是單調但整潔的空間，以效率和必要性為最高指導原則。我們必須確實營造使人信服的假象，因為過去曾經有個督察來巡視，他離開時竟感嘆，現在已經沒有多少店家還在親手洗衣了，也許從現在開始他該改將髒衣服帶來我們店裡。他真的說到做到了。

李夫人堅持手洗，絕不依賴其他洗衣店紛紛引進的蒸氣洗衣機。我們在後室燒開水的水壺旁邊洗衣和燙衣。熨斗很重，而且必須在溫度下降時用熱煤反覆加熱，但溫度又不能太高，以免損壞衣服。就許多方面來說，我發現洗衣服比我們晚上的工作更累人，也更費勁。但也許是因爲我其實還沒眞的開始夜晚的工作，我提醒自己。

妳眞傻，天鵝如此評論我的想法。她是女孩之中年紀最大的，而她也樂得善用這個優勢，把我們當成愚笨的小妹妹對待。我們在妓院中是禁止說母語的，但天鵝喜歡玩弄這項規定，總趁李夫人不注意的時候在中文和英文間切換。我相信她之所以這麼做，是爲了強調她仍保有屬於自己的東西。妳現在會這樣想，她接著說，等妳開始接客後就不一樣了。

我們洗衣服的時候不帶任何妝容，完全素顏，大家的額頭光滑得發亮。越素越好，李夫人嚴厲地提醒我們。在白天的陽光照射下，我們都還只是小孩。許多女孩剃掉眉毛，這樣晚上她們就能自己用眉筆畫出想要的拱形。有些人裹過小腳。

小燕素著一張臉，沒化妝的她臉頰上露出三顆垂直排列的雀斑。珍珠，跟我一起搭馬車來的啼哭女孩，看起來比小燕更年輕，鼻子像顆閃亮飽滿的小桃子。在夜晚總是尖銳又犀利的天鵝，看起來像是剛睡了午覺醒來，脂粉未施的皮膚膨潤又光滑。她很會折衣服，所以和負責折衣服的女孩一起工作。珍珠和負責洗衣的女孩一起。小燕跟我則負責燙衣服。你可以從通紅的手和前臂一眼分辨出哪些女孩是負責燙衣服的。我們的皮膚看起來是生肉的顏色，骨頭凸起處多有瘀傷。當夜幕升起，我們將繭磨平、往雙手撲上白粉。我的手如今變大了，能夠拿起比以前更多的東西。我的雙手變了，跟過去幫忙母親、在菜園幹活、拿毛筆的時候不一樣了。還是一雙很會幹活的手，我提醒自己。這是我的手。

在洗衣房工作的時候，女孩們讓自己忘卻即將於夜晚登場的一切。她們交換八卦和笑話，當工作不順時就憤怒又戲劇化地大嘆一聲。她們讓我想起我這輩子沒機會擁有的姊妹。即便每天要面對滾燙的洗衣水，還得忍受一整天彎腰帶來的酸痛，我可以說是享受這份工作的。因爲這地方讓我認識了這群女孩。

天鵝十七歲時在北京遭綁架，來美國已滿三年。我以爲我加入了戲班子，我生來就應該成名，她告訴我們。她確實成名了，至少在妓院是如此。客人喜歡她的伶牙俐齒，讓他們覺得自己是調皮的男學生。在所有女孩之中，天鵝對妓院裡發生的大小事最清楚：誰來了，誰走了，誰留下了。她用所知的一切凌駕於我們之上，彷彿這麼做讓她顯得特別，但我們都聽過她在睡夢中放聲尖叫。她很害怕，跟我們其他人一樣。

我的新鄰居虹兒是孤兒。她不記得自己是怎麼來到妓院的，只記得有一天，她站在開平的街頭，接著有個女人——是李夫人嗎——牽起她的手帶她走進一棟飄著蜂蜜甜味的房子。她總是高亢地咯咯笑。她熱愛八卦，我覺得她其實很喜歡這裡。不久前，她向我們描述五十個來自兩個不同堂會的男人是如何爲了一個中國女奴，在天后廟街上大打出手。她敘述時的樣子彷彿在說，我想成爲那個女奴。

珍珠是年紀最小的一個，同樣遭協義堂手下綁架。她非常思念廣州的兄弟姊妹。有時，我會聽見她用自以爲不會被發現的音量偷哭。珍珠夢想成爲舞者，也相信她做得到。她唯一的客人總是承諾他能以他與舞團的交情助她兌現夢想。所以珍珠等啊等啊，週復一週地把他帶進她的臥室。

我們所有人，都跟著以爲是救星的人走，卻發現我們錯了，發現這個錯誤的代價有多大。我聽了她們的故事後才發現，原來堂會派出了上百個賈斯柏在外頭，隨時等著擄走小女孩。我們所有人都很特別。我們沒有人是特別的。

但小燕是個謎。她皮膚蒼白如骨，而且沉默。不是安靜，是沉默。她對於過去隻字不言，也從未提過未來。她的客人是我們當中最多的，也許正是拜沉默所賜。她身上有種特質，可以一而再、再而三地被改寫。

我剛抵達妓院的頭幾天很想認識她。她是個我讀不懂也寫不出的角色，她的臉會依據白天或夜晚切換：有時只是一般女孩，有時媚態如柳。我不知道她比我年幼或年長，是出於自願還是被迫而來。假設我伸出手指嘗試勾勒她的線條，浮現的會是緊握的拳頭形狀。

我聽說她是自己來的，幾個女孩小聲地說。直直地走進來，要求與妓院的媽媽見面。怎樣的女孩會做出這種事？

其他女孩認爲小燕搶走所有的客人是非常自私的行爲。她總是慾求不滿，想要更多，她們高聲抱怨。她總是緊跟在李夫人身邊，得到最上等的衣服和珠寶，好吸引出手更闊綽的客人。

我原先也這麼想，直到我看到她爲珍珠做的事。我們來到這裡的第四天，珍珠被一個像門板一樣魁梧壯碩的男人挑中。她應該要依照指令傻笑和微笑，沒想到她卻癱軟在地嚎啕大哭。他將是她第一個客人，看起來好像會把她折斷。我感受到其他女孩紛紛遠離珍珠，彷彿靠近她會莫名使她們的魅力大打折扣。

只有小燕站了出來。我來招待您，她透過玻璃對他說。只要您不跟我們夫人提起這件事。

對守在展示間外的保鑣，小燕也給出了類似的承諾。

客人對這筆交易並無不滿。他走進屋內，表現得一副他本來就想要小燕的樣子。李夫人什麼也不知道，而珍珠保持沉默，漲紅著臉，默不吭聲。

第二天，小燕沒來上班。其他女孩咬著牙洗衣、折衣、燙衣。那客人很有錢，她們能從他鞋上的光澤判斷。自私的賤人，小玉看到小燕的空位時激動起來。整晚都躺著，現在還睡懶覺，好吃懶做。她搶走了妳的客人，珍珠姑娘，妳懂嗎？

我提早結束那天的工作。我沒有馬上回去大夥兒睡覺的地方，而是走去三樓小燕的房門口。我想確認大家說的是否眞實，當我們雙手浸在發燙的熱水中幹活時，小燕是不是眞的躺在床上偷懶？她的房門半掩。我放慢腳步，讓眼前的時間拉長、延展。

她不在床上，而是坐在散著一堆脂粉、眉筆和唇膏的梳妝檯前，爲晚上梳妝打扮。她在鏡中的倒影看起來非常疲倦，兩隻眼睛下方各有深深的黑眼圈。

看著她很難，但把視線從她身上移開更難。我弓著背縮在她房門前，離她所占據的空間只差一步。我終於理解她爲何最受客人喜愛。儘管面露疲態、妝也才上到一半，她依然令人陶醉。不完全是因爲她小巧的下巴和溫柔的唇瓣，以及她柔和的身形和那迷人又恰到好處的微笑；而是因爲她整個人存在的方式：那股精雕細琢的神祕感、無法解讀的氣質，就連獨處時也一樣。她的一舉一動都爲自己增添了更多的謎團，等待被破解。我眼前是一個曾經是女人的女孩，對自己瞭若指掌。那是她的力量。那是她沉默的原因——根本不是沉默，而是一種自在，滿足自己單純存在於世上的狀態。

至於客人呢？那些男人？他們想要吞下這股力量。這就是爲什麼他們一次又一次地選擇她。我能怪他們嗎？小燕身上有股特質，只要她願意分享的話，彷彿能養活一座飢餓的村莊一輩子。只要他們能讓她願意分享的話。

她垂下手去沾取白粉，露出另外半邊臉。我忍住一聲驚呼。她的一邊臉畫得一絲不苟、潔淨無瑕，但另一邊尚未上妝的臉卻滿是瘀青，青一片紫一片，還帶點褐色。

那時我才知道：她並非眼饞男人的財力與慷慨才搶走珍珠的客人。她之所以接走他，是因爲她比我們任何人更早看清他的本質：一個畜生兼酒鬼。

在那之後，神祕的小燕對我來說不再神祕。我只需要認眞去看。女孩們總說小燕黏在李夫人身邊是爲了排擠我們其他人。但我懂，她將自己放在李夫人身邊，是爲了替我們擋下李夫人的盛怒，好比上次一個女孩講話太小聲，就被李夫人潑了一身滾燙的水。女孩們說小燕愛慕虛榮，總是爲了讓臉更標緻而挨餓。但我懂，她沒吃的食物全進了我們碗裡。女孩嫌小燕傲慢又勢利，說她討厭我們所有人。只有我最清楚，關心他人就是讓自己心軟，而在這種地方，心軟是萬萬不可。因此小燕必須維持冷酷及疏離，這是爲了我們所有人，但更重要的，也是爲了她自己。

沉默、肅穆又性感的小燕。當我終於看穿了她的動機，也就明白了該如何寫她的名字，「燕」。一隻深紅色的鳥，鳥喙像是鉗子，翅膀幅寬，尾巴散曳。有人說，寫這個字就是在畫一隻鳥的形狀，但我清楚還有另一個道理：要寫對小燕的名字，你必須在字的下方添火。她永遠不會讓自己被火焰燒著。相反地，她就是火焰。

我看見了她的眞面目，心想：這就是我想成爲的那種人。

＊　＊　＊

我跟小燕在同一個燙衣檯前工作，但我的心思完全不在衣物上，腦中全是前一晚跟李夫人的對話。我從其他女孩那兒聽了很多關於男人和女人獨處時會發生的事，關於據說要忍受的痛，關於留下的血跡。我甚至從來沒吻過任何人。

妳在想今晚嗎？

我抬起頭，發現是小燕在對我說話。我很想朝某人、任何人大喊：小燕說話了、小燕說話了！但我克制自己。這一刻感覺只應存在於我倆之間，彷彿她給了我一份只有我才能收下的禮物。

妳怎麼知道？我問。我擔心自己一旦說多了，或是說錯了，她就會飛走。

她要求見妳的時候，我就有股預感，她說。我想像男人離開她房間，只剩她一人清醒地躺在床上，身體抵著床墊，還活著，方才的記憶猶新。怎樣才能撐過去？小燕將熨斗放到襯衫上。熨斗發出滿意的嘆息，蒸氣從桌子表面往上竄，籠罩她的手。

這是妳的第一次？

我點點頭。我從來沒有做過，我說。但我馬上後悔開口。奶奶叮嚀我，爲了保護自己，我一定要守住過去並對眞實身分守口如瓶。我必須保護自己。我所給出的每一條線索都會削弱那道防線。

她提起熨斗放到襯衫旁邊。我看著她操作熨斗的手，羨慕那雙手的流暢和能耐。它們讓我想起母親的手。

妳會怕嗎？她抬頭看著我問。她臉上的瘀青終於消退成粉紅色。它們在白天的光線下，幾乎稱得上美麗。

對，我說。我不知道該怎麼做。

她把襯衫從燙衣檯上取下，檢查是否平整。在我看來很完美，是一片純淨的白。她把襯衫傳給隔壁桌負責折衣服的女孩，那些女孩霹哩啪拉的說笑聲蓋過了我們的談話。

再遞一件襯衫給我，她指了指。我伸手從襯衫堆裡拉出一件，平鋪在桌上。她邊撫平襯衫邊說，妳要做的，就是去做任何他們希望妳做的事。說實話，這是這份工作裡最簡單的部分。

但我不懂那是什麼意思，我說。

這一切只不過是逢場作戲，她說。不是真的。對他們而言是真的，但對妳，什麼都不是。妳必須這樣想。當成什麼都不是。那不是妳，妳也不是它。妳在那之外仍是妳自己。

我不明白，我說。

他們做的時候，她一邊說一邊舉起雙手，並將一隻手圈起，包覆住另一隻手。會很痛，尤其如果妳是第一次的話。妳會覺得下面要爆炸了，還會想叫、想哭。但千萬別這麼做。那樣做有可能會激怒他們，或者只會讓他們還想繼續這麼做。妳必須忘記疼痛。妳必須去別的地方。妳有其他地方可以去嗎？

有，我說，腦中浮現王師父學堂的中庭，奶奶的菜園，母親溫暖的擁抱和來回奔騰的織布機。

很好，她說，手回到熨斗上。去那裡等著。妳的身體會知道該怎麼做。不過，妳的心才是最重要的。妳的月經還沒開始，對嗎？

我搖頭。很好，她說。至少能少擔心一件事。

妳都去哪裡？我問。也許我越界了，但我不想停下。

她放下熨斗。我望著她的手指滑過剛燙得直挺挺的襯衫，撫去褶皺。我都去睡覺，她說，眼神與我相對。

＊　＊　＊

洗衣和妓院工作中間有一小時的空檔。在這期間，每個女孩會將白天身上被水氣蒸過的味道刷洗乾淨。不算太胖的幸運女孩能獲得一碗飯。她會穿上擺在床上的衣服，有時是絲質襯衫和長褲，有時是綢緞連身裙。任何李夫人認為適合當天來客的裝扮。女孩會坐在鏡前，拿出她分配到的武器：給臉頰和嘴唇用的胭脂罐，塗臉的米製白粉，畫眉和眼睛的黑顏料。一些女孩會將上唇塗滿胭脂，下唇中央點上宛如櫻桃的一點。白人喜歡這味，她們說，覺得我們這樣看起來更像中國人。

年長的女孩自己整理頭髮。像我一樣年幼、沒經驗的，只能看著髮型師在我們之間來回走動，等待輪到自己。有時，當髮型師的手梳過我的頭髮，我會閉上眼睛想像一個非常疼愛我的人，想像她的手緩緩按摩著我的頭皮，像是在揉一球麵團。

今晚，我要穿的是一件蜜桃色的帶領長袖上衣，鑲白釦，搭配同款裙子。我討厭李夫人逼我們穿的衣服，都是依她的品味設計，再交由街尾一個老太太縫製的。要是在中國，我們這身衣裳肯定會惹來訕笑，容易被視為花俏的仿冒品。但在這裡，這身衣裳能使白人瘋狂。

我看著鏡中妝扮完成的自己，看見一個目框黑線、唇色如酒的女孩。她的眉毛是撐在眼眸上方的一頂篷，肌膚如陶瓷般雪白，唇瓣閃爍著血色。假扮阿風這個風中來的男孩已經兩年了，眼前鏡中的這副模樣令我震驚。我動了動身體，懷疑移動的人是否眞的是我。

某次我又怨起自己名字的時候，奶奶安慰我，說林黛玉是受眾人推崇的美人。在我看來，這和她故事的病態程度有關。如果她沒有爲心愛的男人而死，大家還會覺得她很美嗎？

現在的我開始明白，悲劇使事物美麗。也許這就是爲什麼我們要夜復一夜將眉毛畫成長長的弧線，好讓眼睛看起來很悲傷。

我在手掌中畫寫男人的「男」。男：一畝田和一把犁，象徵力量的犁。

我曾經以爲愛很簡單。一個擁抱，一個落在額頭的輕吻。我甚至不知道世上竟然存在如此不是愛的東西，像是現在。身體遭侵略，鮮紅隨之爆裂。無論今晚將進入我的男人是誰，他也將帶走我的一切。我可以現在就開始悼念失去的少女童貞，但我不許自己這麼做。悼念就是給予掠奪者力量。

男人：除去力量，他只是一畝待耕的田。

要在這件事與小木屋兩者間擇一，根本等於沒有選擇。與其如此，我一定要堅信，總有一天會有出路的。林黛玉找到了自己的出路：她選擇死亡。我呢？我還沒準備好。

今晚，我不是黛玉。今晚，請叫我牡丹。

＊＊＊

我下樓來到大廳，其他女孩早已在那裡等候。我們所有人都煥然一新，彷彿白天和夜晚的差異之大，足以使一個人脫胎換骨。珍珠身上那襲絲質連身裙令她顯得嬌小，胸前別著一朵花。虹兒蹦跳著，手腕上的手鐲叮噹作響。天鵝臉上的妝是我們當中最濃的，她下唇上的一點紅隨著舌頭舔過牙齒而起起伏伏。小燕的下巴側向一邊，凝視著遠方。我們沒提起不見人影的小玉，但也沒人站到她平時站的位置。

我朝珍珠擠出一個淡淡的笑。她望著我，圓圓的眼睛已經開始泛淚。她在想今晚她的客人是否會來，好讓李夫人不再對她發怒。總有一天，我想，她將不得不勇敢起來。

李夫人步入大廳。每天晚上開業前她都會對我們說幾句話，提醒我們在這裡的目的。她也會趁這段時間檢查我們的儀容，確保我們的手腕跟臉一樣白，重點部位沒太胖，確保我們看起來耳目一新又賞心悅目，令人垂涎。她為我們感到驕傲，她時常如此告訴我們。

妳們有些人可能注意到了，她開口，今晚我們少了一個人。我要妳們看看小玉平時站的位置。她偷了我的東西，所以昨天夜裡被趕走了。

聽到這裡，有些女孩坐立不安。有人摀嘴咳了一聲。

李夫人沒發現，或者她假裝沒注意到。我供小玉吃、供她住，她利用我的資源，卻沒為我賺錢。她已經幾乎連續三週沒掙一毛錢了。想像一下吧。想像妳給了某人一切，但他們毫無回報。這簡直就是偷竊。

我們誰也沒說話。李夫人的話永遠是對的。

妳們也知道，李夫人繼續說，這情況不是第一次發生了。很多女孩都曾偷過我的東西，而我給了她們應得的懲罰：掃地出門。我之所以跟妳們提小玉的事，是因爲她比妳們任何人都早來到這裡，卽便如此，她仍然要爲自己的行爲付出代價。我不希望妳們哪天自滿起來，以爲自己最資深就安全了。我要妳們努力工作，把妳們在這裡生活所欠我的、從我這裡得到的好處賺回來給我。

她吸一口氣。

我們死盯著自己的腳和腳下的地毯，紅色與古銅色的藤蔓圖樣互相交織。我在腿上練習寫下小玉的「玉」，一個皇帝，其中一個角落斜斜落下一點，讓畫面構成三塊串在一起的玉。這個「玉」和我眞名裡住著的是同一個「玉」。

聽懂了嗎？李夫人問。我們每個人都感受到她的視線落在頭頂的重量。我們一齊點了點頭。

很好，她說。現在，快去爲我們的客人當個甜美的女孩吧。

我們自動依照正式順序列隊，準備進入展示窗後的房間。最年輕的女孩站在前端，經驗老道的站中間，個子最高的站最後。我準備站到隊伍前方，但李夫人攔下我。牡丹，她喚道。

其他女孩竊竊私語，一邊往房間移動一邊瞥我。就連身經百戰的小燕都在消失前朝我投來一個眼神。她們都進了展示間後，大廳只剩我們兩個，李夫人走向我，手指上珠光寶氣。

我有一個有趣的工作要給妳，她說。坐。

我照做，小心翼翼不讓裙子壓皺。李夫人維持站姿，眼神發亮，上下打量我的身體。

今晚有個特別的客人，她告訴我。他是協義堂非常重要的金主的兒子。堂會命我免費招待他一個女孩，好表達我們的感激。

她接著說下去。這位客人提出了一項特定的要求，只有妳才做得到。妳難道不好奇是什麼嗎？

我彷彿聽見天鵝的聲音強行鑽入我的耳朵。一次，聲音唱道，一個客人要求我坐在他胸膛上，然後吐出我的早餐。妳能相信嗎？當我眞的這麼做時，他竟然高興得大哭！

人人都知道我的女孩是最棒的，李夫人開口塡補我的沉默，手放上我的大腿。但我們的新客人非常特別。他只想要沒被白人碰過的女孩。

她手掌施力，戒指嵌進我的肉。

妳看出來爲何自己是完美人選了嗎？李夫人說。我的女孩們都睡過很多很多男人。除了妳，牡丹。妳尙未開苞。今晚，妳將是我們獻給貴客最棒的禮物。

說完，她的手離開我的大腿，輕撫我的臉頰，然後在指腹間搓著我臉上擦的粉。

妳應該要感到幸運，她對我說。堂會一定非常滿意。

我照著李夫人期待的做。我點頭，手肘緊貼著身體，微笑。我會好好服務客人的，我說，腦中想著小玉如今大概的所在。我絕不會讓自己淪落到那種地方。

乖女孩，李夫人說，又伸手摸了摸我的臉頰。我緊握雙手，直到指甲都快陷入肉裡，才能忍住別過頭的衝動。我們的客人已經在路上了，她說。妳整晚都是他的。

她離開前再次轉身面向我。我努力讓自己看起來堅強又勇敢，像小燕一樣。還有啊，牡丹，她說。我的名字從她嘴裡滴落——妳要做任何他叫妳做的事。

她離開，讓我獨自等著。我在腦中想像會提出這種要求的男人，想像他是否會對我手下留情，或是像那個打小燕的男人一樣毆打我。我想起她臉上的瘀青讓她半邊臉宛如一灘污水，不曉得若是在我臉上，會是何等模樣。

妓院的燈光黑紅相間，讓一切看起來像個祕密。他們這麼做是爲了要隱藏我們臉上的瑕疵，天鵝總說。在黑暗中，就算是壓傷的蘋果看起來也甜美可口。

外面每輛馬車經過的聲音，每陣笑聲或叫聲都讓我身體緊繃，四肢更加蜷縮。我該如何辦到？我問自己。會死人嗎？我甚至不敢保證，等客人眞的踏進大廳時，自己有力氣從沙發上站起來。

一旁大且沉的木扶手椅上出現一個閃爍的光點。我迅速鎖緊目光，身上每根神經都因氣氛轉變而清醒，試圖記住廳室的每個細節，記住關於自己的細節，在一切改變之前。明天，這個廳室看起來就不一樣了。明天，我就不一樣了。

那個光點越變越大，範圍延伸超過整張扶手椅。接著，它不再只是個光點，反倒凝聚成一個有顏色的形狀。白，更白。可能是燒香的煙在飄動，又或許只是街上經過的人影。它可能是從故事裡來的女孩，一個現在已稱得上是女人的女孩。我閉上眼睛尋找平靜。當我睜開眼，我看見林黛玉在我面前。

哈囉，她說。她的聲音不知爲何有點沙啞，好像剛哭過，或是很久沒用嗓子了。我的肩膀一癱，靠在沙發上。我早已說服自己，那趟渡海的旅程終究是將我們分開了，但她現在就在這裡，臉蛋跟天鵝胸前的羽毛一樣白，黑頭髮莫名地濕亮。她的模樣看起來不像故事裡的林黛玉，反倒更像是出現在我夢中的林黛玉：藍眼睛，較長的鼻子，粉嫩的雙唇。她的綢緞外套和裙子在陰森昏暗的房間中閃閃發亮。她身上還披著充當披巾的漁網。

妳剛才在游泳嗎？我麻木地問，但隨卽想起自己身在何處，以及卽將發生的事，於是立刻站起朝她揮動手臂。妳得離開這裡，我說，卽使心中所望恰恰相反。不知何故，她來了，原來我沒有那麼孤單。我們都遠渡重洋，卻同樣淪落至此。

別那麼誇張，她說，是妳先向我求助，所以我才來的，妳沒有選擇。

我的目光掠過牆上的鐘。接近九點。客人很快就要來了。但他到的時候，林黛玉可不能出現在這裡。我還無法確定她是否單獨爲我存在，還是也能被其他人看見。她能躲到哪裡？

彷彿知道答案般，林黛玉從扶手椅上站起並朝我走來。更年輕時的我，或者經歷這一切之前的我，會想要逃跑。但某個東西——是她嗎——讓我動彈不得。

此刻，她站在我面前，藍色的眼眸低垂。當你成爲人們心中的悲劇代言人，你的臉龐必定時時向著地心，我如此想著。她伸出濕漉漉的手碰觸我的臉，並引導我張開嘴巴。我們凝視彼此。她，一個長得像我的故事角色，我，皮囊空虛的女孩。有段時間我曾討厭她，另一段時間我害怕她，還有一段我神智不清的時間，我可以說愛上了她。現在，我不清楚自己的感受。但林黛玉無意等我釐清。她在我能做出任何反應前就爬進了我的嘴，消失得無影無蹤。

李夫人衝出辦公室，臉頰通紅。他來了！她高喊。她飛奔至妓院門口，一手扶著頭髮上的髮簪，一手示意我站起。妳準備好了嗎？

我起身，感覺林黛玉在我體內展開。妳說呢？她靠著我的脖子問。我們準備好了嗎？

4

那個客人不是男人，而是男孩。我可以從他壓抑的姿態看出來，彷彿他的身體長得比其他地方快，而他對這副軀殼感到不太自在。深紫色的長衫從他肩上下垂，如晾在繩上的床單一般。男孩直直站著，雙眼直視前方，模樣趾高氣昂卻又顯惴惴不安，好像有人隨時會站出來質疑他。

在這裡見到他令我感到衝擊。他眼睛像隻小魚，黑色帶棕調的頭髮讓我聯想到木耳。他的模樣讓我的心被拉回老家和家人身邊。他應該比我大不了幾歲。

男孩並非獨自前來。他的左右兩邊各站著一名白人男性，兩人的臉長得一模一樣。我想起雙胞胎的「雙」這個字，畫的是一對鳥棲居於頂端。鳥兒在飛翔時會跟隨彼此並相互模仿，正是這兩名白人男性移動的方式。他們兩雙手臂左右交叉，兩具胸膛隨著呼出的熱氣上下起伏。那男孩看起來想離這兩人越遠越好。

歡迎光臨，李夫人對三人說。她鞠了個躬。

兩個男人並未回應她的禮數。就是她嗎？其中一人問。體內的林黛玉帶我微微低下頭，眼神飄落到地板上。

這是牡丹，李夫人說，她的聲音宏亮，宛若夏天。協義堂為您準備的禮物。她會好好表現的。

你聽到了嗎？另一人對男孩說。她是你的，你要對她做什麼都可以，阿繆。她能靠近一點嗎？牡——丹——，過來。

李夫人轉向我，點點頭。我挪步朝他們的方向走去，布鞋踩在厚重的地毯上悄然無聲。

一命令她就來了，第一人得意洋洋地說。妳能轉圈嗎？爲我們轉一圈吧，美女。

我想像小燕的臀部帶動全身扭出一個橢圓形的樣子，以及她的背影如何像條蛇在半空中舞動。我將重心移動到右側並翹起臀部，然後轉身。

好樣的，我聽見他們說。噢，太棒了。

我轉回原位，抬起目光尋找客人的眼睛。他有張軟弱的臉，下巴幾乎和脖子融爲一體的那種。我在他的人中上數出三根鬍鬚，各自往不同的方向長。他沒看我，反而盯著我旁邊的地方，嘴唇發抖。我意識到原來他和我一樣害怕。

我們早上再來，阿繆。其中一人說，並往男孩的背上推了一把。他踉蹌幾步撞上我。出於直覺，我伸手抓住了他。

那兩個男人笑了。看樣子今晚她真的會好好照顧你的。

我牽起男孩的手——他的手和肚子一樣柔軟，然後帶他上樓。

＊　＊　＊

他坐在我的床上。我站在門邊。隔壁房的虹兒已經開始娛樂她今晚第一個客人了。她咯咯的笑聲穿透牆壁。男孩和我都刻意不看彼此。

我體內的林黛玉又呼出一口氣。我看著自己的腳往前走，走到他坐的床前。林黛玉往我的脖子吹氣。我正在抬起手。我正把手放在他的肩上。

他被我的碰觸嚇得彈起。妳、妳在做什麼？他問。

這不是你想要的嗎？我說。先生，林黛玉幫我補上。

他聽了這話後鼓起胸膛，上身挺直，竭力擺出剛強的樣子。我要怎麼確定妳就是我要的？他反駁。我要一個沒和白人睡過的女孩。我知道妳們這些妓女的把戲，知道妳們是如何讓他們玷污自己。我不要一個任由自己受那般污染的女孩。

我沒有，我向他發誓。我沒和任何人睡過。

他盯著我，剛強的面具出現裂縫。內在的小男孩再度探出頭來。我是妳的第一個？

是的，我說。身體裡有什麼東西往下沉。你可以教我很多。我告訴他。

他洩了氣。我也沒經驗，他說。

我們面對面，好奇對方的下一步。我心想，如果我繼續和他說話，就能延後那件事，用說話把它推得遠遠的。

那你爲什麼要來這兒？我問。你旁邊那兩個人是誰？

他看起來也因爲暫時不用做那件事而鬆一口氣。他們是我哥哥，他告訴我。同母異父的哥哥。

你父母是中國人嗎？

我母親是，他說。我父親是白人。

怎麼可能？我說，試著從他身上找出一絲白人的痕跡。在樓下的時候，我眼中只看得見他臉上令我感到熟悉的部分：黑髮，寬顴骨，瞳孔中家鄉的顏色。但此刻我開始察覺他臉上不尋常的部分——高高的鼻樑，突出的眉骨。他的臉幾乎是兩張臉的結合。

我父親在中國認識了我母親，他說。我能感覺到這個故事對他來說很珍貴，但也很痛，足以讓他轉移眼前的注意力。他在我還小的時候就帶我回美國了。我還有一個妹妹，但她還待在中國。他把她們兩個留在那裡。

那你的繼兄又是哪來的？我問。

男孩的臉扭曲起來，嘴角沉了下去。我父親在美國本來就有一個家庭。他們兩個對於父親帶了一個有中國血統的男孩回家不太高興。現在又說他們不相信我是男人。他們說我的男性特徵壞掉、沒用了。

我忍不住往下瞄了一眼。

抱歉，他說。我看見他眼眶含著淚。我說太多話了。我的話一向太多。

所以這就是你來這裡的原因嗎？我問。爲了證明他們錯了？

他別過頭，用袖口擦了擦眼睛。對，他回答。他們說沒睡過女人就無法成爲男人。

我對他感到同情。我是受盡折磨沒錯，但至少我心裡知道自己曾經被深愛著。

男孩轉向我，眼睛乾澀帶有血絲。關妳什麼事？他咆哮。把衣服脫掉！

那個咆哮是假的，虛張聲勢。我不怕他。

但我聽話照做。我解開上衣的釦子，默默脫去上衣，接著脫下我的裙子。他無法直視，把眼睛閉上。自我踏進妓院的那天起，李夫人讓我一天吃四餐，早餐多給我一碗粥，晚上多兩份肉。妳的這裡和這裡需要豐滿一點，她總說，在我身上指指點點、捏來捏去。沒有男人會想跟一個小男孩睡覺。日子一天天過去，我的腿圓潤了起來，手臂變得豐腴了些。我的乳房也漸漸豐滿，在胸前鼓出兩個尷尬的小丘。

當我全裸站在他面前時，他只敢低頭注視我的腳。隔壁，虹兒的呻吟一陣陣傳來。

男孩起身往床上移動。他面色鐵青，兩行眼淚清楚地掛在臉上。

我該去哪兒？我問自己，回想小燕對我說的話。我躺下。怎麼做比較好？

男孩爬到我上方，用腿分開我的雙腳，兩隻手撐在我左右兩邊，把我困在中間。他的嘴巴有梨子的味道。我會幫自己找個地方去。

他的臉筆直下降，鼻子撞上我的，顴骨在我臉上摩挲。一個吻，我想。他的手不情願地在我身上摸來摸去。我感覺他的掌心熱得發燙。

可惡，他咒罵，然後將手伸往褲子。我不想看。只聽見褲頭釦子解開的聲音，再來是他急著褪去布料的窸窣聲。

我還記得小時候看見爸媽擁抱，母親將自己輕輕靠進父親懷裡的樣子。父親抬起母親的頭，先在她額頭上落下一吻，另一吻落在唇上。我喜歡他們在一起的模樣，兩個人的身體倚著彼此，如投降一般索求著對方，像樹木緩慢地朝著水源生長。這，我總是這樣想，才是相愛的方式。

此刻，男孩的大腿黏著我的，我知道這不是我多年前看到的方式。我能去哪裡？不能選目睹爸媽擁抱的那一刻，那回憶太過神聖。關於奶奶的也不行。男孩的臉再度湊近，這次一邊喘著氣，而我還沒想到能去哪兒。快想啊，快想。發生的時候我不想待在這裡。如今我唯一的選項只有緊緊閉上眼睛，但願這樣做就能讓自己消失。

這就是她一直在等的。林黛玉又在我體內呼了口氣，我感覺她滑下我的身體，她四肢在我的四肢中膨脹。讓我試試看，她說。

而我心想，我很樂意讓妳在這裡待上一會兒。

某個東西刺上我的臉頰。我睜開眼。男孩的臉停在我的臉上方，眼睛瞪得老大。

又一滴，這次落在我的額頭上。我這才恍然大悟，他在哭。

我做不到，他說。他從我身上滑開，床隨著他的動作嘰嘎作響。我做不到。我不是男人，就和他們說的一樣。

我也坐了起來。才不是這樣，我告訴他。身體裡的林黛玉嗤笑一聲，但隨即默默離去。

我如果無法做到，就永遠沒辦法成為男人，他說，轉身背對我。

你不用做任何事，我說。你可以告訴他們你做了。如果他們問起，我也會這樣回答。

他轉頭看我。小妹妹，妳幾歲？

十四，我說。這是實話。

跟我妹妹同歲，他說。我經常收到她的信，問我什麼時候會回家，或是問什麼時候她能來美國看我。我不願意讓她來這裡找我，妳懂嗎？我擔心她會不小心被騙到這種地方。

他輕笑，但旋即低下頭。抱歉，他說。妳可以把衣服穿上了。

不用感到抱歉，我說。我站起身，滑進我的裙子，將上衣的釦子一路往上扣到脖子。我想起賈斯柏，我當時應該躲開他的手，讓那些魚販抓住我就好。

也許你妹妹會比我聰明，我想著這段回憶對他說。

＊　＊　＊

隔天，李夫人非常得意。早餐時，她對其他女孩展示我沾了血的床單。我暗自祈禱沒人會發現血的顏色跟我塗在嘴上的胭脂是一樣的。

客人說妳是他夢寐以求的女孩，她興高采烈地對我說。我就知道妳不會讓我失望。牡丹，我的驕傲。堂會鐵定非常開心。

是，夫人，我說，腦中浮現男孩滴在我臉上的淚水，他柔軟的大腿，他的妹妹。謝謝夫人。

那天，其他人都在吃我的醋。整燙衣物時，我每次抬頭，都發現其他人的眼睛盯著我看，一雙雙燙紅的手摀著嘴偷罵我。我低頭，假裝專心燙著眼前的衣服。

昨晚如何？小燕問。

比我想像的輕鬆，我回答。

小燕被我簡單的答案逗笑，但很快便藏起笑容。我注意到有些女孩抬起頭，朝我們投來恨意的眼神。天鵝就是其中之一。

李夫人說我是她的驕傲。這會讓那些每天努力接客至今的女孩怎麼想？我給天鵝一個略帶歉意的微笑，但她馬上把頭別開，假裝沒看到。

不過，能把小燕逗笑的感覺眞好。我們之間有了一絲相似性，感覺眞好。這是我來到這裡後頭一次有這種感覺，也許我交到了一個朋友。

當晚，李夫人又從女孩的隊伍中把我攔下。昨晚的客人又來了，她說，但她的笑容這次沒那麼大了。堂會希望我繼續把妳免費送給他。

我但願她不要在其他女孩面前這樣做。其中一名女孩吹了聲口哨。小燕伸手要她閉嘴。

男孩抵達了。依然是被兩個哥哥雙雙架著前來。聽說昨晚太棒了，他們對李夫人說。我們的小兄弟想要再來一次！

我現在也在想，其中一人色瞇瞇地盯著我說，我可能也會考慮試用一下。如果她眞如阿繆說的那麼厲害的話。

如果您點了我，我看著別處說，您的弟弟要點誰呢？他不和睡過白人的女孩睡，您忘了嗎？

男孩的哥哥勃然大怒，大步向前一把抓起我的手臂，手指緊緊掐住我的骨頭。

妳對我說什麼，中國賤貨？

啪的一聲，緊跟著一聲哀號。妓院裡其中一個保鑣往他臉上揍了一拳。他被揍倒在地上，一隻手掌扶著側臉。

先生抱歉，李夫人說，但她一點歉意都沒有。只有付錢的客人能摸我們的商品。

他往地上吐了口口水。他的雙胞胎兄弟上前扶他起來。他們一邊咒罵一邊把男孩往前推。

今天算妳走運，他們對我說。但別以爲我們會善罷甘休。

＊　＊　＊

我告訴他們我做了，我們進房後男孩對我說。他們對我說，若眞有我說的那麼好，我應該要再來。我說我正打算這麼做。但說眞的，我只是想找妳說說話。

他的名字是山繆，阿繆的稱呼就是這麼來的。他十八歲，照年齡看已經是個男人了。他父親是呼風喚雨的銀行家，平時幫協義堂洗錢，還協助他們隱匿透過各種不法勾當賺的不義之財，包括這間妓院。他不知道自己是否還有機會再見到母親和妹妹。

我能不能問，他猶豫地說，妳來到這裡之前過著怎樣的生活？老家在哪兒？妳的家人呢？

我想要相信他，但我也想起，信任一個陌生人是如何讓我換來現在的下場。我轉而跟他描述大海，描述潮水轟然來去，描述海鷗飛越頭頂時的鳴唱。他聽得張口結舌，口水都快流下來。他從未嚐過來自世界那一端的魚的滋味。我告訴他，那吃起來就像大海的心臟，如果大海有心的話。

擁有一個白人父親和中國母親是什麼感覺？輪到我問他。根據我在妓院中的所見所聞，實在很難想像一個白人友善地對待一個華人女性。

我其實不太清楚，他眼睛盯著自己的手說。我父親把我帶走的時候我還太小。我甚至不記得母親的長相。

那你的繼母呢？

她恨我，他說。她說我是家裡的污點，來自東方的髒東西。我在心裡偷偷說她是黃頭髮的惡魔，眼睛裡藏有冰雪的那種。我真希望我敢當她的面罵出來。

你一定很討厭她，我附和。

他點點頭。我很想遠走高飛，他說，眼神閃爍著一絲孩童的稚嫩。妳聽說過愛達荷州嗎？很多華人男子都要去那裡。聽說那裡很缺採礦的人手。我覺得我做得到。我可以去採礦，向所有人證明我是多麼有男子氣概。

愛達荷？我複述他的話。

它在東邊。呃，從這邊再往東一點點。妳知道波夕嗎？據說那裡是華人聚集的大本營。大家都說那邊是西部蠻荒，你在那裡想當誰都行。

愛——達——荷。如果我用中文唸的話，它的意思是「愛一隻大猴子」。我莞爾一笑。

聽起來很棒吧？山繆看著我說。每天都有人組團出發。我想我很快就會加入其中一團。隨便一個地方都比這裡好。

但你在這裡有錢、有食物還有個家，我說。爲什麼要放棄這些而去礦坑工作？妳不也是嗎，他說，指指房間。但難道妳要跟我說，妳想待在這裡？

＊＊＊

山繆離開後，我躺在床上，聽著虹兒邊哼歌邊拆下頭上的髮釵。她今晚生意很好，李夫人明天鐵定會大大讚美她。

我腦中都是山繆剛才的話。等他去了愛達荷，我的日子會有什麼改變？我是不是要開始接更多客人，好幫李夫人賺回她這段期間把我當成禮物而損失的錢？反正不重要。我在這裡的日子總有一天會結束。總有一天我會人老珠黃，遭人視如敝屣。當那天來臨，我就會被丟到街上，乞討，然後死去。

林黛玉在我身體裡沉睡。她每隔一段時間會發出一聲輕咳，輕輕震著我最底下的一根肋骨。看來，伴她度過童年的疾病如今仍然與她同在。好好休息吧，我對她說。我不希望她醒來後發現我們誰也無法留下。

5

山繆每晚都來找我。這是他唯一能讓兩個哥哥停止煩他的方法。甚至連他的父親都感到幾分驕傲，他跟我說。他不用花一毛錢就能讓兒子成爲男人。

協義堂非常感謝您父親的慷慨。每天晚上，李夫人把我交給山繆時都會這麼說。然而，我能看見她臉上的笑容一天比一天小。

山繆的來訪代表著李夫人不能把我交給其他客人。我是妓院裡唯一一個沒有賺錢的女孩，但是作爲堂會的禮物，我又備受寵愛。除了珍珠和小燕以外，其他人不再和我說話。就連對我不算太壞的天鵝（但她喜歡過誰嗎？）也看都不看我一眼。在她們眼中，我不知耍了什麼手段，讓自己不用眞的工作就能成爲堂會最愛的女孩。

她的表現一定沒有很好，其中一個女孩在大家洗衣服的時候公開說。虹兒說客人和她待在房間的時候，幾乎沒發出任何聲音。她到底在裡面做什麼，哄他睡覺嗎？

別聽她們的，小燕對我說。我們的關係因爲同遭孤立的緣故而更親近了。就很多方面來說，我想她是唯一能理解我的人。我開始期待和她一起在燙衣檯前弓著背工作的早晨，我們之間的悄悄話像張網，把我們包覆在一起。

妳怎麼受得了？我注意到幾個女孩邊擰乾褲子的水，邊朝著我們瞇起眼睛。

我六歲開始就待在這裡了，她說。她低著頭，眉心因專注在手上的熨斗而深鎖著。很早就學會如何忍耐。

這是小燕第一次揭露自己過去的生活片段。我嚇了一跳，但沒讓她發現。六歲。這充分解釋了爲何她看起來沒那麼怕李夫人，也反過來說明了爲何李夫人待她和待我們其他人不一樣。小燕不只是擅長這門工作——她是被撫養來做這門工作的。

那天晚上，女孩們排成一列給李夫人檢查時，我想我看出來了。小燕和李夫人間存在著微妙的默契，我們誰也沒想過要去注意。這份默契，我曾在我母親身上見過：她總是知道我下一步要做什麼，甚至比我自己還早知道。那裡頭有關愛，沒錯，但也有對於自己所創造之物的透徹理解。對李夫人而言，小燕就跟自己的女兒一樣好。

＊＊＊

天鵝平時洗衣的位置上站著珍珠。我四下張望——天鵝不在。

小燕發現我在找她。她已經幾乎連續十天沒有客人了，她說。妳覺得她這把年紀了，李夫人會讓她留下嗎？

我垂下頭。天鵝離開了，而妓院會繼續下去，彷彿她從未存在過。明天早上就會有個女孩接手她的房間。先是小玉，現在是天鵝。下一個會是誰？會是我嗎，一旦失去了山繆的穩定光顧之後？

那天，洗衣房裡很安靜。女孩們輕聲說話，沒人嚼舌根。沒人有那個心情。天鵝的消失再次提醒了我們所有人：妳在這裡並不安全。

＊＊＊

妳應該跟我一起去愛達荷。當我向山繆提起天鵝和小木屋的事，他這麼對我說。離開這裡。他們若不能繼續掌控妳，就無法傷害妳。

這個念頭曾經在我腦海中閃過。但很快就被另一股欲望蓋過：面海的三合院，奶奶，還有我。找到爸媽。我必須回家。

我能從那裡回到中國嗎？我問他。那裡有像這裡一樣的港口嗎？

爲何這麼問？他笑著問。妳想去嗎？

我不能待在這裡，我說。

他盯著我看，臉上帶著陌生的表情。當然有，他終於開口。當然，妳能從那邊回到中國。

那好吧，我說，心中泛起一絲微弱的幸福感。我得扮成男人才行。還需要新的身分證件。

包在我身上，他說。給我兩週時間，我們就出發。我們一起走挺好的。我可以保護妳。

＊　＊

舊金山總是下雨。雨從來不大，是綿綿如霧的雨絲，即便早就停了，還是在空氣中縈繞不去。山繆離開後，雨又開始下，不過今晚的雨勢又大又猛，狠狠打在我的窗戶上，敲出急促的斷奏。

雨持續下到隔天的早晨及傍晚。女孩們不悅地嚷著頭疼，或是抱怨頭髮變得毛躁。她們很慶幸能在這樣的雨天待在室內。我低著頭繼續工作，心中卻被雨和奶奶塡得滿滿的。

＊　＊　＊

三四點的時候，李夫人將我從洗衣工作中喚出，帶我進她的辦公室。

妳那個男孩的父親非常高興，她說，也讓堂會很高興。所以我要謝謝妳，牡丹。

是我要感謝您才是，我回覆。

她見狀，笑了出來，但眼神堅定不搖。眞是個乖女孩，她用和我們上次談話時同樣甜美的語調說。我明白接下來絕不會有好事發生。

妳應該注意到天鵝離開了我們，她接著說。

是的，我說。

我把她送走了，她說，故意擺出噘嘴的表情。眞是遺憾呀，眞的。如果她能管好她的大嘴巴就好了。

是因爲她的大嘴巴嗎？還是因爲她不再年輕的臉。我低頭瞪著鞋子。眞正的原因不重要，只有李夫人說的才算數。

重點是，她湊近我說道，鼻子快要碰上我的臉。天鵝留下了一些非常有錢的客人。我開始在想，難道我要把我最美麗動人的女孩浪費在一個有著華人血統的小崽子身上嗎？所有其他那些出手闊綽的男人，妳難道不想嚐嚐他們的滋味嗎？

但我是堂會特地獻給這個男人的禮物，我說。如果我和其他男人睡了，我就不再是專屬於他的了。夫人，我補上這句。

她沒料到我會說出這種話。李夫人的臉瞬間垮下，她第一次在我眼前露出面具下的眞面目。不是她招呼客人時的臉，甚至也不是她對我們說話時的臉。這張臉不帶任何表情，只在意她的生意、她的資產和權力。這些東西使她的臉變得冰冷殘酷。

妳比我想的更蠢，她說。妳可懂我在說什麼：我手上有一大票男人排著隊想要與妳共度春宵。他們每次來都跟我開口，但每一次，我都只能說，沒辦法，先生，您要的她我們不賣。妳知道他們開價多少嗎？妳當然不知道，因爲妳不懂我的處境，也不懂那對我來說意味著什麼。聽好了，接下來妳得這麼做：當妳沒服務那個男孩的時候，妳要開始接其他客人。而妳在他面前得絕口不提這件事。

如果堂會發現了怎麼辦？我問。

她賞了我一巴掌，把我的頭整個甩到一側。我不認爲那會是個問題，她說。接著，她的面具又回來了，如同消逝時那般迅速。看看妳，親愛的。自從接了第一個客人之後，妳就越來越漂亮了。臉頰更紅潤，頭髮也更有光澤。妳怎能怪那些想要妳的男人呢？

我無話可說。我從來就沒有說話的餘地。李夫人老早就打好算盤——一邊討好堂會，一邊利用我替她偷飽私囊。我起身離開，臉頰仍因她掌心的力道而刺痛著。

牡丹。李夫人在我關上門之前叫住我，她的聲音不再刻意摻甜。今晚是妳最後一次只服務那個男孩。明天，妳將向世界敞開自己。

＊＊＊

山繆的繼母，那個黃頭髮的女人，給他吃酸掉的羊肉當早餐。他告訴我他整個下午都在吐，兩個哥哥邊嘲笑他邊朝他肚子揍上幾拳。現在他坐在我的床上，脖子粗紅、眼神呆滯，呼出的氣息散發著動物皮的味道。

一定要在明天，我對他說。他剛說的話我幾乎一個字也沒聽進去，一心惦記著李夫人與我的談話。我們明天必須出發去愛達荷。

山繆停止說話，吃驚地望著我。我告訴他李夫人向我說了什麼，告訴他如果我明天還在這裡，我的身體會被最糟糕的男人撕裂。我看見他因此紅了眼眶。他想起了自己的親妹妹。

有沒有準備要出發的團，可以讓我們跟著一起走？我問。

一直都有，他說。我可以找一個，然後我們就加入。這並不難。難的是要在這麼短的時間內生出身分證件。

我告訴他還有另一件難處。李夫人這裡戒備森嚴。大門口有保鑣隨時緊盯每位進出的客人。不可能發生一個人進來、兩個人出去這種事。

好吧，山繆說，身體往下沉了些。那白天呢？

白天更難了。我向他解釋洗衣房的運作是如何緊密交織——只要一個女孩不見，就會打亂整個流程。如果我沒去上班，李夫人馬上就會知道。

我們一語不發地坐著，沉浸在思緒中。虹兒今晚有個新客人，聽起來是名酒鬼。

我們所需要的，只是找到一個保鑣不注意的空檔，讓我能溜出大門的一個瞬間。我身材夠小。我能跑。我會盡所能一切拔腿狂奔，再也不要回到這個人生。

山繆突然從床上彈跳起來。我知道了！他跳上跳下地說。我知道了。

他開始解釋起他的計畫。我不確定那是不是個好計畫，但總之我同意了，就這麼做。如果我們眞的成功了，我欠你一條命，我對他說。

牡丹，他說。

不，我想。黛玉。

好。

開始吧。

6

我要告訴妳一件事，我對小燕說。

隔天早上，小燕、我和其他女孩回到洗衣房。妓院昨晚生意很好。好些女孩才睡幾個小時就要再次上工，站都站不穩，也掩飾不住臉上大大的呵欠。珍珠用手腕內側揉了揉她的眼睛。虹兒今天不像平常一樣嬉笑，反而眼神渙散地直視前方。就連小燕臉上都掛著兩個黑眼圈。

有事要告訴我，她緩慢複述我的話，目光繼續盯著手上的襯衫。會是什麼事呢？妳該不會打算要逃跑吧？

我沒料到她會猜中。但我想，既然她能猜中，不就代表她也有同樣的念頭嗎？

沒錯，我回她。

有一瞬間，我以爲她沒聽見我說話。她彎下腰湊近襯衫，在桌上撫平衣服的皺褶。一綹黑頭髮落下，擋住她的臉。她伸手將它塞回左耳後方。

怎麼逃？

我很想告訴妳，我說。但妳必須先答應跟我一起走，我才能說。

她抬頭望向我，微微一笑。那是個悲傷又意味深長的微笑，彷彿她從我來到妓院的那天起，就一直在等我開口。

妳知道我不能那樣做，牡丹。

不，我說。我不知道。沒有人該被關在這樣的地方。

我該，她說。

小燕是我的朋友，甚至比朋友更親。每天一大清早，當我躺在床上聽著外頭的攤販收起防水篷布、用鍋鏟刮著熱炒鍋時，我會想像，倘若我們能一起逃離這裡，生活會是什麼樣子。我們會照顧彼此，找到新的方法活下去。我可以教她寫書法，如此就能靠寫書法維生。或者我們也可以開一間自己的洗衣店。無論身居何處，人人總是需要洗衣服。

但此刻，這個夢想碎裂了。小燕平靜的「不」讓我很生氣。我感覺身體裡面有股醜惡從黑暗中升起，迅速竄上我的嘴邊。

妳以爲妳會永遠年輕貌美，我咬著牙，擠出這句話。我的熨斗在一旁竄出蒸氣。我稍微瞥向一旁，對上珍珠的眼睛。我不曉得她注意我們多久了，但那對此刻的我來說無關緊要。我告訴小燕：每一天，妳都在老去。有一天，男人甚至看都不會看妳一眼。那時候怎麼辦？妳會被丟進小木屋，或是丟到街上，然後妳就會死！

我不是故意要說這些話的。又或者我就是。我只知道，我需要她跟我一起走。

妳以爲，這裡會永遠歸李夫人管嗎？她問。她手中的襯衫早已光滑平整，但她還是繼續用手掌按壓、順整。

我語塞。的確，我至今不曾認眞思考過李夫人的角色，或是這間妓院的未來。在我心裡，此處會永遠存在，就跟李夫人會永遠存在一樣。然而，聽了小燕的問題後，我才發現自己的目光有多短淺。李夫人有一天也會衰老，跟那些被她擲出去的女孩一樣。然後呢？妓院會繼續存在——堂會、金主和其他狐群狗黨會確保這裡繼續經營下去。世界就是這樣運作的。

我知道其他人都是怎麼說我的，小燕說。他們說我是自願的。說我當面去見李夫人，求她讓我當妓女。妳也是這樣想的嗎？

她看著我，眼睛像兩顆濕潤的石頭。

我曾經這樣想過，我說。

妳想知道眞相嗎？她說。是我父親帶我來的。我有三個年長的哥哥，我們家裡沒有足夠的食物可以餵飽我們。他把我從家裡拖出來，一路拖到李夫人的門階前。他把我甩到她腳邊，對她說，他接受任何她願意提供的價碼。她給了他兩百美金。我看著他拿錢離去，連頭都沒有回。

我沉默以對，想起白荷，還有其他隨著父母進城後就有去無回的女孩。

三個哥哥，小燕苦澀地說。三個哥哥，他們的溫飽竟然比我還重要。

我還在氣頭上。怒氣牽制著我，使我不願與她對視。

堂會希望我幾個月後開始預習接班，她這才開口。他們想要讓李夫人去管理城裡另一頭新開的妓院。

那妳怎麼答覆他們？我明知道答案，還是問了。

我說我願意。

有人尖叫。我們嚇了一跳。其中一名女孩不小心燙到手，她衝到水槽邊，在水龍頭下沖水。我盯著女孩通紅發亮的手。盯著，但沒在看。

所以妳要讓這個折磨人的地方繼續存在下去，我說。

這種地方永遠不會消失，她說。但至少留在這裡，以夫人的身分，我能多做好多事。比起逃出去，我留在這裡能為女孩做得更多。

騙子！

我試著壓低音量，但我做得很糟。我曾經以為小燕比我們其他人好。比李夫人好，也比那些張牙舞爪、彼此爭奪客人的女孩好。她遠遠凌駕一切。直到現在，我才發現自己有多蠢，蠢到對她深信不疑。她和李夫人沒有兩樣，而且不久後，她將接管一整批為她工作、為她而死的女孩。我對她名字裡的「燕」改觀了。字裡帶火，沒錯，不過是我看走眼了。那團火之所以待在其他筆畫之下、待在口和北和廿之下，是有原因的。那團火是貪婪之火，企圖將它之上的一切燒成灰燼。那團火就是小燕：貪婪無厭，趕盡殺絕。

我鄙視妳，我對她說。

好呀，儘管鄙視我吧，她說道，然後轉身面向襯衫，用手指搓揉。我很早便認清這是我的宿命。假設我真的跟妳走，我之後要做什麼？我能做什麼？在這種生活之外，我一無所知，牡丹。我知道這不是妳的本名。小燕也不是我的本名。不過話說回來，它就是。它是我來這裡後被賦予的名字。對妳而言，來到這裡之前的妳是另外一個妳，而在這一切之後，也將會有另一個妳。對妳來說，離開很輕鬆。離開就是解脫。但對我來說完全相反。妳懂嗎？

我不懂，至少現在不懂。她不過是個膽小鬼，過於被自己的處境束縛，以至於無法看見外面的世界。我想要對她說，她值得比這家妓院更多更好的東西，她值得當個又安心又快樂又自由的小燕。但是，此刻我眼前的女孩不是那種人。她不相信自己是那種人。

我懂，我改口說道。方才的怒氣正逐漸退散，由哀傷取而代之。妳不會對李夫人和其他人說吧？

這我可以保證，她說。這裡不是妳的家。妳不屬於這裡。妳必須繼續上路，牡丹。我知道妳能繼續上路。

那個當下，我好想哭。眼淚在我體內醞釀，如同熱水在水壺裡燒滾前一般。但我將它壓了下去。倘若今晚我真的成功脫逃，倘若我已遠走高飛，永遠不必再回來，倘若我開始能將李夫人、妓院女孩、客人拋諸腦後，那時候，唯有那時候，我才會允許自己哭泣。

7

洗衣工作結束後，我恍恍惚惚走回房間，坐在床上，快呼吸不過來。計畫。我必須記得我們的計畫。

太多地方可能出錯了。出錯的下場是眞眞確確的，攸關性命。李夫人會攆我出去，把我丟到街上。她甚至可能會親手殺了我。也許她會拿我去餵妓院後巷的那些野狗，那些吠叫、嗚咽直至深夜的野狗。牠們的哭叫，跟我房間周圍一扇扇緊閉的門後傳出的聲音沒有什麼不同。

我在腦中一遍遍預演接下來的流程，設想所有可能出現的狀況。如果出現這種狀況，該怎麼做？如果出現那種狀況，下一步會是什麼？今晚，只許成功，不許失敗。

妳知道的吧，山繆前一天晚上說，計畫成功與否也得靠我們的運氣，對吧？

沒有運氣這種事，我告訴他。幸運只是萬全的準備，再加上機會。

這是我從王師父身上學到的。別再將希望放在運氣身上，他曾說。你應該轉而思考，該如何爲自己創作。你們以爲書法大師都是因爲走運才成名的嗎？紙上發生的一切，全是練習，再加上紙張的慷慨應允。

練習，他說。練習能讓你平靜下來，而平靜能讓你充滿能量，完整你的靈魂。

練習，我在心中默想。我坐到梳妝檯前。計畫，計畫，計畫。沒有第二條路能走。我們的計畫必須成功。我在腦中將計畫從頭到尾仔細想過一遍，打開每一扇關著的門，淸空每一座層架。重來。再重來。我在梳妝檯褐色的木頭上用手指勾勒一座屋頂，底下是一頭豬。屋頂：在最上方輕輕一點，接著重重一橫、安上蓋子。豬：長長一豎，尾部帶鉤，短撇生毛。這個字就是我們所說的「家」。

我一遍遍在木頭上一筆一畫寫下這個字，直到同樣進入一種練習的境界，直到我重新置身於芝罘的書法學堂，而非舊金山的妓院之中。木頭上隨著我指尖的移動發出細微的聲響。我的手臂左右揮舞、上下擺動，宛若一隻飄舞於空中的翅膀。

如果可以一直、永遠這樣下去的話，我一定會很快樂的吧。

王師父說得對，練習的確爲我帶來平靜。透過練習寫字，我的心思不僅離那些失敗和絕望的幻象越來越遠，甚至每一筆、每一畫、每道我指尖下滑過的木紋，都讓我憶起「知道」的感覺，憶起「確信」之感。我好久沒有感受到確信的踏實。確信能帶來怎樣的安定與平靜？我總算意識到，這就是我最渴望的東西——伴隨知道而來的安全感。而此刻，我知道的少之又少。假設我眞的知道些什麼的話。

練習。遵命，王師父，我心想，手臂擺脫了身體自行移動著。至今，我沒有太多機會能練習，但至少我現在正這麼做。

＊＊＊

我今天刻意上了淡妝。假使我們眞的逃了出去，我不想太引人注目。必須是能迅速卸去的妝。淡淡一抹唇膏，薄薄一層脂粉。我決定不要像平時一樣完全遮去眉毛再畫上新的，改用炭筆勾出眉毛的輪廓，之後就能用紙巾直接擦掉。

今晚，我跟髮型師說，李夫人吩咐我今天自己整理頭髮。我將頭髮全部向後梳攏，並用一隻假玉梳子簪住。這樣我奔跑的時候頭髮就不會礙事。

我看著鏡中的自己，初次驚覺自己的長相變了許多，和記憶中的我相去甚遠。我不再是個小女孩，但也尚未出落爲女人，介於兩者之間。我的身上有股嶄新的特質，眼神流露鬥志。假如必要，我足以智取一頭老虎。我能駕馭一隻老鷹，使牠忘卻回家的路。我懷疑是不是體內的林黛玉在往外看著我，還是眞的是我自己在看著自己。

門外傳來一個女孩的笑聲，把我嚇一跳，也驅散了眼神中的鬥志。我眨了眨眼，當我再次把注意力轉向鏡中的倒影時，發現自己又變回一隻溫馴的羔羊，一隻純潔的小貓。正如小燕所說，我是任何他們想要我成爲的東西，或許，這正是我最大的武器。

＊＊＊

我下樓時，女孩們已站成一列。李夫人沿著隊伍一個個檢查她們。小燕的位置大致在隊伍中段，但她沒往我這邊看。

珍珠，李夫人說，她用手中的摺扇敲了一下女孩的大腿。我們餵你吃太多豬肉了嗎？

不是的，夫人，珍珠嚇個半死，支支吾吾地解釋，伸手去整理身上的裙子。

李夫人用手指往珍珠的肚子戳，她的指甲尖端陷入肉裡。我想是這樣沒錯，她說。妳明天開始不能吃午餐和晚餐，只能吃早餐。沒有男人會想睡一隻邋遢的豬，妳不覺得嗎？

珍珠的胸膛急速上下起伏，彷彿要將體內的空氣全部擠出來。別哭，不要哭，我在腦中對她下指令。李夫人移到下一個女孩面前，目光上下掃視她的身體。女孩瑟瑟發抖，但李夫人顯得很滿意。下一個是芸芸，她長得很高，一隻眼睛是灰藍色的，另一隻則是黑棕色。

芸芸，李夫人說。女孩馬上縮了一下。昨天的客人告訴我一個好笑的故事。他說妳拒絕了他的要求。妳知道我在說什麼嗎？

女孩發起抖來，眼睛死盯著地板。

芸芸，李夫人再次說道，接著賞了她一記耳光。響亮的聲音在室內迴盪，一道裂痕將我們所有人一分爲二。沒人敢動。除了芸芸，誰也不敢吭聲。她痛得哭出聲來，眼淚撲簌直掉。

可悲的女孩，李夫人冷笑。妳不配在這裡工作。妳以爲自己最大嗎？妳不服從客戶，就是不服從我。

她揮了揮手。保鑣現身。芸芸看見他們便開始大聲哭嚎。

拜託了，夫人，我會改進，我會做他們要求的任何事，求您讓我留下來。然而保鑣已經將她一把拖過洗衣房，直直朝後門走去。她的哭喊離我們越來越遠，直到我們聽見砰的一聲，一切沉寂下來。

李夫人繼續移動到下一個女孩面前。就當作給妳們一個警惕吧，女孩們，她說。妳不服從客戶，就是不服從我。

接下來幾個女孩輕鬆過關——其中一人的眼妝畫錯了，另一個的髮型讓她看起來像農婦。這些都是小問題，李夫人讓她們保證絕對不會再犯後就繼續往前走。最後一個讓她停下腳步的女孩是小燕。

我們都屏住呼吸。小燕幾乎毫無缺點，李夫人從來沒有在她面前停下過。小燕看起來也同樣驚訝，因爲她抬頭看了李夫人一眼，然後才迅速垂下視線。小燕，親愛的，李夫人低吟。我最誠實、最聽話又最認眞工作的小燕。妳有任何話要對我說嗎？

小燕沒有回答，搖搖頭。

妳沒有從任何人那裡聽說，有人可能打算逃離我們的家？李夫人繼續問。

我什麼都沒聽說，夫人，小燕說。她的音量很小，但是很堅定。誰會想要離開這個溫暖的家？

李夫人沒有繼續往前走。她站在小燕面前，面帶微笑盯著她看。我記得那個笑容，是賈斯柏的笑容。桶蓋關上前他留下的那抹微笑。

但她還來不及開口，妓院的大門便突然被撞開。三個人闖了進來，跌在地上。女孩的隊伍瞬間成鳥獸散，往四面八方跑。她們的絲綢裙擺在空中翻騰，像極了一群五彩斑斕的鰻魚。兩名保鑣散開，一名衝向女孩，一名跳上前保護李夫人。

我在來者的金髮間瞥見一縷黑髮。是山繆和他兩個同父異母的哥哥，他們三人像蛇一樣糾纏在一起。

攔下他們，李夫人尖聲下令。

保鑣衝上前將他們三人拉開。山繆重重喘著氣，鼻孔中流下深色液體。我擔心他是不是受傷了，不過同一時間，他向我瞄了一眼，並且點點頭。這是給我的信號。我從階梯旁慢慢挪到大廳中央。沒人注意到我。

好大的膽子，李夫人上氣不接下氣地說。你們好大的膽，怎敢來我店裡撒野！

我們是爲了那女孩而來，其中一個哥哥說。

女孩，李夫人複述。什麼女孩？

那個女孩，另一個哥哥說道，伸出一根指頭指向我。

整個大廳陷入寂靜，一個個腦袋瓜紛紛轉向我，所有人都盯著我看。我能感覺到小燕的視線黏在我的肌膚上。

她？李夫人不可置信地說。我的老闆已經特別吩咐，這個女孩是您弟弟專屬的，您很清楚。爲何不選其他女孩呢，先生們？我可以給您四個或五個女孩，只要您滿意，都行！

是這樣嗎？剛才第一個說話的哥哥從保鑣手裡猛地掙脫，說道。那爲什麼阿繆告訴我們，從今天晚上開始，妳要把她交給別的男人？

李夫人目瞪口呆看著他們。這下無路可退了，我想。這個計畫只許成功。踏錯任何一步都會導向她的暴怒，以及我的死亡。

他整天都在吹噓她在床上有多厲害，雙胞胎之中的另一個說。他的聲音跟前一個不一樣，更低沉、更粗啞。像匹狼。

我們想要親眼看看，前一個哥哥說。我們想要自己確認，她是否像他說的那樣好。看看她是不是眞的如他所說：能讓男人改頭換面。

女孩們嚇得嘴巴大張，轉頭望向李夫人。過去，這裡的規定一向清清楚楚：若客人毀損妓院的財產，或是對夫人有任何無禮的舉動，就會永久列入黑名單。這兩個男人幾乎兩項都觸犯了。

李夫人沉默良久，舉起手揮了揮，讓保鑣退後。

你們闖進我的地盤，破壞這裡的安寧，她說。又嚇到我的女孩。現在你們卻想跟我談生意。先生們，你們可知道形勢不利？

也許吧，第二個雙胞胎哥哥說。但我很好奇，你的老闆們若得知妳和妳的小妓院私下違反他們的指示，會有多開心。爲什麼我們不現在就去找他們揭穿眞相呢？我猜，他們會把妳扔到街上，或是割破妳的喉嚨，搞不好會剁下妳戴著那些珠寶的手指。他往她腳邊吐了口口水。夫人，他得意洋洋地笑說。妳眞的很幸運。

李夫人沒說話。我看得出來她在腦中仔細斟酌對方的話。我好奇她是否會順從，好奇她的理性是否會壓過她的傲氣。

很好，她總算開口。房裡的熱氣消散了。從現在開始，她任由你們享用。非常感謝您考慮如此周到，先生們。這是我們之間的小祕密。

等等、等等，第一人說。我們在購買前應該驗一下貨。

沒錯，第二人搓手附和。這些妓女看起來都一樣。我們要靠近一點，仔細瞧瞧她。

李夫人轉向我。她什麼話都不用說，因爲我早就知道該怎麼做。我邁向雙胞胎和山繆的方向，房間裡每對目光都深深烙在我的背上。每踏一步，我都使出意志力逼自己繼續前進。記住腿移動的感覺，記得保持呼吸。計畫。我必須照計畫走。

隨後，我來到了他們正前方。

我可以看到他們的嘴唇有多光滑。如果我認眞看，仔細看，還能看見一點山繆的影子。他們盯著我，兩個人都餓壞了。

所以，第一人說。

啊，第二人說。

我開始轉圈。照著練習的來，神祕的微笑，低垂的視線，眼尾用銅金和深棕暈染，露出頸項些許肌膚。一切都跟練習時一樣。我旋轉，聽見山繆的哥哥開始喘氣。我旋轉，瞥見李夫人的眼睛——張得比任何時候都大，臉頰因激動而紅潤，但她很滿意——我再轉了一圈，這次掃過的是珍珠的眼睛——她的眼神滿是驚訝，嘴巴合不攏——我再轉，想要找到小燕的雙眼——她沒在看我，而是在地面、保鑣、地面之間來回——終於，轉到最後一圈時，我的視線對上山繆的雙眼，而這是我一直在等待的雙眼。

我點頭。

你們——不能——擁有——她！

山繆猛然跳起，使出他瘦小又緊繃的身體裡所有力氣，朝第一個哥哥撲去。他挺直身體向前衝刺，多年來的挫折和憤怒和悲傷和孤立宣洩而出，這股力量將哥哥撞飛，朝一群擠在大廳遠遠另一端的女孩撞去。他摔在她們身上，底下壓著兩名女孩。保鑣趕緊飛奔上前拉出她們。

但山繆沒有停下。他撲向第二個哥哥，力道好像比剛才更強了，帶著更多的怒氣和絕望。這一次，第二個哥哥跌在其中一個保鑣身上。

就是現在！

這是給我的指示。山繆抓住我的手，我感覺到自己被猛地向後拉。李夫人扭過頭撲向我們，她的嘴張成可怕的一個大圈。兩個哥哥奮力掙扎，想要從女孩和保鑣身上解脫並站起。保鑣們震驚不已，張口結舌，再加上因爲缺少李夫人清晰的指示，想動作已經太遲了。

不管是李夫人、保鑣還是任何一個女孩，沒有一個人注意到，在他們三個撞進妓院後，大門一直是敞開的。除了我和山繆。這就是我們的計畫。這就是我們勝利的關鍵。

當下，山繆抓著我的那隻手占據了我意識的一切，成爲我唯一能跟隨之物。他將我拉出門外，我的雙腳幾乎飛離地面。下一秒我們就出去了，離開妓院，離開恐懼，身後傳來女孩的尖叫，李夫人的怒吼震碎了城市裡的每一根骨頭。

李夫人一聲令下（抓住他們！抓住他們！），保鑣立刻衝出妓院追趕我們。我的身體被某樣不是我的東西接管，某樣使我的腳速能趕上山繆的東西，讓我的手臂和他一樣用力。我們拔腿狂奔，幾乎是在飛，衝下街道，闖過在商業區遇見的每個燈號，穿過音樂、笑聲、鍋碗瓢盆的乒乓聲和不間斷的隆鼓聲，我想我還聽見某處傳來一桌麻將碰著彼此滑動、洗牌的聲音。一股超越自身的力量導引著我們的身體。我轉過頭，看見後方的保鑣竭力追趕，但他們的腳速趨緩，而我們還在加快。奇蹟站到了我們這一邊。

四周的人紛紛閃避，臉上的驚訝晚來一步。山繆知道怎麼走，知道他要帶我去哪兒。我們在巷弄間急轉彎，進入陌生的街道，掉頭，轉彎，轉彎，轉彎。我從未踏進過舊金山的街道，沒料到這些坡道有多陡。我的雙腿在燃燒，大腿跟碎肉一樣疲軟無力，連結肩膀和胸膛的肌肉在手臂每次前後擺動時大聲抗議。但我們沒有停下腳步。我們繼續奔跑。一直跑到我們成爲一座沙漠，我們的肺變成滾燙的沙，一條蛇在我的喉嚨不停扭動。

然後只剩下我們，和我們的粗喘，激烈到像是空氣在體內又刮又銼。山繆一根手指按在唇上，眼睛睜大。

我們側耳傾聽，留意腳步、喊叫、身體撞擊地面的聲音。但什麼聲音都沒有。儘管如此，我們仍保持靜止。我們必須完全確定。一分鐘，五分鐘，然後十分鐘。沒有動靜。又一分鐘，五分鐘，再十分鐘。

還是一樣，什麼都沒有。

山繆望向我，臉上綻放大大的笑容，這是我看過他最快樂的樣子。我看見他的身體如釋重負，身上所有悲慘都獲得釋放。

我們自由了。

我也咧嘴一笑。然後，我實現了我的承諾。我允許自己哭出來。

8

山繆從我身後的牆上拉出一塊鬆動的石頭。我看著他的手消失，然後從洞裡抓出一個布包。他把布包放進我懷裡。

穿上吧，他說。

這部分是我的點子。他們絕對不會帶一個華人女孩去愛達荷。但多一個華人男孩呢？不過是爲礦坑多添一個身體罷了。

我急著開始解釦子，可見我是多麼渴望擺脫這身晦氣的制服。但某樣東西使我停下。抬起頭，我發現夜色中閃著兩束光。是山繆逗留在我身上的視線。

轉過去，我說。我不覺得這個要求很過分。

他滑開視線。太慢了，我發現。但現在不是想這個時候。我可以晚點再來處理。

釦子全數解開，我奮力把衣服往下推，布料卡在被汗浸透又風乾變硬的地方，黏黏的，還有一圈鹽。城市微涼的晚風刺著我的肌膚。我確認剛才的兩束光是否飄回我身上。並沒有。

我卸去妓院裝束，穿上山繆帶來的衣服：黑長褲、黑長衫、黑布鞋。再次穿上能掩飾身體曲線的衣服，感覺眞好，就像是獨自一人在大海裡游泳，沒有李夫人和賈斯柏，沒有任何人可以碰到我。

你可以轉回來了，我對山繆說。

我拿出布包裡的最後一樣物品，是一把剪刀，我遞向他。

我知道這裡很暗，我說。我跪下，並取下頭上的髮梳。你就盡力試試看吧。

他深吸一口氣。然後，生平第三次，我聽見剪刀銳利的喀嚓聲，在我臉頰附近下了第一刀。一撮輕柔從我身上落下，我可以聽見它落下時的聲音。又一刀。我感覺頭部開始變輕了。自妓院這個重擔從我身上消失後，一切都變得輕盈起來。剪刀繼續工作，但我不再數了，開始幻想李夫人會把我的房間讓給誰。但願是珍珠。

她知道，我跟還在幫我剪髮的山繆說。李夫人知道有人打算逃跑。她問了小燕。你覺得她是怎麼知道的？

隔牆有耳吧，山繆回答。他正在確認是否有剪齊。

但還是很奇怪，我自言自語。她們會發生什麼事？我想著小燕，不知她是否會向李夫人坦承事實。也許她會。她比我所想的還要有野心。

掌管妳們妓院的堂會鐵定會氣炸，山繆說。如果他們發現李夫人背著他們亂來，他們很可能會懲罰她。

她說堂會在我身上花了好多錢，我告訴他。

那麼他們很可能會派人來抓妳回去。

我沒回話。我沒想過這點。在我眼中，妓院始於那棟房子，也終結於那棟房子。但山繆這麼一說我便明白，被人追趕的命運是躲不過了。來抓我的會是賈斯柏嗎？

他們會追到什麼時候？我低聲問。

山繆沉默不語。他不忍心告訴我事情已成定局。

他剪完，清了清喉嚨。我伸手摸摸後頸，和奶奶送我去芝罘前幫我剪頭髮時的感覺很類似。裸露的肌膚緊緻光滑。我抓了抓尖利刺人的髮尾。他剪得比我要的還短。

謝謝，我說。接下來呢？

離這裡不遠的地方有間小旅館，那裡有三個華人在等我明天早上一起出發去波夕。他們還不知道有妳，他告訴我，眼神飄向地上。他們以為只有我一個。時間太趕了，我只能做到這樣。但我們一定會想出辦法的。

你已經做得夠多了，我安慰他，盡可能別讓自己聽起來太擔心。

差點忘了，他說，手伸進口袋，掏出我的新身分證件。李夫人幫所有女孩都偽造了身分證件，但脫離了她麾下，我不可能繼續當牡丹。

你怎麼辦到的？我問。

我去找敵對的堂會，他用自豪的口吻說。我告訴他們我可以提供關於協義堂的情報，告訴他們是誰在幫忙洗錢，只要他們給我兩張身分證件。他們二話不說就答應了。

山繆，我說，腦中浮現這男孩瘦竹竿似的身影。他們很可能會綁架你，甚至殺了你。

但他們沒有，他說。而現在我們有了遠走高飛的機會。妳能點一根火柴嗎？

我照他說的做，掩著火苗湊近證件。證件最上方寫著一行字，**美利堅合眾國**——居住證明。這行字的下方則載明了李雅各的身分細節，那將是我往後的身分。左下角還有一張照片，照片中是個年輕的男孩。我們長得一點都不像，我暗忖。

我的視野頓時清明起來，彷彿過去的一切已被城市上空的同一片霧氣所籠罩。我已經不在芝罘的小房間，不在裝滿煤塊的桶子裡，不再是妓院的囚徒，這些念頭頭一次變得清晰。如今，我終於擁有自由之身，儘管這份自由伴隨著新的教條：要想維持自由，就必須藏匿起來。我必須盡快融入這個新身分，我想。沒時間把黛玉從體內吹出去了。

我吹熄火柴，準備伸手拿走我的證件，但山繆把它折起並收回口袋。我會先暫時保管這些證件，他說。替我們保管。

＊＊＊

我不知道我們身在城市何方，但能確定的是，我們離妓院越來越遠，離大海也越來越遠。我們抵達一間小旅館，還沒開口，老闆就先要求查看我們的證件。山繆架勢十足地將證件取出，用略爲誇張的堅定態度將證件遞給老闆，但我還是很緊張。照片中的男孩看起來不像我，但他的確夠年輕，足以當成過去某個時期的我。旅館老闆分辨不出差異，他點了點頭便示意我們上樓。我看得出來他只想快點打發我們。

我們爬上四樓，然後走到左手邊第二個房間門口。山繆打開門，示意我進去。三個男人，如他所說。都是華人，這也和他說的一樣。他們坐在地板上，當我進入房間，他們開始感到困惑。角落有張光禿禿的床墊，床的旁邊是張桌子，桌上有一壺水。這些男人已經在地板上鋪了從床上取下來的床單和毯子。窗邊靠著三個包包。

你遲到了，其中一個男人說。他看起來年紀較大，頭髮已經灰白。而且你還帶了一個人？

大家，山繆說，這是——

雅各，我迅速接話，想起我的身分證件。我叫李雅各。

嗯，白頭髮的男人說。我看出他是這裡的頭。雅各，你是誰？

雅各是我的朋友，山繆輕描淡寫地說。他聽說我們要去波夕，也想加入我們。

噢，白髮男說，往我的方向湊近了些。我們房間擠不下第五個人了。

看看他吧，山繆說，他很瘦小。

我可以幫忙，我說，把聲音壓低、刻意粗啞，就像練習時那樣。我能勝任任何你要我做的事。

白髮男輕蔑地哼了一聲。他離我又更近了。我想要後退，但背後就是房門。你眼睛上有髒東西，雅各，你知道嗎？

我祈禱自己面無表情，嘴巴也沒有因爲驚慌而呆滯微張。我抬起手用長衫的袖子擦掉殘留的眼影，希望他們不會這麼快就湊出眞相。白髮男人又笑了一聲，然後回到我們一開始進門時所坐的位置。

沒差，他說。只不過是多一個身體罷了，你們兩個可以睡地板。毯子不夠，所以你們只能用現在這身衣服保暖了。或是，他眨了一下眼說，也許你們兩個可以彼此取暖。你很樂意吧，小子？我打賭你很樂意。

另外兩個男人笑了起來。我這才意會，白髮男是對著山繆說的。我原本期待他多少會反擊，但他只是點了下頭，雙頰泛紅。他朝我示意，我挪步移動到房間的角落，盡可能離他們三個人越遠越好。我能清楚感覺到他們的目光始終鎖定在我身上，即便是沒在看我的時候。

＊＊＊

晚上，我無法入睡，腦中塞滿恐懼，對接下來會發生的事感到畏懼。那三個男人的鼾聲在房間隆隆作響。硬梆梆的木地板緊緊貼著我的髖骨。山繆也睡不著，我知道。因爲我沒聽見他翻身的聲音。

我想起妓院。想起事發當下李夫人的表情，她臉上的憤怒和害怕。對，害怕，在山繆拉我踏出大門的那一刻。我想起山繆哥哥摔在女孩們身上時，她們的驚慌失措，還有山繆哥哥的咒罵。只有一個人我沒看見：小燕。我離開前的最後幾分鐘，她在做什麼？

倘若未來我有機會再回到舊金山，也許那時小燕已經掌管了妓院，也許她早就不叫小燕，改叫夫人了。至少到了那時候，我能確定，牡丹已經成爲久遠的回憶。這個念頭令我感到安慰，我允許自己朝黑暗中一笑。我似乎感覺到，在身體裡的某處，林黛玉也綻放了微笑。

＊　＊　＊

我們在日出之前就起床。房間因幽暗而扭曲，三個男人模糊的形影緩慢地起身，邊呻吟邊伸展著。山繆坐著，手肘靠在膝蓋上看著我。

妳有睡著嗎？他問。

睡了一會兒，我說謊。

我們動身下樓。旅館非常安靜，老闆也不在。每個人身上都背著一個小包，但我什麼都沒有，只有山繆帶給我的這身衣服。

走路時我必須記得駝背，還要讓腳步更沉重，讓身體伸展開來。我的肩膀是鐵鍬，我的手臂是鐵鎚。每一舉動都是一句斷言，每次停下都是一個標點。

王師父曾告訴我，所有的書法都歸於「道」，也就是人類神聖的本質。我們藉由寫出美麗的線條來傳遞「道」。就這層意義而言，一筆完美的線條，就是至高無上的成就。

如何才能寫出美麗的線條：移動筆尖時，必須將筆尖控制在筆畫的中間。這能避免任何不平整的毫毛衝出線條。一道美麗的線條，無論是粗是細，都傳遞了內在的力量。它全然屬於它自己，沒有一絲軟弱的空間，或是意識混淆的餘地。

我邊跟隨其他人移動，邊在心中決定，這就是我要裝成的那種人。一個強大、一貫、完整的人，而非黛玉這樣的無名小卒。

我想我的方法見效了。因爲我們一起站在旅館外時，那三個男人已經不再盯著我看。我們站著等候些什麼。發抖的山繆瞄我一眼。舊金山的早晨總是很冷，不分四季，足以讓空氣中的水氣結冰。

如果你現在就覺得冷，到了愛達荷是撐不下去的，灰白頭髮的男人對山繆說。小子，硬起來！像個男人。

我頂了頂山繆，想要叫他別理白髮男。他挪了下身子，遠離我的碰觸。我見他咬緊牙關，想控制自己不再發抖。

一輛馬車抵達。駕駛是個白人。他跳下前座，站在馬車旁，審視我們。

我以爲你說四個人，他對白髮男說。他在講我。

他很小一隻，白髮男回覆。他指指山繆。他有錢。

駕駛走向山繆，雙眼打量著我們。一百元，他說。每個人。

山繆緊張地笑了笑。先生，他說，這個價錢是其他人付的兩倍。

我說一百，駕駛重複道。你耳朵有問題嗎，苦力[2]？

山繆嘆了口氣。他把手伸進口袋，掏出一個小錢包。駕駛目不轉睛地盯著他。

我站在旁邊，感覺十分渺小。

很好，非常好，小子，駕駛從山繆那裡接過錢時說。好了，上車吧。

我們爬進馬車車廂。我將雙腿抱在胸前坐著，屁股緊貼著底下的木頭。駕駛爬回前座，對馬匹大聲地「呀！」了一聲。馬車開始前進，車身被我們的重量壓得嘰嘎

2｜譯注：Coolie，十九世紀時美國對廉價華人移工的貶稱。

作響。

那筆錢是要留著在波夕買食物和投宿用的，山繆低聲對我說。

我雖然對他的話感到驚慌，但只聳了聳肩，因爲我發現白髮男正瞇著眼睛盯著我們。他正在盤算什麼。我抬高下巴，希望讓自己看起來更有男子氣概。但他沒把眼神移開。

他會帶我們一路到波夕嗎？我問山繆。我對那裡究竟有多遠毫無概念。

山繆用袖子掩飾他的笑。不，他只會帶我們到火車站。

＊＊＊

有一次，奶奶告訴我，在我出生的很久之前，一個英國商人在北京玄武門外興建了一條長長的鐵路。他想介紹新科技給朝廷。但當局非常害怕火車。他們認爲火車太過特殊，而且詭異至極。最後，他們把它給拆了。

在這以前，我腦中所想像的火車樣貌始終介於蛇與龍之間，是頭能自行飛越世界的動物。當我們越來越接近火車站，我開始聽見隆隆聲響，感覺大地在震動，一路震到我的骨子裡。我知道我猜對了——火車一定是頭移動中的、活生生的巨獸。

馬車在售票處外停下。駕駛將馬拴在木樁上，然後繞到後方，把車票塞給我們。等你們到了波夕，他說，告訴他們是喬迪送你們去的。他們會帶你們到該去的地方。

我們一個一個跳下馬車。回到人群中的感覺很奇妙，如此自由的感覺也是。我意識到，這是好久以來頭一遭，我終於不再隸屬於誰、虧欠誰。白人和華人的面孔在這裡來來往往，有人衝撞，有人閃避，帶著各自的包裹和行李朝火車前進。這讓我想起剛到芝罘的頭幾天，我被那裡的喧鬧和各式各樣的聲音震懾。我感覺好像又回到了小時候。

我們跟著白頭髮的男人走到查票口，有人一一核對我們的身分，再來檢查車票，接著便趕我們向前走。然後，我看見了。看見了火車。不是條蛇，不是條龍，也不是介於兩者之間的任何生物，而是一台龐然昂立的黑色機器。它在陽光下閃閃發亮，吐著濃煙。在它巨大的車輪下，我看見奶奶跟我提過的鐵路。我很驚訝，世上怎麼有人能建造出這種東西？

火車在中文裡的意思是「燃燒的車」。我想，這是我見過最旺的一場火了。

＊　＊　＊

我們的車廂在火車的最尾端。因爲我是多出來的人，我必須和另一人共擠一張床。三個男人問都沒問，就各自將他們的背包放到床位上。山繆和我面面相覷。

我說過，白髮男說，你們可以互相取暖。他和另外兩個男人竊笑起來，爬上他們自己的床。

好吧，山繆看著我說。

好吧，我說，躲避他的目光。

我們坐在床鋪上靜靜等待。火車以激烈的頻率震動，車身傳來的顫動使我腳上的皮膚發癢。噗——噗——噗——，火車吐氣，彷彿在喘息，並且邀請車上的所有乘客一起加入它。

火車起程的瞬間，我抓住山繆，忘了男人不會這麼做。我的整個世界再次動了起來，如同我被裝在煤桶載上船的那次，但這一回，這一回，我答應自己，我不會再被禁錮。這一次，我要去更好的地方。我必須去。

從黛玉，到阿風，到牡丹，再到李雅各。我什麼時候才能做回我自己？若眞能做回自己，那時，我還認得她嗎？

＊ ＊ ＊

當晚，我和山繆擠到我們的床上。他叫我睡裡面，因爲我比較瘦小。白髮男選了我們的上鋪，他呻吟著躺下。床鋪被他壓得有些下沉，我很想用手指去戳，確認他還在上面。我們都費了好大的勁才來到這裡。我甚至都沒問他們從哪裡來。

你們兩個很幸運，小子，你們都很小隻，他的聲音從上鋪傳來。如果你們都是男人，就擠不下囉。

我保持沉默。

一個溫暖的觸感搭上我的腰。是山繆的手。我感覺他正在用那隻手詢問我，是否能靠我這麼近。自從他進入我房間，並爬到我身上的那天後，我們就沒這樣碰過彼此。他在問，用他放在我瘦小背部上的手問，我是否還記得那晚。

我往後伸手，捏了捏他的手，然後將他的手推回他那裡，希望到此爲止。我這是在告訴他，快睡吧。現在快點睡吧，我告訴自己。

9

我到波夕後做的第一件事情是尋找大海。

就我記憶所及，我的身後總是有片大海，我的頭髮聞起來總是有海的鹹味。無論是在中國還是美國，所到之處至少總有汪洋的一部分。那樣的話，我就不會離來時之地太遠，我總愛這樣想。

可是波夕沒有海。這裡沒有港口，天空不見海鷗翱翔，空氣乾燥。舉目所及幾乎都是白人。走出車站時我發現，很少看到和我們同膚色的人。我們是此處的異例，穿著我們的長衫，一起拖著腳步穿越大街。其中一個男人的長髮辮吸引了一旁綠眼小男孩的注意。他扯了一下母親的裙子，指指男人。她瞥了我們一眼，雙唇抿成一條線，還皺了下鼻子，趕男孩繼續向前走。

你不是說從這裡去中國很容易嗎，我低聲對山繆道。

會很容易的，他說。

其他華人都去哪裡了？我質問。你說這裡有很多華人。

有啊，他說。或是說，曾經有過。

＊　＊　＊

波夕有許多樹。八月午後的微風拂面而來，感覺愉快又涼爽。秋天已在城市四處宣告自己的來臨，紅色、橙色與柔黃沾上了白楊樹和楓樹的枝頭。一切都大大舒展開來，彷彿賜予我們更多的空間，只要享受當下就好。在這裡，我可以的，我心想。

我們抵達市中心的一間小旅舍。有群華人站在店外，一些人身著夾克和長褲，其他人則跟我們一樣穿著長衫，許多人還留著如鞭的長髮辮。我被他們震懾住了——他們跟我家鄉的男人是如此不相似，卻又如此相同；肉，骨，血，一切都很熟悉，一切都離我好近。我突然湧上一股衝動，想要拜託他們帶我回家，想要跟他們說不是英文的語言，想要單純站在他們身邊，然後感覺到慰藉，就算一下也好。

我們進到室內，同是華人的旅舍老闆歡迎我們。這間旅舍附屬於一座華人寺廟，但這裡的寺廟不如芝罘的那般雄偉，沒有往上卷的屋簷和貴重的屋瓦，這座寺廟只是某一座平凡無奇的兩層樓木造建築。

跟妳期待的不一樣？山繆看穿我的困惑，打趣道。接著他稍微正色地解釋，這樣的廟宇在整個愛達荷州以及廣泛的大西部地區四處可見。這是他從去過這些地方的華人那裡聽來的。妳可以稱呼這些地方為寺廟，也能說它們是會所。妳甚至可以說這些地方是賭場。在這一區，只有這些地方是屬於我們的。至少，這些寺廟是不准白人進入的。

其他的廟在哪裡？我問。

旅舍老闆為我掏出一張地圖，圈出那些有寺廟的城鎮和地區。我拿走地圖，將它收進胸前的口袋裡。山繆說到只有這裡屬於我們時點醒了我，如今我也是「我們」的一分子了。我喜歡知道全州寺廟遍布的感覺。就算是如此陌生的地方，也有微小的存在提醒我們家的滋味。

山繆用他剩下的錢為我們訂了一間房。我在旁邊確保他訂的是雙床房。房間又小又破，但至少，這是這段時間以來我與他第一次單獨相處。另外三個男人擠進我們隔壁的房間，地板隨著他們各自散開安頓的腳步嘎吱作響。明天早上，我們就會見到要替我們安排工作的人。

好吧，山繆說，並且在床上坐下。我想那就是他的床了。

好吧，我用我正常的聲音說，換下我為自己設計的低沉嗓音。

我安全了。終於，總算，在經歷逃跑、衝刺、躲藏、閃避後，我安全了。這裡沒有賈斯柏，沒有李夫人，沒有同父異母的兄弟。我想到飛翔的「飛」，它的身體是一張由翅膀組成的窩，我在大腿上畫寫這個字，手指不停來回，每一筆畫都比前一畫更大膽、更快樂、更自由，我一直寫、一直寫，直到我想像這個字大到超出了我的大腿，大過了折疊床，甚至大過整個房間。

在這裡我還是無法做自己，但沒關係。至少，我能幻想自己是由翅膀組成的。

＊＊

我夢見一座森林。樹木拔地參天，樹冠交織成篷。草地只有一點點濕。我打著赤腳。

我並非一個人。我首先想到的是黛玉，她跟我在一起，但我隨即又感到沉重，表示她應該還在我體內。無論跟我在一起的人是誰，我都看不見他們。但我能感覺到他們就在我旁邊，而且我能聽見他們。我轉身，但他們所在之處被濃霧籠罩。

我們正在走向某處，我和這個隱身的陌生人。鳥兒在我們周圍啼鳴，但聲音並不悅耳，反而令人毛骨悚然，聽起來像嘲弄。

我的同伴停下腳步。我繼續走。他們正對著我說些什麼，大喊著，但他們的聲音被悶住，以致傳入我耳中時，只有近似芝罘大海的浪濤聲，像一條毯子緩緩蓋上我的頭，令我窒息。

＊＊＊

夜晚，背上傳來一股壓迫感。我驚起，但喉嚨遭某樣東西抵住。是把刀，尖銳而冰冷。

別出聲，一個聲音在我耳邊低語。否則我會告訴所有人妳的眞實身分。

我認出這個聲音。是白頭髮的男人。

以爲我不會發現嗎？他粗喘，氣息酸腐。我就知道妳哪裡不對勁。

房間的牆掠過一抹影子。山繆也在這裡，我想起來。山繆，我的救命天使，山繆，那個哭哭啼啼的男孩，帶我跑了這麼遠的男孩。

救救我，我朝他喊。

但他動也不動。身子甚至更往地板沉了一點。我的心跟著他一起下沉。

白髮男開始褪去我的褲子。接著摸索著褪去他自己的。然後，我感覺有個東西抵住我的屁股，軟趴趴的，帶點溫度。一次又一次，我感覺他用軟綿綿的器官氣急敗壞地拍擊我的身體。我這才發現，他沒辦法做。

白髮男爆出一聲咒罵。某種觸感沿著我的背下滑：一隻手，手指冰冷。那隻手順著我的肌膚一路往下摸，強行伸進我的腿間。接著，我感覺方才的冰冷進入了我，進入了到現在爲止未曾被人碰觸的地方。

他在我刺刺短短的頭髮旁邊粗聲喘氣，我的耳後全是他呼出的濕氣。他乾燥的手指在我體內的壁上刮弄著，好像試圖將我掏空，好清出空間讓他放進來。我腦中浮現他骯髒的指甲，指甲縫間卡住的泥垢，每根手指粗寬的指節，我能感覺到一切。他的指甲會留下刮痕。停下來，我心想。不要、不要、不要。

山繆在我們對面哭起來。

這場騷動八成吵醒了她。白髮男的手指繼續在我體內大力撞擊，我已經痛到麻木。我的裡面被摩擦得好像要被整個翻到外面來。他的手每戳一下，我感覺林黛玉就在我體內推擠、膨脹，直到她變得比我們兩個都大，直到她坐起、脫離了我，從上方看著底下兩副軀體。

我等著她拿刀指向他，割開他的喉嚨。或是把他的手指從他手上一把扯下。或是做任何不是她現在正在做的事，也就是跟我一樣尖叫著不要、不要、不要。此時此地，我們兩人都是無母無父的女孩，一個是鬼，另一個也離鬼不遠了，兩人都曾胸懷大志，到頭來卻一無所有。看看我們吧，林黛玉，我想在我們的哭叫中告訴她。也許我們終究並無不同。

他完事後——我根本不曉得何謂完事，因爲我從頭到尾都將視線鎖定在山繆身影前方延展的燭光上——白髮男翻到一側，在床墊上留下濁白色的黏液。我連忙爬離他癱軟的手臂，穿回褲子，拉到腰部以上。站著的感覺很奇怪。我正在從自己的身體中洩漏出來。

謝啦，小子，他對山繆說。他扣上褲子的釦子。也許我能把你當男人看了。

此刻，我眼前所見淨是賈斯柏，身體所感淨是他絲滑的微笑，腦中所想著的，淨是他會如何嘲笑我現在的樣子，嘲弄白髮男跟李夫人和他自己沒什麼兩樣。我想著這些惡意是如何環環相扣。我感覺雙腿之間空空蕩蕩，一無是處。白髮男子瞟我一眼，彷彿是在說，我們應該再來一次。然後他轉身離去。

縮在牆邊的身影又傳出一聲啜泣。

你放任他對我做這種事，我說。你袖手旁觀。你妹妹會怎麼想？

山繆把自己縮得更緊，嗚咽起來。我也哭了。

你和你的哥哥一樣邪惡，我說。

林黛玉飄浮在我們之上。她滴下的眼淚碎在山繆的肌膚上。無恥之徒！她尖叫。願你早死！

他早就知道了，山繆說。他說他只是想要進來找妳說話。他說是眞男人都懂。

他說的沒錯，我吐了口口水。這件事發生之前，你是個好人。現在，你除了是個男人，其他什麼都不是。

他聽見這話，整個人往後縮了一下，我爲此感到高興。我腹部的痛楚正在熊熊燃燒。白髮男拿走了我身上最珍貴的部分，某樣我不願給出的東西。我還沒準備好要給予。它打從一開始就是屬於我的。爲什麼它不能永遠屬於我，或是由我想擁有多久，就擁有多久？

妳說過，假使我們成功逃脫，妳就欠我一條命。山繆抽噎著說。

不是這樣欠的，我說。

他繼續低著頭，不看我。妳就走吧。他啜泣。如果妳這麼恨我，就離開吧。重拾自由帶給我的欣喜早已煙消雲散。我再也無法信任他，我本來就不應該相信任何人。我不應該這麼傻。我不傻。

林黛玉從天花板降下，緩緩流進我的喉嚨，一併帶走我跟她的淚水。我穿上鞋，挺起肩膀，再次變回李雅各。我竭力忘卻雙腿間的刺痛，忘卻我有多想要不停地哭泣。我將注意力轉向體內的林黛玉，感受著她實實在在的重量。離開前，我用力將手伸進山繆的夾克口袋，抽走我的身分證件。他一動不動。

屋外一片漆黑，走廊靜悄無聲，但這些嚇不倒我。這次，我欣然面對。我一腳邁入黑暗之中。

妳不是一個人，我不斷對自己說。

妳不是一個人，林黛玉肯定地對我說。在我們身後，山繆爆出一聲痛苦的哭嚎。

我把門關上。

第三部

皮爾斯，愛達荷州

Pierce, Idaho

春，1885

1

女子躺在床上，動也不動。她很想坐起，但丫鬟勸她別這麼做，說那樣會耗盡她的精力。她知道最好聽勸，所以她維持平躺，盯著睡床上方垂掛的帳幔。白雲如棉，蘆葦成田。微風吹走了所有。黑鶴掛在帳幔上宛若掛在天空，細瘦的身體令她想起某位姑媽臉上畫的眉毛。她直視上方，想知道梗在喉嚨裡的東西何時會消散。

一開始只是竊竊私語——她所愛的男子即將娶別人爲妻。那逐漸變成一道諭令，緊扼住她的脖子。太吵了、太吵了，她想。以前，她曾深信能與男子相守，但那些日子已不復在。老是冒出一些預言，老是遭命運半路阻撓。她現在能看清了。他們不可能在一起。

她將背倚在絲綢枕頭上，感覺體內名爲血之物從內敲擊著她的肌膚。它想出去。姑娘應該躺好呀，丫鬟勸阻。女子沒聽見。她清楚這種感覺一定就是其他人說的心碎。母親過世時，她也曾有過這種感覺，但這次不知爲何嚴重許多。她現在唯一確信的，便是她必須趕走這份感覺。

一陣膨大飽脹的感覺湧上，彷彿整個世界在她身體裡蜷曲成一球。這球現在待在胃裡，像是一團哀悼。接著它升到了她的胸腔，擠壓著她的肋骨。然後來到了她的喉嚨，彷彿一整個裝滿果肉的袋子爆裂開來。

女子不知道接下來會如何發展，但她知道，親眼看見這顆球會讓她感覺好些。

於是她張嘴，把它吐出來，一片深紅濺在她的白睡袍和蜜色絲被套上，甚至濺到了她穿著襪子的腳趾上。她的丫鬟嚇得往後一彈。

女子覺得這是她此生見過最美的事物。而且她的確感覺好多了。妳為何那樣看我，她想對丫鬟說。但當她張開嘴，話語卻沒出現，只有被稱為血的東西，而且這次來得更加兇猛。

女子感覺自己正在床上下沉，身體被如今也染紅了的枕頭包覆。她低下頭，看見胸前的睡袍浸在一片鮮紅之中。她的胸骨感到一陣暖意，但很快就變得好冷。

她的丫鬟迅速動作起來，對彼此大喊，慌問該怎麼辦。她們其中一人問是否要把他找來，另一人說這可能不是個好主意，因為今天是他的大喜之日。她們一些人開始哭泣。女子想叫她們安靜，好讓她好好享受此刻，但她們不明白。她們不禁害怕起來。

女子不怕。她讓自己的目光兜回天花板上。假如她滑動自己的視線、讓視線變模糊，她就能讓鶴的翅膀上下撲動，讓蘆葦從一邊擺盪至另一邊。

她開始想著男子，曾經是個男孩的男子。新婚。她曾打算要等他，一直等下去。而他也承諾要等她。一個想法掠過她的腦海，懷疑他是否一直以來都在騙她，但她決定放下。而且，她想，這一切都不重要了。都結束了，感謝老天，一切都結束了。

她的丫鬟閉上嘴，害怕得動都不敢動。她們淚眼汪汪地望著她。好幾人還在啜泣。她想起自己剛到的那天，她還只是個沒有母親的、病懨懨的小孩。她現在仍是個沒有母親的、病懨懨的小孩，但至少現在她知道了，那不是她的全部。

天花板上的野鶴正在張合著翅膀，誘惑她上前。她朝牠們伸出手，感覺自己正在滑走，感覺身體被抬上了天空。她以前並不知道她會飛。

後來，她們將消息告知她心愛的男人時（當然是趁新婚妻子不在的時候），她們對他說她走得很安詳。她們沒說她咳血，而且咳個不停。她們沒說這些血從她身體裡滿溢出來，淹死了她。

2

昨夜，暴風雪悄悄到來。我醒來，發現呼出的氣息化為灰色的雲朵。天亮了。外頭被凍成冰天雪地。我在床上多待了一會兒，並且閉上眼睛。腳趾凍僵了。

在這樣的早晨，我會打開童年的溫熱回憶，希望這些回憶能溫暖我。其中一個是：奶奶在棕色大罈內醃漬的酸菜所散發的熱量。稍後，這些捲曲的酸菜會登上我們的晚餐餐桌，在豬肉和馬鈴薯旁邊散發嗆鼻但可口的味道。另一個是：母親頸間圍巾皺褶間的熱度。最重要的一個：坐在父親的肩上賞雪。我抬頭仰望天空，他肩膀肌膚的溫度讓我的膝窩暖暖的。如果你能把我再抬高一點，我央求他，我就能看到雪變成雪之前的模樣了。

在我們的小漁村，冬日的寒冷是靜止不動的，懸浮在空中。父親會說這裡的寒意附著在所有尚未循路回到大海懷抱的水氣上，這就是讓它黏在我們的衣服、頭髮甚至骨頭上的原因。我喜歡寒冷，喜歡它讓我們一家子齊聚在室內。外面越冷，裡面就越暖和，我們四個人圍繞著彼此，像貓一樣互相舔毛取暖。

當我張開眼睛，我回到了店裡的壁櫥。我能看見身上的紅毯子，牆壁上掛著我的衣服，棕色的木製拉門。太陽出來了，代表我不能再賴床太久。

我把雙手塞進膝窩，就算只能再溫暖一下下也好。我想像父親的肩膀就靠在膝窩下。

＊＊＊

藍哥說今天不會有貨進來。雪太大了，他說，沒人能進來。雅各，能請你幫忙打掃一下門口嗎？

我穿上毛靴和大衣，身體整個裹在大衣裡。

皮爾斯幾年前成爲採礦的熱門城市，至今仍受往日的餘暉庇蔭。藍哥和林叔告訴我，這裡的礦業黃金時代已經結束，大部分的土地早就開採殆盡，豐盛不再。當時一窩蜂湧入的人潮大都已離去，但他們所帶來的金錢和希望的痕跡仍在。

這裡曾經住過非常多的華人，藍哥很早就向我說過。他們在礦坑努力工作，賺了不少錢。他們都會光顧我們的店！現在，這些人都不在了。只剩下老鄭的理髮店和洗衣店。還有我們。

所以你和林叔在開店之前也是嗎？我問。來採礦？

他沒回答，只是遙望遠方，重溫了一段我明白自己永遠無從得知的回憶。我不怪他。我想，我望向家鄉的表情一定也是這樣。

這家店名爲皮爾斯大商行，坐落於市中心的一棟建築內，店鋪的前身是間經營失敗的香水店，夾在皮件行與裁縫店之間。光看外表，一定想像不到裡面的空間竟然如此大，這就是這家店獨特的驚喜之處。踏進店裡，首先會發現店內很窄，沒錯，但是也很深，深到足以讓藍哥和林叔在架上和桶裡塞滿食物及家用品，甚至還塞得下一些店裡販賣的工具。店的後方有個小角落，被他們拿來放置裝有各式藥草和藥材的籃子，裡頭有蓮子、乾棗和枸杞，以致店裡總是瀰漫著淡淡的苦味，令我想起奶奶的菜園。角落旁邊有道串珠門簾，將營業空間和其他地方區隔開來。右手邊是一個較小的房間，曾經是壁櫥。左手邊的房間較大，是藍哥和林叔的臥室。走道的盡頭是倉庫，用來存放所有新進的貨品。再過去一點點，還有一個小廚房和浴室。我就睡在那個曾經是壁櫥的小房間，那裡跟我在王師父學堂睡的地方很像，所以我很快便愛上它了。走廊一路通到後巷，藍哥和林叔會在那邊曬衣服，營造出屬於我們自己的柵欄，使鄰居無法看到店內空間。

我在店門口努力鏟雪，直到太陽升至頭頂才停下。這段時間，一顆顆頭顱接連從門後探出來，抱怨起暴風雪造成的災害。郵局繼續關閉。隔壁的裁縫師跟太太說，今天倘若能有一個客人上門就算走運。理髮的老鄭站在他空蕩的店前朝我揮手。街道尾端，佛斯特雜貨店的窗簾被拉開，裡面的男人往窗外看，嘴形看似是在咒罵。他今天也沒辦法進貨了。這場大雪打亂了一切。

我回到室內時，藍哥正在清點錢箱裡的錢。他看著我脫下大衣，一團團的雪隨之掉落。

外面很冷嗎?他問。他喜歡問我他明明知道答案的問題。這是他對我表達善意的方式。

我點頭，耳尖被凍得發燙。我會把這邊清乾淨，我說，指指地上的水。

他要我先去幫忙林叔整理昨天還沒清點完的庫存。記得喝點熱水，他說。太冷對身體不好。

＊＊＊

對於任何清楚我的生命歷程的人來說，會認爲我人生中似乎有部分被拿起並改寫了，改寫至此處、此刻。只是這筆修正並不精確。取代王師父的，是兩個來自中國南方的男子，說著令人陌生的中文方言，母音輕快，音調難以掌握；取代書法和書法家的，是罐頭、果乾、雜物以及購買這些東西的人；而取代芝罘的，是一座名爲皮爾斯的城鎮，在一個名爲愛達荷的州，在被稱之爲美國的國度。

不過，工作是相同的。打掃、清潔、整理，全都是我在王師父學堂的日子的翻版，爲此，我發現自己感覺到某種稱得上是高興的情緒。每天在第一個客人上門前，我就打掃過地板兩次，擦完窗戶，撣去貨架上的灰塵，補齊架上豆子的庫存（全店最暢銷的產品）。無可挑剔，藍哥時常如此稱讚我的工作表現。每當他這麼說，我都會默默在心中產生一股自豪。您看到了嗎？我想對王師父說。我總夢想著他有一天會走進店裡。您教會我的事情並未白費。

我知道這是癡人說夢。王師父永遠不會離開他的學堂。但漸漸的，我發現自己越來越希望有人能見證我運用自己所會的道理而達成的這些事。

等我完成掃除工作，店也開始營業之後，我就會移至後面的房間，整理並清點新進的貨物。如果林叔不是在和供應商開會或寫信給外州的窗口，他便會加入我的行列。他最喜歡整理收納的藝術。

這是他們無聲的默契：藍哥負責客人，林叔負責數字。我在後頭盤點庫存，林叔在帳本記帳。工作愜意又安靜。午餐時，我們會坐在未開封的紙箱上一起享用熱米飯配鹹鴨蛋。有時還會添一片火腿加菜，是和同條街上的屠夫買的。藍哥會跟我們一起吃，但他向來吃得很快，他喜歡去接待客人。

藍哥大約五十多歲，身材矮小圓潤，臉就如圓麵包般鼓鼓的，五官聚集在正中間，因此看上去與其說是張臉，更像是一團肉。他笑口常開，笑起來的時候令我想起新生兒的模樣，臉頰乳白，眼睛像是兩隻小甲蟲，嘴巴毫不扭捏地開懷大笑。他的髮辮和身體其他部位很像，粗壯、大氣、活潑。每當我看見他身後甩著的髮辮，便明白他爲何會成爲負責與人打交道的那一方。他的眞誠特質和無盡的活力，使他看來足以將任何東西賣給任何一個人。他無時無刻都很隨和，總是想要取悅他人。

林叔不同。他比藍哥高出整整一個頭，因此給我一種巨人的印象。他的五官鮮明，戴著一副圓眼鏡，髮辮長至地板。王師父曾說，留長髮辮的人，是懂得尊重自己的身體和祖先的身體之人，於是我推斷出林叔一定爲人正派。他動作迅疾，話不多，笑容更少。他讓我想起木笛，筆直且挺立，但非常單薄，薄到能被一陣風穿透。

他倆的組合雖然奇特，在工作上卻十分契合，是多年的生意夥伴，而且他們滿足了我最重視的需求：能夠匿名生活的權利，能夠默默工作、生存，不遭質疑的資格。做爲回報，我也依此相待，絕不打探他們的隱私和過往。知道的越多，就越容易產生依賴，我在心中推想。這是我從小燕那兒學到的。

大批的華人離開後，皮爾斯大商行的經營狀況便每況愈下。藍哥和林叔倒是很樂觀。尤其是藍哥，他始終相信日子會漸入佳境。不知是出於倒楣，還是出於他們的決定，這間店就開在皮爾斯鎮上唯一一間雜貨店的對面。佛斯特雜貨店的歷史幾乎跟這個小鎮一樣悠久，而且他們的顧客非常忠誠。整個皮爾斯鎮的人都很忠誠。不過，藍哥和林叔依舊信心十足，深信一定會有更多的顧客上門，於是他們壓低售價、大量訂購。努力絕對不會背叛你，林叔經常告訴我們。這是他的名言之一。

剩下的顧客多半還是華人。他們並非在本地出生，而是懷著淘金夢和工作願望從廣東遠渡重洋而來，希望有一天能攢下足夠的錢，帶回去給家人。你讓我想起我的兒子，其中一個顧客對我說，他棕色的眼瞳盈滿淚水。我很想回答他，你讓我想起一切。這很幼稚，卻是事實。他所喚醒的，是我原先並不知道會遺失的東西——身處於你應當所屬之處的歸屬感。初到某個陌生的城市，和置身於一個人們與你面貌截然不同的世界，兩者是有差別的。這就是愛達荷給我的感覺。也因爲如此，當我們的華人顧客上門來買小米和大蔥，或是甘草和肉桂時，我會溫柔地注視他們，注視他們的一舉一動。我很想對那些礦工說，對洗衣工說，對雜役說：我想念你，即便我根本不認識你。但我總會克制自己，要自己別靠得太近，因爲波夕旅舍那晚，腿間的疼痛和耳邊的啜泣聲仍在我腦海中揮之不去。

少數幾個會上我們店購物的白人非常低調，一副偷偷摸摸的模樣。他們的行爲舉止彷彿是在暗示，光是出現在這裡本身就是錯的。他們老是來去匆匆。因爲登門的白人實在屈指可數，我在心裡替每個人都取了名字，還編了故事。有個婦人總是身著黑衣而且只買生薑。我稱她爲寡婦。有群年幼的男學生時常站在店外推擠嘻笑，互相慫恿對方進來。最終進來的人，我稱他爲戰士。

光靠這些客人不足以支撐店鋪永久經營下去，但藍哥和林叔並不擔心，因爲他們接下來計劃要和佛斯特進同樣的貨，好吸引更多白人顧客上門。我也不擔心。店裡的一切，包括客人、藍哥、林叔，對我來說都無關緊要。我彷彿被連根拔起、置於一邊，靜靜觀看日子一天天從我身旁流逝。我是迷失的「迷」字，一粒漫無目的行走的米。當我開口說話，嘴巴雖然在動，我卻離得很遠。當我掃除，我的手握住的不是掃帚柄，而是海水。我的身體也許在皮爾斯，我的心卻在找尋芝罘。

山繆騙了我。愛達荷一點都不接近中國，因爲愛達荷根本不靠海。這裡沒有船隻能載我回家。這裡只有陸地、山岳和山谷，無窮無盡。有好多的土和好多的樹。剛因白髮男的惡行而逃走時，我向見到的第一個路人問路，問他是否能指點我碼頭要往哪兒走，他當著我的面大笑。那時我才發現了我或許一直以來都心知肚明的事。

當藍哥和林叔爲了店爭吵，或是埋怨天氣時，我會點頭並低聲附和兩聲作爲回應，思緒則飄至母親、父親、奶奶、王師父和書法學堂那邊。抵達皮爾斯並且遇到這間店之前，我的人生分成兩部分：被綁架前，和被綁架後。如今出現了第三部分，一種新的可能：回家。這個念頭是我的幸福所在。每當我被冰天雪地及過往夢魘壓得喘不過氣時，我便眺望未來，那個我能與家人重逢的未來，那個我能回到王師父的教導下、成爲書法大師的未來。在那個未來，我既完整又滿足，而且歲月靜好。

在那個未來，我是身心合一的。

這是一個男孩如何成爲男人的故事。

＊＊＊

波夕那晚與山繆分道揚鑣後，我變了一個人。我重新回到大街上，旅舍外的黑色階梯在我身後張著血盆大口，一股新的現實將我緊緊攫住。我在一個全然陌生的城市，而且剛遭到一場難以告人的侵犯。我太過弱小，無力阻止其他男人做出白髮男對我做的事。此時，一個身影從我眼前晃過，有可能是巡警，也可能是某個跌跌撞撞走回家的醉漢。當他轉頭看向我，我意識到，再這樣下去，我永遠不可能有安全的一天。

即便成功逃出妓院，我終究逃不出壞人的手掌心。無論是在中國、舊金山還是愛達荷，這種人都一樣。如果你夠飢餓，就能輕易發現那些受傷的小動物。而他們總是餓得很。

那晚，我徹夜未眠。我徒步穿越城市，直到遇見一間有著高大拱門的教堂，我將自己蜷縮在它的影子之下。雖然才八月，這裡的風勢已經比舊金山的要強勁許多。我用嘴吸吮手指，希望能讓手指暖和一點。林黛玉在我體內斷斷續續地打盹，不時驚跳起來，撞在我的肋骨上。白髮男的陰影在她眼前揮散不去。她無法停止想那件事。

我想要挺身對抗白髮男在我體內留下的記憶。他從來就沒資格占據那裡。想到此，我整個人憤慨不已。我下定決心，不能再當黛玉。除非我能確保自己再也不會被壞人宰割。除非我已平安返家。

成爲男人意味著什麼？當個男孩並非難事。無論是魚市場裡的街頭乞兒，還是名叫阿風的書法學童，我只要說自己是男孩便能成爲男孩。然而，成爲男人的門檻遠高於此。要能矇混過關，那種轉變必須發生在皮膚之下，發生在身體的各個邊角，那些我尚未完全理解的地方。

成爲男人意味著什麼？我的經驗道盡一切：相信自己是無敵的、強大的，相信自己能予取予求。

在接下來的旅程中，我，黛玉，將不得不隱身起來。出來代替她的，則是李雅各。第二天，我便動身離開波夕，開始尋找跟旅舍一樣設有寺廟的城鎮。我帶著旅舍老闆給的愛達荷地圖，雖然腦中毫無計畫，不過我相信，只要去到那些設有寺廟的城鎮，至少能保證我不會太顯眼。沿途，我經過一個個採礦的營地和小鎮，像是梅里迪恩、米德爾頓、埃米特等地。不過就算某處眞有寺廟，我也不曾入門造訪，因爲那會令我想起白髮男和他猖狂的爪子。我暗忖，倘若我能這樣繼續前行，就能超越暴力，進而克服它。所以我持續上路。每當我開始感到威脅、骯髒、赤裸，承受不住的恐慌來襲，我就再次前進、前進，再前進。直到冬天降臨，我來到一座名爲愛達荷市的城鎮，雪深及膝，讓我無法再繼續向前。

在愛達荷市，我讓李雅各接管一切。這是我來到美國後學到的一課：當男孩輕而易舉，但當男人才至關重要。身為男人，我可以大膽凝視另一個男人而不怕被發現。而且，身為男人，我也能觀察許多事。我注意到他們自以為四下無人時瞅著女人的方式，那種企圖看進她肌膚底下的樣子。在這些男人身上，我看見賈斯柏、白髮男、山繆、山繆的哥哥以及妓院每一個客人。我甚至也看見李夫人。這些壞人無所不在。逃離他們魔爪的唯一方式，就是讓自己成為一名看不出破綻的男人。

我將目光鎖定在周圍的男人身上，細細觀察他們的言行舉止。一切都始於身體。腳牢牢扎進土裡，腿部孔武有力，為行走而生，也為高踢、快跑、跨大步而生，能夠隨時隨地離開，能夠任意前往任何地方而不被攔阻。肚臍下方，是所有力量的匯集之處，是我不願談論的地方。軀幹中段則是為宏亮的笑聲量身打造，結實地傳遞出一種訊息，說明死亡對男人來說沒那麼可怕，說明肚子得以自在擴張與收縮，盡憑意志所至。胸膛，比起皮膚和骨頭，更近似一套堅硬的鎧甲。手臂，用來奪取、搖擺、偷竊、實現。雙手，既能攤開掌心，又能握緊堅硬拳頭。脖子，從不示弱。頭部，表露堅決。

我照著我所看見的練習——擺動我的身體，皺起眉間，用力挺起胸膛和肩膀。這樣行動並不容易，這是屬於那些全然懂得自由滋味的人。我不懂，所以我動起來總是不夠男人。儘管如此，我還是繼續這樣行動。我學會隱藏我的自然反應，收起為了小事而陶醉微笑的傾向，捨棄溫柔，轉而用俐落與審慎的態度處事。

那年冬天，我在一間肉鋪工作，但他們甚至不准我看肉一眼。林黛玉在我體內繼續沉睡，愛達荷無止境的風將她吹得恍恍惚惚。那時，我的雙頰已經凹陷，牙齒也不太舒服。白天，我神經兮兮，總是一隻眼睛在前、一隻眼睛在後，旁人的一舉一動、一言一行都令我坐立難安，懷疑是否暴露了自己的眞實身分。到了夜晚，我和其他華人勞工一起睡在一間曾經是廢棄木屋的宿舍裡，他們多半是前來淘金的礦工，只能揀白人挑剩的礦脈工作。其餘的人則在洗衣店幹活，他們將口水吐在衣服上熨燙衣物。我很少睡著，忘不了上一次入睡後，醒來如何感到一隻男人的手在我體內。我會躺著，豎耳聆聽任何動靜，身體僵直，每束肌肉的每根纖維都繃得緊緊的。偶爾，半夢半醒間，我會見到賈斯柏或堂會的人破門而入，將我拖進黑暗之中。在這樣的夜晚，我會猛掐手臂內側，好讓自己保持清醒。

冬天奪走一些東西，但也給予些什麼。冬天迫使我暫時停下腳步，這是我離開波夕、離開山繆之後首次佇足。在那段靜止的時間，一項計畫逐漸成形：我必須想辦法回去中國。我知道我離海邊很遠，而且身上的錢也不夠支付車費。我無法回去加州，因爲我害怕堂會和他們的爪牙，更害怕賈斯柏。我必須另尋他路。

我用五美元向愛達荷市中心法院大樓前的年輕門僮換來一張愛達荷及鄰近地區的地圖。我從地圖上找出其他通往海邊的路，也找到一個叫做華盛頓領地的地方，那裡有著能停靠船隻的港口。我只需一路向北，然後西拐，就能與大海和天空重逢。接著，在港口找一艘駛向中國的船。到了中國後，先找到奶奶，再跟著奶奶一起找到爸媽。有一天，我會找到王師父。然後，開一間我自己的書法學堂。我明白實現這個夢想的機會相當渺茫，但並非死路一條。到頭來，我所需要的竟然只是停止移動，停下來，賺到足夠的錢，向西走，然後回到中國。

孰料，當春天來臨，即便店裡明明比任何時候都忙，肉鋪老闆卻說他不需要我了。碰壁的並非只有我，與我同宿舍的勞工們也一樣接連失業，他們的雇主突然間不需要額外的幫忙也能過得很好。我又得繼續上路，用手上僅有的微薄工資搭車到下一座城鎮，以及再下一座，哪裡願意雇用我，我就去哪裡上工。我一天最多只能賺到五十美分。我身無長物。

我幫人擦過鞋，洗過衣服，甚至還為一個白人家庭當過翻譯。我賣過花，把花裝在兩個籃子裡，再用一根桿子擔在肩膀上平衡它們。但是工作越來越難找，也越來越難保住，似乎每個城鎮都在我的觸碰之下乾涸、萎縮。我提醒自己嘗試在一無所有中找到滿足，把我所買得起的一丁點食物留到一天的尾聲，當作豐盛的一餐一口氣吃掉。這麼做至少能讓我假裝自己吃得很飽，哪怕只有片刻也好。

自始至終，林黛玉都在沉睡。

當埃爾克城的洗衣工作再度告吹，我搭上一輛朝西北方前進的馬車。我並非唯一的乘客，隨處都有一群我們這樣的人，總是四處遷徙，嗅探著任何能成功的機會。大多數的人來自廣州，所以我們無法溝通，僅能藉由沉默這門共通的語言來理解彼此。馬車一站一站停靠，男人們接連下車。有人想要開墾自己的一畝田。有的在逃跑。還有些人，像我，正在想辦法回家。

馬車最後一次停下時，車上只剩下我了。我發現自己站在一間店門口，兩名與我面貌相仿的男子正在爲店門招牌上的「皮爾斯大商行」字樣重新上漆。

與王師父不同，藍哥和林叔並未要我證明自己。他們當場就雇用了我，供我吃、供我住，還付我一小筆薪水。所以我修正了計畫：等我存到剛好兩百美金時，就要啟程向西，去到華盛頓領地，接著回到中國。這筆錢要用來支付交通、住宿、食物及船票。最重要的是，這筆錢能保護我。我對自己發誓，要熬過冬季、一路工作到春天，盡可能地存錢，然後在夏末離開。皮爾斯將是我在愛達荷的最後一站。

當時，維持李雅各這個身分還算容易。我將頭髮長度維持在耳上，擔心留成辮子會過度凸顯我柔和的臉蛋線條。但還是有些地方疏忽了。一天，藍哥疑惑地高聲說，爲何你都這麼大了卻還沒長出喉結。從那天開始，我就在脖子上繫了條方巾來掩飾底下的平滑。

更困難的還在後頭。我胸前隆起的兩丘是屬於女人的，屬於男人會渴望的那種女人。我不是那種人，我也不想被男人渴望，所以我拿一條奶白色的布把胸部纏起，每纏一圈，我就感覺自己又挺直了些，胸腔聚集的力氣也更多了，變得更緊實，也離脆弱更遠。

抵達皮爾斯不久後的某天清晨，我醒來，察覺雙腿間有冰涼的黏液。我不必查看就明白，是那個來了。若是發生在妓院，李夫人會逼女孩塞棉花進去，深深地堵起來，繼續服務下一位客人。但即便如此，大夥兒還是會偷偷摸摸聚在一起，爲初經來潮的女孩慶祝。她們說，這是妳終於成爲女人的象徵。那天清晨，在冰水下刷洗著被鐵鏽色污染的襯衣時，我允許自己低聲啜泣。曾經，成爲女人、成爲一名大人，是我一心期盼之事。如今我好不容易成爲她，卻使情況更加棘手。

血流了四天。我的肚子就像一艘在暴風中飄搖顛簸的船。我剪下店裡多餘的抹布，將它們塞進褲子，每一小時就衝去替換一次。爲了清洗，我得特別早起，然後一再重複這個過程。經期終於在第四天結束時，我總算能再次呼吸。

當李雅各很孤獨。

我蛻變的最後一步，便是不准李雅各寫書法。李雅各不懂書法。他的雙手粗魯、粗糙，有些笨拙。他的手不可能握住毛筆。偶爾店裡不忙的時候，我會盯著地板，試圖回想海水沾黏在髮絲上的感覺，手指不自主地在大腿上寫字。這時的李雅各會握起拳頭，將這股衝動壓下去。

唯有暮色漸濃，周圍沒人在看時，放鬆的感覺才找上我，讓我的雙手自在漫遊。我碰觸大腿，感受它們仍然存在，確認它們還是完整的。我按摩因布料纏繞而發癢的胸口，去感受它們隨著日子流逝是變大還是縮小。最重要的是，我讓雙手盡情書寫，寫下或者重寫這段期間一直陪伴我的文字，在我最需要的時候充當朋友及師長的文字。光是能用手摹寫出筆畫、點和線條的感覺就令我泫然欲泣。這麼做提醒了我，我尚未失去自己，我還活著。

入睡前，我在腦中複誦我的計畫，正如我每晚做的那樣。夏末離開皮爾斯。西進，抵達華盛頓領地。找到回歸大海的路。

4

他走進店裡的那天，地上的雪已被壓成一片白色的硬殼，每走一步聽起來都像在磨刀挫骨。那天生意冷清，於是藍哥請我幫忙顧店，他則去後面整理庫存。林叔出差了。

他進門，幾乎跟林叔一樣高，背挺得和木板一樣直。黑髮，粗黑濃眉，脖子裸露，露出宛若秋色的肌膚。

他問老闆在嗎。他的嗓音絲滑，發自胸腔。他的語調包圍著我，讓我手臂上、腿上甚至耳朵後方的細毛直豎，彷彿想要引起他的注意。我告訴他藍哥在裡面，要我去叫他嗎？

不急，他回答，我可以等。我想辦法讓自己忙碌起來，目光卻忍不住飄向他。他是個年輕的華人男性，是我在皮爾斯見過最年輕的華人男性之一。他身上的某種特質，以及光滑的小麥色肌膚，挑動了我內心沉寂許久的鄉愁。

藍哥聽見有客人上門，從後方探出身。店裡來了客人，你怎麼沒叫我？他對我說。他快步上前招呼年輕人，在褲子上來回擦拭雙手。

你好，年輕人說。你們賣松香嗎？

藍哥回答沒有，但如果年輕人需要的話，他可以幫忙下訂。藍哥和我都不懂他要這個東西做什麼，但即將獲得新客戶的念頭使他歡欣鼓舞。年輕人跟著藍哥走到櫃檯，寫下他要找的是哪個品牌的哪種松香。

雅各，藍哥喚我，我要你去後面幫忙。一批新的米剛到貨，你替我去確認一下。

年輕人轉身看向我，在腦中消化這個名字，好搭配上眼前之人的形象。他的表情很平靜，眼神流露著沉思。對他而言，我只是個男孩。

我一整天都想著他。

＊　＊　＊

三個星期過去了。路上的髒雪被推至一旁，爲暴風雪後逐漸回歸正軌的生活讓道。街道一片泥濘，人車熙來攘往，泥土被擠壓堆高成一道道棕色波浪。大雪過後，換成狂風登場，颳倒了光禿禿的樹，鞭打著我們的臉頰。我看著佛斯特雜貨店的招牌被吹得前後擺盪。來往的人們都用最快的速度經過，沒有人敢在室外待上太久。

我們店裡倒是相當暖和。火爐在角落發出愉悅的光，店裡沒有客人的時候，我就會站到火爐前，把手攤開、前後翻動，直到兩手被烤得紅通通的。今天又是一個冷清的日子。林叔去鎮上另一頭與供應商會面。藍哥吩咐我看店並招呼客人。

我聽見店門在我身後被推開，風聲呼嘯而入。

你好，他說。

那個年輕人今天身穿黑色大衣，還戴了一頂鴨舌帽，讓他添了一絲男孩氣，也讓他寬闊的下巴線條軟化了幾分。

很高興再見到你，他說。我收到通知，聽說我訂的貨到了？

他大步流星朝我走來。他邁開腿，身體其餘的部位卻不動如松，彷彿上方有根線固定著他的軀幹。我抬高下巴，挺直身體，想要模仿他獨特的站姿。

是的，我聽見自己說。我走回櫃檯後方。他跟上，捎來一陣混合著茶和古木的香氣。我腦中響起一陣微弱的咆哮，彷彿風進駐了我的身體。

松香已經事先用牛皮紙整齊地包好、用麻繩捆綁，就收在櫃檯下方的抽屜裡。我將它取出，放在櫃檯上。

我要給你多少錢？年輕人掏出一個小錢包問。

五十美分，我回答他。我的聲音不想出來。他點點頭，依序將硬幣一枚枚放在櫃檯上。

我應該要清點硬幣，卻只顧盯著他的手。他的手很好看。手指修長，指節的位置靠近手掌，結實而沉穩。他的指甲很寬，也很平整，拇指肌肉精壯，手掌光滑。這雙手看起來更像鳥兒的尾羽，似乎可以張開覆蓋整個世界。

你還好嗎？我聽見他問。

抱歉，我說，趕緊移開視線。我將硬幣掃進掌心，放進錢櫃裡。謝謝，歡迎再次光臨。

請問，有辦法每個月都替我下訂嗎？他停在門前問。我盯著他的身影和他放在門把上的手，一個念頭霎時竄入我的腦海：他在溫暖的店裡，與窗外的狂風只有一門之隔。我多希望他能繼續待在室內，與我共享這裡的暖意。他轉動門把。我打了個哆嗦，以為風會把他吹走。別走，我想對他說。但實際上，我只點了點頭。

他打開門。風在咆哮，吹起他的大衣下擺。記得保暖，他對我說，擔心地揚起眉毛。

我目送他離開，看他化為灰濛濛的天色中的一抹黑影。他低著頭抵擋風勢，一隻手壓著帽子，另一隻手在口袋裡按著松香。我的目光一直跟著他，直到他消失在視線中。我用手指撫摸他放下硬幣的地方。

我去找藍哥，告訴他關於松香的事。然後我回到火爐前，反覆烤著手心和手背。大約將手翻了五次後才發現，我的手根本暖得很。臉也是，四肢都是。我的身體早已燃燒。

＊＊＊

他離開後，我告誡自己要和他保持距離。因為如今我已經明瞭危險是什麼感覺：皮膚發燙，雙腿充血而腫脹。胃明明才剛塡滿，但還是覺得餓。我不明白那名年輕男子為何會給我這樣的感覺，但我清楚身體想要告訴我的訊息：他是個威脅。這一次，我發誓我會聽身體的話。我絕不會再落入誰的手中。不會再有更多的賈斯柏、李夫人、山繆或是白髮男。只會有我自己。

再一次、再一次，王師父會說，勤奮不懈地練習每一道筆畫，直到你閉上眼睛都能看見文字在虛空中顯現。直到你銘記於心，只需讓身體照著做就行了。

為了這種時刻，我不斷練習，讓自己經歷一次又一次的危險，期待迎接一眼就能識破危險的那天到來。打從一開始，做自己只會招來不幸。所以我一遍遍練習消除、翻轉自我並創建新的自我，直到最終，我只需要消失就行了。

＊＊＊

接下來的幾週，每當男子光顧，我就想辦法消失。實行起來很簡單，只要閃到店後躲著，等聽見店門打開又關上時再出來就好。林叔並未起疑，繼續在帳本後方對我下達指示。藍哥似乎一直都注意到我老是在某個特定時刻之後才消失，而非在那之前。我不在乎。對他們而言，我只是奇怪的小雅各。

但至少我還活著。至少我還有一口氣，又能活過一晚。我叮囑自己，不管他是誰，都得忘了他。他的聲音在店裡響起時，我會油然生起某種感覺，我爲這種感覺命了名。然後我告訴自己，活著被焚燒的人，從來就沒有好下場。

5

三月了，雪還在下，有時像是粉塵，其他時候則像條白色的毯子，從天空撲向人間，覆蓋每個角落、邊緣、山谷、山峰，以及所有一切。我喜歡觀察世界被雪碰觸後的變化：樹枝疊上了一層雪白的影子，尖銳的石頭變得圓潤柔軟，而我也驚喜地發現世界上存在一種讓人類和動物趨於平等的力量，這股力量迫使我們坦然承認自己無法左右一切。店裡比較不忙的時候，我便去鎮上散步，想像這些樹到了夏天會是什麼樣子，會不會開花。也許會是薰衣草紫、珊瑚色或是白色的花。說不定還會結出莓果。

店裡的生意總算略有起色。藍哥和林叔很高興，反觀佛斯特雜貨店的老闆就沒那麼愉快了。他開始在我們店外徘徊，一言不發、久久不走。外頭的寒冷對他而言不算什麼。他身強體壯，是男人中的戰士，更是皮爾斯之光，這是林叔在《皮爾斯礦工報》上讀到的。佛斯特年輕時是摔角冠軍，而如今，他那壯碩如牛的肩膀和變形的耳朵也還留有當年的影子。他的出現讓我不太舒服，他身上所流露的威脅與我之前遇過的不同。或許是因爲他什麼都不必做的緣故。他清楚，光是自己的存在本身就能製造不安。

佛斯特一週內第四次出現在我們店門口時，我問藍哥和林叔是否要我去請他離開。

別跟那個人說話，林叔厲聲告誡。他懷疑佛斯特的動機，就像他懷疑每個人一樣。最近他把胸前的帳本抱得更緊了，好像這麼做就能讓他的店堅不可摧。

藍哥的手扭在一起，但這種事情他往往順著林叔的意思。我相信佛斯特沒有惡意，他趁林叔離開後對我說。他只是擔心自己的生意，跟我們一樣。

因爲我們的白人顧客開始以倍數成長。他們成群湧進，在我眼前形成一個巨大的白色生物。哈囉，你好嗎，需要任何協助嗎，我對他們說。藍哥總說我就像是客人們的門房，能在最短的時間內準確滿足他們的需求。這是我們能超越佛斯特的另外一個原因。

你的英文說得不差，一個頭髮如冰雪般銀亮的女士對我說，彷彿賞了我某樣珍貴之物。

我回她謝謝，即便我不確定這句話哪裡算是稱讚。內心深處，我想告訴她我是如何學會的。我想和她聊聊那個僅有一扇小窗的小房間，窗戶的位置之高，連很高的梯子都搆不著。我想和她聊聊那個老婦人和她的拐杖。我想對她說我是如何蹲在書前，如何讓陌生的音調從口中掉出。我想對她說我被塞進裝滿煤的桶子漂流在海上的故事。這一切都是爲了抵達這裡，抵達這位女士面前，讓她告訴我，我的英文不差，並認爲對我是種稱讚。

但我只點了點頭，把身體彎成鐮刀的模樣，好讓她能領會我的感激之情。其他人的嘴裡可沒有這種好話。一個老人稱我黃鬼子，不准我再瞪著他。一個小女孩指著我問爸爸，爲何我的臉長成這樣。一個比我年輕不了幾歲的男孩竊笑，比出不雅的手勢。另一個婦人倒退一步、呼喚她的丈夫，她的丈夫衝過來，威脅我若再跟他妻子說話就要報警抓我。這讓我想起在李夫人手下工作時，男人看我們的方式——彷彿我們的截然不同令他們感到驚慌。在妓院，他們用征服來克服這種恐懼。我不確定這裡的人會怎麼做，但我逐漸意識到，在這個名爲愛達荷之地，被稱作西部的所在，華人幾乎被視爲一種疾病。幾乎每隔一天，警長的其中一員手下就會登門要求查看我們的身分證件。我拿出從山繆那裡得來的證件，如今雖然開始泛黃，卻是我最珍貴的財產。和我逃離妓院那晚在舊金山見到的旅舍老闆一樣，警長的手下分辨不出我與證件相片上的男孩有何差別。他們能看見的只有華人。

我比以往任何時候都更清楚知道自己是什麼。我臉上眼睛和鼻子間的距離，鼻子和嘴唇的距離，嘴唇和下巴的距離，都是讓我與眾不同，甚至令我低人一等的原因。倘若爸媽此刻能看見我，他們一定會笑問：是什麼讓妳覺得自己與眾不同？然而在這裡，我就是與眾不同。白人使我們如此。否則，他們爲何要在我經過時閃到一邊，或是避開我的視線，或是用我聽不見的聲音說話？我的身上寫滿另一種語言的音節，我是一幅卷軸，象徵了整個王國，這個王國不僅先於他們存在，在他們消失之後還會存在彌久。我是某種他們無法了解之物。我是某種令他們害怕之物。我們全都是。

儘管華人被視爲疾病，上門的顧客還是增加了。我們的價格低得讓他們無法抗拒。他們購物時戰戰兢兢，在貨架間迅速穿梭，一隻眼睛看著貨物，另一隻則留意是否會被人發現，擔心遭人質問明明能在巷尾美國人開的店買到肥皂，爲何要向苦力買。他們在櫃檯付帳時惜字如金，總是一股腦兒把零錢往前一推，便低頭快步離開。

＊＊＊

沒人理睬我。

三月底的某一天，天氣回暖，陽光灑進窗戶，我發現有群人聚在店門口。那時還很早，我們還沒開始營業，所以我揮了揮手，指指門上**休息中**的告示。

他們反倒一擁而上，擠在店前。我似乎認得其中幾個人：一個每天都會路過但從未進店的白人男性，他老瞪著店裡，彷彿用眼神就能點火；一個偶爾會在熟食店遇到的白人女士；一個曾經來過店裡一次的金髮男子，但他來只是要告訴我們，他打死都不會在這裡購物。其他人我不認識，但他們的眼神說明了，我只需要認識其中一個便等同認識了他們全部。

他們手中舉著板子，上頭用黑色顏料寫著大大的標語。其中一個是**天譴之人**，另一個寫著**矮鬼**。還有**異教徒**、**苦力**、**黃皮佬**。

我還在試圖消化這些標語的意涵，這幫人便叫囂起來。起初只有一個聲音，冰冷而刻薄。接著，另一個嚴厲的鼻音冒出，再來是一聲憤怒的吼叫，然後越來越多的聲音紛紛加入，漸漸分辨不出哪個聲音屬於誰，它們凝聚成一體。在我眼前，他們從一個個人類變成只剩下脖子和手臂和腳的形狀，變成如火車急煞時尖銳刺耳的單一聲音。

華人滾蛋！那個聲音高聲倡議。滾蛋、滾蛋、華人給我滾蛋！

人群中最前排的一名白人男性向前一站，齜牙咧嘴地將整張臉貼在我們的窗戶玻璃上。我看見兩顆豬腸色的虎牙。他撐開雙唇，將唇瓣緊緊吸在玻璃上，牙齒與牙齒間的唾沫閃閃發亮。他的眼皮向後拉開，露出眼白上鮮紅的血絲。他發現我在看他，便後退一步，朝我的臉吐口水。唾液噴在玻璃上，緩緩下滑，但我還是向後縮了一下。人群爆出歡呼。

事已至此，所有線索終於連接了起來。那些標語寫的是我們。那些叫囂的對象是我們。這幫人是衝著我們而來的。

藍哥聽見外頭的騷動，從後頭衝了出來。我們還沒營業，他先對我說。接著，他的視線移到外面的人群，移到他們手上高舉的字，頓時啞然失語。

他們才剛來，我告訴他，然後發現自己吼著說話。

藍哥依然動也不動。我不清楚他曾經歷過什麼、又承受過什麼，但我知道這種事他絕沒遇過。砰的一聲，有什麼東西撞上了玻璃，讓我們嚇了一大跳——有人朝玻璃丟了一顆爛蘋果。

我決定採取行動，趁他們扔出下一樣東西前，伸手去放下百葉窗。葉片啪地落下，一瞬間，那些憤怒的臉龐就從我們的視野中消失了。但他們的聲音仍然震耳欲聾。我心想，就算玻璃撐過爛蘋果的攻擊，也會被他們的聲音震碎。

我們該怎麼辦？我問藍哥，從窗邊退回到他身邊。外面再這樣下去，我們不可能開店。

藍哥揉了揉太陽穴，雙眼緊閉，嘴裡喃喃自語。藍哥，我大聲說，這次將手搭上他的手臂，搖了搖。我們該怎麼辦？

讓我想想，藍哥說，聲音顫抖。他第一次聽起來像個老人。

我們知道你們在裡面，那幫人大喊。懦夫！狡猾的混蛋！出來啊、出來，你們這些髒鬼！

即使隔著一層百葉窗，我們還是太脆弱、太無防備。外面那些臉遭阻隔後反而更加囂張，變異成某種龐然且致命的生物。不再是人類，而是怪獸。

他們不認識我們，藍哥說，語氣聽起來很受傷。我得去找他們談談。一切都是誤會。是的，他們會聽的。

我腦中突然浮現齜牙咧嘴的男人，他的臉猙獰地壓在窗戶上。我對藍哥說，我不認為他們聽得進去。

但太遲了。藍哥以他這把年紀而言驚人的速度移動，我來不及阻止，他就從我旁邊衝出了門外。我伸手大喊，不！但外頭已經騷動了起來。然後他便消失了，噹啷一聲，門在他身後關上。

頓時，先前時常經歷的恐懼再次朝我襲來。我趕緊跑到窗邊，手指伸進葉片的縫隙。

外頭，藍哥挺起圓潤的身軀，站姿穩固而堅定。群眾看見他，稍稍退後了一步，擠成一團。他開口對他們說著什麼，聲音平穩有力。群眾安靜下來，看似在聽。

然而，隨著藍哥越講越久，事情開始不太對勁。那幫人又開始鼓噪，起初只是竊竊私語，後來越變越大聲，他們的身體好像擠滿了憤怒之氣，緊繃到快要嘰嘎作響。我聽不見藍哥的聲音了。我相信他自己也聽不見。齜牙咧嘴的男人如今又站到了最前排，低頭俯視藍哥，並且大聲咆哮，他的耳朵紅得發紫。

說時遲那時快，出事了。事發得太過突然，我根本來不及看見。一樣東西擦過男人的耳朵，落在藍哥的右腳旁。藍哥低頭查看。我能從他靜止的動作看出來，他先是困惑，接著害怕。我將窗簾葉片往下壓，好看清楚些，只見一塊石頭躺在他的腳邊。

藍哥與我還來不及反應，另一顆又猛地劃過空中，這回直直撞上我頭頂上方不遠處的玻璃。我倒抽一口氣，迅速縮回葉片間的手。

後來，我根本不用親自目睹，就知道外面的世界崩塌了。人聲不再，野蠻的咆哮取而代之。我再往窗外一瞧，人群已經散開，但並非打道回府——不，他們反而一擁而上。我看不見藍哥在哪兒，他遭人群團團圍住。他們頻頻舉高標語，越來越多的石頭像冰雹一樣接二連三地砸在玻璃上。

我必須把他拉回來，我想。他們會殺了他。

門就在那兒，就在我眼前。我開關過那扇門數百遍。我需要做的只是走個幾步，跨過門檻走出去。

但一股助我存活至今的力量將我困在原處。那股保護我、助我逃跑的可靠本能回來了，而我的身體立刻欣然接受。我的身體記憶猶新。

動啊，我尖叫。我呆站在那裡，企圖突破自己設下的重圍，而外面的聲音已瀕臨殺戮。我對我的手尖叫，對手臂和雙腿、對我突然間感到陌生的身體部位尖叫，就連在我體內跳動的心臟我都認不出來。

她又一次聽見了我的呼喚。又一次，她現身拯救我。我感覺自己張開嘴，感覺某個長長的、滑滑的物體撐起手肘從我身體擠出，掉在地板上。林黛玉從我體內爬了出來，即將拯救我。拯救我們。

我望著她衝向門，但我是那個行動的人。我望著她伸手一把握住門把。我望著她轉動門把。我聽見外面的聲音，讓聲音帶我向前。他們的暴怒如冰水使我凍結。林黛玉要我抬高手臂擋住臉，我照做。林黛玉要我小心石頭，她會找到藍哥。

他在那裡，蜷成一球倒在地上。那幫人在他周圍群魔亂舞，往他身上踢、吐他口水。停下來！我哭叫，我討厭自己哭，因爲我相信很少男人會哭。林黛玉把我推向他。

我會殺了所有傷害妳的人，她承諾。

藍哥動也不動。我跪在他身邊，眼淚止不住地掉。拜託，我對人群說。他們好吵，牙齒好尖。我告訴他們，他沒有做錯任何事。我告訴他們，離我們遠一點。

有人在我面前揮舞「噁心的種族」牌子。我抬起目光，看見剛才齜牙咧嘴的男人。他的臉就在我上方不遠處，臉上滿是坑疤，表情得意洋洋，好似在地上發現金子。他高舉拳頭。如果這名暴徒發現我是女的，有什麼能阻止他以白髮男的方式侵犯我？我撲向藍哥，用我的身體蓋住他，祈禱林黛玉會說到做到。

但我以為會發生的事並未到來。相反的，我感覺有人抓住我的長衫將我抬起，並拖離人群。不，我喊，心繫著還躺在地上的藍叔。

別打了，那個將我拖離的聲音大吼。停！我們必須回到店裡。

門關上前，最後映入我眼簾的畫面是齜牙咧嘴的男人。眾人繼續在他身旁推擠，但他站立不動。他抬起手指向我，嘴角牽起一個詭異的微笑。接著他轉身面向群眾，像趕蒼蠅一樣示意他們離開。喧嘩聲漸漸淡去。一個接著一個，他們變回男人、女人。一個接著一個，他們朝「皮爾斯大商行」的門口吐口水，然後才轉身離去。

6

結束了，某個離我非常遙遠的聲音說。你安全了。

但是藍哥，我說。我把臉埋在手臂中哭泣，腦中淨是方才的畫面，他的身軀像一袋土，倒在那裡，被那群暴徒踢了一腳又一腳。

他在這裡，聲音回答，比剛才更靠近了些。我們安全了，你可以張開眼睛。

我等著林黛玉告訴我實情並非如此，但什麼都沒聽見，於是我抬起頭。

藍哥背朝下躺在地上，兩條腿擺成羅馬數字四的形狀，雙手無力地放在肚子上，但他沒死，反而呻吟著。我急忙爬到他旁邊。

我沒事，他看見我後說。你受傷了嗎，雅各？

我搖搖頭，回答他沒有，我很好。他看見我的眼淚後笑了起來。

你爲我落淚，他說。你眞窩心。

有人在我們身後動了一下，讓我想起店裡還有別人。有人擠過人群救出我們兩個，還將我們拖離現場，拖入安全之中。我轉身面向我們的救命英雄，想要謝謝他，但我的嗓音顫抖。

是他。那個買松香的年輕男子。我如此努力要避開他，他卻還是找到了靠近的方法。

你沒事吧？男子問。你想要站起來嗎？

他伸出戴著手套的手。

我沒伸出我的手。賈斯柏也曾經是救命英雄，但他救我只是爲了把我丟至更糟糕的地方。山繆也是。救命英雄四個字一點意義也沒有。

你，我說。你爲什麼在這裡？

藍哥拍了我的手臂一下。你吃錯藥嗎？他說。這位年輕人可是救了我們一命。

藍哥老了，容易上當，但我看得可清楚了。起初聚集的人不多，但人數漸漸增加，要穿過重重人牆絕非易事，尤其那人又是個華人。這只說明了一件事：這男子原本就在人群之中。

你是他們的一分子！我大吼。我四下張望，尋找林黛玉。此刻是她兌現諾言的時候了。但我驚訝發現她坐在櫃檯上，用手指梳著頭髮。她忽視我。

我發誓，男子說，我不是。

騙子！我跳起身，竭力把藍哥從男子身邊拉走，他出聲抗議，甩開我的手。你和那些人是一伙的，而你現在和我們在一起。你的目的是什麼？他們爲何派你來？是因爲你長得像我們嗎？他們認爲我們會相信你？

雅各，藍哥低喃。血液從他下巴滴落。

目睹他流血，加上剛才事件帶來的恐懼感，擊垮了我。我放開抓著藍哥的手，他身子一軟，倒回地面，而我則往旁邊一跪，吐出膽汁。

讓我來，男子說。他還沒說完，我的身體又抽搐起來，嘔吐物稀得像水。在我腦袋混沌之處，一張張暴民的臉在旋轉，他們的嘴巴開開闔闔，口腔的顏色如同藍哥下巴滴下的血一般鮮紅。我很確定，如果我吐得夠多，一切事物便會回到從前。這場抗議不會發生，這名男子不會站在我們眼前，藍哥與我不會躺在地上。我會單純地繼續當回李雅各，安靜又可靠。

然而，當我吐完，只能對著地板乾嘔。我發現一旦吐出所有東西，只會讓我一無所有。

我用手背擦擦嘴，設法站起來。

他需要治療，年輕男子邊說邊往藍哥的方向示意。他可能斷了一兩根肋骨。還有你，你的狀況也不好。你願意讓我幫你嗎？至少讓我陪你一起等醫生抵達。我一看見暴動就派人去請他來了。

他的話語十分良善，但我一個字都不信。我轉身想對藍哥說些什麼，但他點點頭，伸出一隻手喚男子過去幫他。男子二話不說上前，彎下腰，一隻手扶著藍哥的頭，另一隻手支撐他的背。他們同時望向我。

雅各，藍哥說。來幫幫忙。

＊＊＊

只是挫傷，醫生說。肋骨只是挫傷而已。

藍哥不能用力，也就是不能搬重物，手臂不能舉起超過胸口，也不能站太久。

他把這些話轉述給剛從鄰近的莫瑞郡出差四天回來的林叔，然後對著我們說，我們非常幸運。

醫生離開了。他踏出門時，街道空蕩又寂靜。林叔目送他離開，怒氣沖沖。他不明白怎麼會發生這種事。藍哥和我試圖解釋，但就連我們也沒有完整的頭緒。

我們能做些什麼事嗎？林叔終於開口問，我們知道他不期待我們能給出答案。

剛才等在陰影下的年輕男子捧了一壺熱茶回來。

但是你，林叔說。你救了他們。

尼爾森，男子說。我的名字是黃尼爾森。

我是藍立濟，藍哥說。這是林萊斯利和李雅各。

尼爾森點點頭，向我們兩個致意，然後開始倒茶。他倒茶的方式很簡單，手勢不如以前與我父母一起喝茶的人那般華麗。液體是溫暖的琥珀色。我多想將身子緊緊縮在它旁邊，但內心的聲音阻止了我。

毒藥，那聲音出言警告。

爲時已晚——茶已捧在主人手中，而主人一心期盼享用它能帶來的解脫。我來不及阻止，林叔就率先動作，喝了一大口。我等著他鬆手，茶杯在地面上摔碎。我等待他的眼球暴凸，雙手掐住喉嚨，呼吸轉變爲窒息。我的木凳子在身後倒下。我準備好朝尼爾森的臉上潑熱茶。

林叔嚥下茶水，深吸一口氣，然後又喝了一口。他放下茶杯並搓了搓雙手，看起來跟平時沒什麼不同。

你怎麼啦？林叔看著我說。喝你的茶，小心燙。

我扶起木凳重新坐好，臉頰通紅。我不敢看尼爾森。

你怎麼知道發生了什麼事？林叔問尼爾森。

我進城的時後看見有人在奔跑，尼爾森說。我不知道爲什麼，但也跟著一起跑起來。我知道一定出了什麼事。我跑到人潮聚集處後，看見了當時發生的事。我看見你們倆。

他說著說著，我的手探向茶杯，想找件東西抓著。茶杯滾燙，但我的手指還是緊抓著杯壁，心甘情願讓液體的熱度透過陶杯，沖走我全身上下的疼痛。

尼爾森突然轉向我，這是我們兩個自從那天早上以來首次對視。我捧著茶杯的手又握緊了些。

你應該待在店裡，他說。那樣做很危險。你們兩個很可能會被殺。

我對他抱持的那點畏懼消失了，取而代之的是憤怒。我不需要他來指點我分辨對錯。

你要我待在裡面？那麼藍哥現在可能已經死了。

我等待尼爾森回擊，但他沒有，只是直直迎上我的目光。我的反駁飄蕩在空氣中，話語裡的怒氣籠罩了我們所有人。

我很抱歉，他說。你只是想幫你的朋友。

我懷疑他這話是否在取笑我。我只是做了任何人都會做的事，我說，就這樣。

是佛斯特幹的，林叔說。我們大家都看見了，他像個幽魂一樣站在我們店外。他氣我們搶走他的顧客。

佛斯特不在那群人裡面，藍哥開口，把我們嚇了一大跳。他沉默了好一陣子，眼睛始終盯著大門，不過他現在轉而看向尼爾森，思索著。他們是誰？你認識他們嗎？

尼爾森往後坐，嘆了口氣。我發現他的下巴有道傷痕。

我的確知道，他說。他們的人數越來越多。今天聚在外面的那群人，不是單單針對你們，或者你們的店。他們針對的是所有華人。

我們三個人靜靜消化著這段話。針對所有華人。我想起去年經過的那些礦業小鎮，工作在短時間內一個個無故消失。一切開始說得通了。

林叔第一個打破沉默。這跟總統剛批准的法案有關嗎？他問道。

法案，我複述。什麼法案？

法案規定，不准任何華人入境美國，林叔說，眼睛在眼鏡後方眨了眨。我們都應該感到幸運，竟然能待在這裡，哈！

我們其他人笑不出來，特別是尼爾森。是的，他說。自從法案通過後，鎮上希望我們搬走的聲音就越來越大。不只是這裡，到處都是。我在波夕的朋友說，他們那兒幾乎週週都有人示威，而且每次示威的規模都在擴大。

我們再次陷入沉默，但這次也許是出於悲傷。我看了看自己的手，還這麼小，這麼女孩子氣。這雙手怎樣都無法保護自己不受外面那群惡魔傷害。

我們需要一個計畫，林叔說。假設他們又來的話。

不，藍哥說。我們不應該蹚渾水。也許他們就不會再來了。

林叔搖搖頭，臉逐漸漲紅。你聽見這位年輕人說的話了。波夕每週都有這種事。他們的人會越來越多。如果我們這裡也變成那樣，要怎麼活下去？怎麼還會有客人願意上門？

我們不能回擊，藍哥垂頭喪氣地說，彷彿身上有個洞正在洩氣。如果我們置之不理，也許他們就會離開了。也許他們會發現我們為人正直、良善。我們沒打算惹麻煩。

林叔不以為然地哼了聲。你覺得他們會走嗎？不會的。你等著瞧吧。明天，或後天，或大後天，他們就會回來了。還有佛斯特那個男的，他也會回來。

藍哥用他那雙能幹的手在桌上重重一拍。我從來沒見過他這副模樣，與過去幾個月和我一起生活的開朗男人相去甚遠。早上的事件似乎深深改變了某部分的他。這是他頭一次在氣勢上壓制林叔。

你沒資格對我說教，他說。被攻擊的不是你。是我。而我說我們要忽視他們。

林叔垂下眼。我能看出他並不同意，但也不想爭吵。至少不是現在。好吧，他說，然後轉身面向別處。但假設他們回來，還掏出一把槍對準你的腦袋，別奢望我會幫你。你可要記清楚自己所說的：忽視他們。讓我們看看這招到底管不管用。

＊＊＊

我無法不注意你的手，尼爾森稍後對我說。

時辰接近傍晚，陽光緩慢消逝的步伐讓我添了幾分愁思，有種還沒準備好，事情就已步入尾聲的感覺。茶涼掉後，藍哥垂坐在椅子上，我帶他回房間，盡可能輕柔地扶他躺下，然後用一條熱毛巾敷在他的肚子上。尼爾森主動提議留下幫林叔準備晚餐。

我聽見他說話時，正站在大門口的窗戶前，腦中反覆回想稍早的景象。終於來了，我心想。他注意到了我的手，發現我並非我口中聲稱的那個人。他不是早上那幫人派來的，而是堂會和賈斯柏派遣來抓我的人。我暗自揣想，此刻他是否會用麻袋套住我的頭，將我拖入黑暗之中。我轉身面向他。

你儘管動手吧，我對他說。我厭倦了這一切。

什麼？尼爾森說。我的意思是，我之所以會注意到你的手，是因爲看上去像是藝術家的手。

這是黃尼爾森今天第三次令我驚訝。我顫巍巍地站著，不知該說什麼。

我是拉 violin 的，他說，用手在空中比劃。我一眼就能認出藝術家。

Violin，我說。我不記得曾在英文課學過這個字。

Siu tai kam[3]？他說。**小**、**提**、**琴**？他的中文發音聽來疏離，繞著圈子發音，是某種他必須特意尋找的語調。我這才發現，原來中文並非他的母語。

3｜譯注：小提琴的粵語發音。

縱然如此，我仍聽出了這個詞。一段記憶隨之湧現，是某種令人緬懷的喉音，從敞開的窗戶飄入。倘若「失去」這種情懷能化爲樂音，聽起來就是這樣。我的母親閉著雙眼，雙手交疊於心口。這首歌，她說，讓我想起我的母親。

如果我今天惹你不高興，我很抱歉，尼爾森說。

我從來沒拉過小提琴，我告訴他。我不解爲何我會向他提起自己眞實的事。但我母親一直很欣賞音樂家，所以我也一樣。

儘管天色已黑，但我還是看見他聽見我的話後臉色一亮。你應該找個時間過來聽我演奏。

又一個驚喜。這項提議眞荒謬，遠在我預料之外。他在引誘我，讓我一腳踩進他所計劃的邪惡陰謀之中嗎？我等待腹部再次升起警告，使身體燃燒起來。然而我只感到那裡一直在嗡鳴著。

這是種全新的感受，我卻無法分辨它是好是壞。卽便如此，因爲它無以名狀，所以我仍感到害怕。

也許吧，我回道。

示威過去後，日子風平浪靜了一段時間。那天所留下的痕跡只剩窗戶上的小裂縫——和水漬或髒污沒什麼兩樣，以及藍哥受傷的肋骨。我打掃店面，撢去罐頭、玻璃罐和麻袋間的每一粒灰塵，接著把貨架補滿，直到架上被新商品塞得滿滿的。我們是家貨色齊全且數量充沛的店，林叔看見我的傑作後表示。誰不會想和我們買東西？

藍哥和林叔無時無刻都把尼爾森掛在嘴邊，認爲他是上天派來保護我們的救星。每次他們稱讚起他的身高和良善的面容時，我都很想對他們說，我對救星略知一二。他動作眞快。是個很好的年輕人，林叔說個不停。爲人在世，雅各，你應該多向他學習。

交朋友對你沒有損失，藍哥說。你不會想要跟我一樣，上了年紀後身邊只有林叔作陪吧？你會想要有自己的家庭。雅各，你在聽嗎？

我開始有了一些變化。我本該思考如何遠離黃尼爾森，但我不只沒這麼做，反倒時不時想起他的手，他寬扁的指甲，以及甲床上的白色月彎。我時不時想起，我們將藍哥扶上床等候醫生來臨時，他的手指是如何不小心輕撫過我的背，以及他是如何迅速地道歉。

每到夜晚，我會在大腿上描摹他的名字。Nelson。中文則是尼、爾、森。

我將每個字拆解開來。倘若我能透析他的名字，便能看穿他的意圖。他的名字難以輕易看透。「尼」和「爾」都只是英文音節的音譯模仿。最後一個字，「森」，是森林之意。兩棵樹在下，一棵在上。

三棵樹，一座森林。尼爾森一定宛如森林般廣納萬物。他一定坐擁許多，但那些究竟是什麼，我還沒摸透。

時間會道盡一切，林黛玉向我保證。造樂之手不欺罔，潺潺泣鳴曲中藏。

一整年的睡眠對她有益。自從遭暴動驚醒，她日益強壯，如今已不再需要睡在我的體內。現在，無須我張開嘴，她已能自由現身走動。她與故事中的林黛玉越來越像，玩同樣的小把戲、寫詩、吟著她的葬花詞。她的咳嗽逐漸好轉，只需偶爾清清喉嚨即可。

拉琴的人都不會太差，她說。我也拉琴，而我人也沒那麼糟。還是妳都不記得了？

我回答她沒有，我沒忘。林黛玉欣喜而自滿起來，我開始思索她對尼爾森的看法是否有理。

身體那股燃燒的感覺回來了，但這回很溫和，好似午後的陽光，溫溫地烘烤著我的肌膚。當我進入夢鄉，這股感覺在身旁伴著我，當我醒來，它便從我身上跳起，在我的夢境映照下散發玫瑰色和紫色的光輝。我尋找曾令我害怕的那股威脅，但它正在消失，被這種無以名狀的感覺所取代。

妳能告訴我這是什麼嗎？我問林黛玉。今天她坐在櫃檯上，嘴裡吃著結凍的鮮花。那些花已經死了，但依然嬌豔，覆著一層脆冰。她一口咬下，冰花便在牙齒之間碎裂。

我對男人一竅不通，她說。冰融出的水自她嘴角流下，在地板上留下一小灘水。

我不是在問妳的經歷，我說，跑上前用上衣袖子擦乾水印。

那妳究竟想問什麼？

我想知道黃尼爾森是不是壞人，我說。我想弄懂此刻的感覺是好還是壞。

枝頭桃粉鬧春色，閨中女兒應唱和。

別鬧了，我說。這問題很嚴肅。

我怎麼知道呀，她抗議。不久前妳仍然不想和我有所瓜葛，現在，妳看看妳！竟然想聽我的建議。妳眞的那麼信任我嗎？

如果藍哥和林叔或是任何顧客此刻走進來，定會把我丟上馬車送去瘋人院。但有些事，我必須對這女孩說，這個讓我因她而得名的女孩。

妳會怪我嗎，我說，怪我小時候恨過妳？

林黛玉吃完最後一朵花，舔了舔手指。妳傷了我的心，她說。但妳現在想通了，根本用不著恨我。妳需要我。妳一直都需要我。

我沒接話。反正她早就知道所有我該說的話。

林黛玉凝視我。黃尼爾森不是壞人，她沉吟半刻後開口。其實我還蠻喜歡他的。

但妳問，這種感覺是好是壞？我沒有答案。我只能說，有好也有壞。

她停下，然後笑了起來。她說，或是兩者都沒有？

我想要把她從櫃檯上推下去。根本一點幫助都沒有，我說。和鬼魂說話的我真蠢。

好吧，她說，起身準備去找更多花。但是，我所說的都是事實。妳太固執了，才不肯相信，那不是我的錯。妳每次都這樣，我跟妳說過嗎？

＊　＊　＊

林叔說對了——那幫暴徒的確回來了。事發七天後，我們聽見同樣的嘈雜聲合而為一，察覺同一批人正朝我們的店門行進，他們的靴子沿路揚起塵土、濕雪和死去的生物。中國仔！蝗災降臨[4]！滾回你們的國家！我們依計畫行事：鎖門，放下百葉窗，保持安靜。不要試著理論，不要現身。這次，暴動持續了一小時才平息。我坐在門前，背抵著門板，彷彿我的身軀足以防止他們破門而入。林叔也和我一起坐著，他還告訴我要坐得又高又挺。

雅各，這麼做，你才能成為男人，他說。

4｜譯注：Locusts of Egypt，出自《聖經》中〈出埃及記〉第十章一之二〇節，十災中的第八災。

在西愛達荷，三名華人礦工遭人指控偷竊。有人將他們帶進森林，用他們自己的髮辮將他們各自吊掛在一棵樹上。然後割了他們的喉。

在南愛達荷，一名華人男性被人用一根繩子繫上，從城門上往下丟。

在東愛達荷，一名十四歲的華人男孩遭人從家中拖出，吊死在晾衣繩上。

在北愛達荷，一把斧頭飛過夜空，砸碎了一座寺廟的油燈。寺廟起火燒了大半夜，裡頭的人也是。

在皮爾斯，就在我們店門口，那幫暴徒每週都來。

＊＊＊

日子進入五月中旬，雪化成水，浸濕了土地。我喜歡陽光照在頭頂的感覺，溫溫的熱氣在我的頭皮上逗留。

今天，醫生宣布藍哥的肋骨痊癒了。爲了慶祝大病初癒，藍哥和林叔放我一天假。去做點什麼，不要老待在這裡，他們對我說。你不在，我們會自己看著辦的。

自從藍哥受傷，我就沒再出門遛達過。在那之後，我們的店就像是全世界唯一能保護我的地方。至少在店裡頭，我和我的同伴在一起，受他們照護。我的眞實身分也安全無虞。不過今天，店外沒有人群聚集，街道也空空蕩蕩。天空藍得刺眼。附近的商家都開了窗。就連佛斯特雜貨店看起來都格外友善。

我不記得上一次享有自由的獨處時光是什麼時候了。我可以去麵包店，走通往教堂的那條路，順道看一眼法院大樓。我可以走路到城鎮邊頂峰皚皚的那座山，一直走一直走，走到皮爾斯的盡頭，直到新的地方開始出現。

又或者，林黛玉在我耳邊低聲說，呼出的氣息搔得我脖子癢。妳可以去找他。

她覺得我對尼爾森抱持的困惑之情很有趣，把它當成一個幼稚的小遊戲。停，我對她說。我踏上街道，調整了一下繫在頸上的方巾。

他希望妳去，她接著說。他邀請妳。

那是上個月的事了，我說。那名叫做黃尼爾森的年輕男子，自從上次的事件之後只來了店裡幾次，一次來取他訂購的松香，另一次來探望藍哥。他來的時候我都躲進店後，手掌貼在臉頰上，好讓通紅的臉降溫。我對林黛玉說，也許他早就忘了那次邀請。

妳若活到我這個歲數，一個月根本不算什麼，林黛玉反駁道。

＊＊＊

通往山腳的小徑被雪浸得太潮濕，法院大樓擠滿了人，而教堂在如此亮晃晃的天色下顯得過於陰沉。陣陣微風拉著我的領巾。我知道它正設法帶我前往最終的方向。我轉彎，開始向北走，穿回市區，抵達雙花旅館。

如果我受傷，我對林黛玉說，都是妳的錯。

她不語，只是笑，笑聲如鈴，彷彿有隻鳥兒住在她的喉嚨裡。

＊＊＊

黃尼爾森並未忘記他的邀請。他應門時，看見我站在門外，一腳在後，隨時準備開溜。他立刻往後躍開一步，示意我快點進門。

林黛玉伸手推了我一把。

尼爾森租了雙花旅館其中一個較大的房間。我問他為何負擔得起，他回道，有個慷慨的朋友幫忙。

房間內首先映入眼簾的，是躺在壁爐前矮桌上的一副樂器。想必是他的小提琴。它跟我以前見過的，那些長得像是被剔乾淨的魚骨的弦樂器不太一樣，它的形狀宛若女子的胴體，豐盈飽滿，且富有曲線。在壁爐火光的映照下，它呈現出深杏色的光澤。

尼爾森問我是否想喝點什麼，接著就消失，去為我泡茶。我繞著房間踱步。在我兒時的漁村老家，牆壁上妝點了母親織的錦緞。在王師父的教室，一幅幅書法大作於眼前垂掛開展。在李夫人的妓院，閃亮的紅金色壁紙監視著我們的一舉一動。

在尼爾森的房間，牆壁卻空蕩蕩的。空間中，唯一能和此刻向我走來的男子產生連結的物件，是一張立在壁爐架上的相片。相片中，有個像是父親的人，另一個像是母親，還有縮小版的尼爾森。如橡實般的鼻子，橢圓的眼睛，細細的單眼皮。這個版本的尼爾森凝視著我，嘴裡叼著個東西。他的父母微笑著。

我也好想念我父母。

他請我坐下，為屋裡太熱而道歉。我的手指在溫暖的環境下會更靈活，他解釋，並示範起來，手指在隱形的琴頸上來回滑動。我回答我並不介意。

也許是房裡的熱氣所致，他似乎散發一股沉靜，一種我已學會不再指望從男人身上感覺到的溫柔。他就像他房間素淨的牆壁一樣，坦然無飾。我以前從來沒遇過這樣的男人。

我很高興你來了，他說。我擔心自己是不是做了什麼，冒犯了你。例如我問起你的手那次。

快告訴他，妳以為他要殺了妳，林黛玉掐了一下我的手臂，嘲弄著。

我假裝沒聽見。藍哥的肋骨終於痊癒了，我顧左右而言他。

眞是好消息，尼爾森說。

我發現自己正用黛玉會有的姿勢坐著，雙腿貼合，膝蓋緊緊併攏，手放在大腿上。在我對面，尼爾森的雙腿大張，圈出一顆鑽石的形狀。他的身軀呈現放鬆、敞開的狀態。我挪了挪我的腳，想要學他。

爐火太熱了嗎？他發現我在挪動，於是說道。

我回答他不會，告訴他這間旅館和這個房間感覺很棒。我告訴他，他沒有做任何冒犯到我的事，如果我讓他有這種感覺的話，我很抱歉。

聽見最後一句話，他露出微笑。我只是希望我們能成為朋友，他說。皮爾斯越來越少我們的人了。

藍哥說這裡過去曾經住著很多華人，我說。

他點點頭，喝了口茶。沒錯，尤其是礦場還在營運的時候，他說。大批大批的華人曾在這裡工作。我父親就是其中之一。

來了——揭露的時刻，關於他的過往，關於他如何成爲今日的他。他的話語像隻在黑暗中輕快飛舞的螢火蟲。我用雙手一把圈住牠，明白光亮很快便會熄滅。

你的父母現在在哪裡？我問。

我父親幾年前過世了，他說。挖礦毀了他的肺。我母親不久後也跟著離世。我想，是因爲太過傷心吧。

噢，我說。我很抱歉。

你人眞好，尼爾森對我說。有時我以爲自己會迷失在悲傷之中，無法自拔。但每到那時，我就會提醒自己有多幸運。我與父母至少相處了很長一段時間。有許多人在更年輕的時候就失去了雙親。

他嘴巴上勇氣十足，雙眸卻訴說著另一故事，一個寂寞、或者近乎恐懼的故事。他迅速移開視線，但還是被我捕捉到了。那個故事和我內心深處的故事相同。

我來不及阻止自己就脫口而出：我爸媽也都不在了。

這句話從我口中浮出，越飄越遠，終於暴露於世。一旁的林黛玉從齒縫間倒抽了一口氣，方才的俏皮一掃而空。妳爲什麼要告訴他？她嘶聲道。妳不該向任何人提起妳的眞實身分。

我的意思是，我支支吾吾地說，我不知道他們人在哪兒。他們失蹤了。

尼爾森與我目光相對，這次，他沒再掩飾眼中的痛。噢，雅各，他說。這就是爲什麼你總是看起來很悲傷嗎？

所以，他還是發現了。我盡可能地將眞實自我從外觀上抹去，但它總能找到方法——那標誌了我童年的陰沉表情，一路跟著我長大成人。如今，它被眞正的悲劇給強化，我的臉上再也隱藏不住。是的，我想對尼爾森說。我想哭。說謊和躲藏了這麼多年，此刻是我最接近說眞話的一次。林黛玉搖著頭，但我視而不見。

我並非刻意讓自己顯得悲傷，我說。這又是一件事實。

尼爾森說，我第一次遇見你時就注意到了。

奶奶總說我看起來好像老是在哭，我對他說。第三件事實輕易地跟著脫逃。

他笑了笑。我喝了口茶。茉莉花茶。一股茶以外的東西沿著喉嚨滑進我的身體，舒服的，貪戀的。在尼爾森面前，我感覺身上的重擔卸下了。我想起王師父曾向我展示一種特殊的紙，這種紙加工過，染上橙色，造出虎紋般的圖樣。唯有大力施壓才能製造這種效果，這會讓紙張變得緊密僵硬，但同時產生亮眼的質地，使紙張表面像雪一樣閃閃發光。這種紙說明了，硬化的物品也有它的美。

你還會再來嗎？我離開前，尼爾森問。我回他會的，不管一旁想要摀住我的嘴的林黛玉。

太好了，他說。我們會成爲很好的朋友。

9

貝茲警長是個魄力十足的男人。他的臉雖然布滿坑疤及斑點，卻仍保有過去英俊的痕跡，只是逐漸被時間淘洗殆盡。如今，只剩下一排粗短的金黃色鬍鬚，和一對蛋白色的眉毛。搶在他每個動作前出場的，是他那堅硬而明顯的大肚腩。

這是林叔的點子。店外的示威活動總算告一段落，新的恐怖行爲崛起。那群暴民手上舉的標語海報，如今貼在我們的窗戶上。我的日常任務，便是拿抹布和一桶熱水，去除這些寫著**驅逐苦力**，稱我們是**中國怪物**以及**約翰・中國佬**[5]的標語。但隔天早上，它們又會出現。

海報所造成的困擾，跟其他事比起來還算小。我們開始收到一個個用牛皮紙包裝的包裹，裡頭裝著排泄物、嘔吐物和某些動物的內臟。第三次收到之後，我開都不開就徑直扔了它們。但它們仍持續寄來。

一天，有人來過店裡。我不確定是誰，但他竟在店裡四處藏了死老鼠，有的放在番茄罐頭間，有的放在米袋上。我們整整花了一下午才把店裡清乾淨，讓味道散去。即便如此，那天晚上我們還是得開著窗戶，並用被子遮住口鼻才能入睡。

某天早晨，我們起床後發現有人半夜闖入店裡，在我們賣的茶葉上小便。這事成了最後一根稻草。

您必須做點什麼，林叔對警長說。

5｜編按：約翰・中國佬（John Chinaman）是十九世紀美國描繪中國勞工的漫畫形象，帶有歧視性。

我們沒有做錯事，藍哥說，雙手高舉。我們有營業執照，也有身分證件。我們絕對有權待在這裡。

警長並未踏入店內。但是，你們不知道這些事是誰幹的？

這就是我們請您來的原因，林叔說。我們大概知道，但不確定。

先生們，我很抱歉，貝茲警長說。連個嫌疑犯都沒有的話，我不可能逮捕任何人。

但你有啊，林叔用緊繃的聲音說。那群示威的人。把他們揪出來，問他們每一個人！問問佛斯特，問他爲什麼像個幽魂一樣每天都站在我們的大門外！

警長猶豫不決。我是可以那樣做，他說。但那會是項大工程，也會引起騷動。而且，如果我是你，我不會那樣嚴厲指控佛斯特。我不確定招惹不必要的關注對你而言是好是壞。

我還是個孩子的時候，我以爲沒有人能比執法者更近於眞理的化身。但看著眼前年邁的警長，我想我開始看見了掌權者的眞面目。

所以你打算袖手旁觀嗎？藍哥問。另一個他早就知道答案的問題。

給我一個嫌疑犯，或可信的證人，警長說，轉身準備離開。在那之前，打起精神來，先生們。也許趁這機會考慮離開也不錯。那間華人洗衣店剛歇業了，你們聽說了嗎？洗衣店的人都在打包準備離開了。

林叔對著方才警長站的地方咒罵。藍哥的手依然張開著，但雙手空空。我們必須考慮一下離開這裡的可能性了，林叔終於開口。藍哥發出一個怪聲後便離開，鑽進店後方。

我們必須考慮一下，林叔重複，這次是對我說。

夏天才剛開始，很快地，夏末就要來了。假使我很快就要啟程前往華盛頓領地，我沒有時間再移動、找新的工作。這間店必須繼續經營不可。我必須繼續待在這座城鎮。況且，雖然我很不想承認，還有另一個原因使我非待在這裡不可。

證人，林叔喃喃自語。我們要上哪兒找證人？

有一個，我說。

＊＊＊

你想要我出面作證？

我們又聚在尼爾森的房間，這一次，我們喝起了酒。對我來說是第一次。母親總是告誡我，酒是留給男人和神明喝的。我正在假裝自己是兩者之一。第一口使我的舌頭捲曲，口腔角落分泌唾液。灼燙的感覺跟著液體一路向下延燒至胃部。我的臉下意識地皺成一團，尼爾森對此一笑。

只有這麼做，貝茲警長才願意採取行動，我說。

我只能告訴他我看見的，尼爾森說道。一兩張臉。我不認得那裡的所有人。

那也比什麼都沒有好，我說。

尼爾森碰碰我的手臂。我體內有個東西軟化了。

你要知道，雅各。貝茲警長和他的同伴……有偏見。

我問他這話是什麼意思。

這麼說好了，他說。我並不認爲貝茲警長會大費周章將他的同類關進監獄。

他沒有解釋誰是他的同類。

我們還是聊聊別的吧，尼爾森說。讓我爲你演奏一曲。

哇，太好了，林黛玉說，鼻頭紅通通地從壁爐旁冒出來。讓我來聽聽他拉得如何。

他放下杯子並起身，面色潮紅，身體也是。他用左手把小提琴輕甩上肩，夾在下巴、脖子和胸膛的交界處。他這輩子顯然擺過這個姿勢無數次。小提琴抵在他的鎖骨上，樂音藉由鎖骨震動而蔓延至全身，直到他整副骨架都與樂曲共振起來。

當他舉弓搭上琴弦開始演奏，周圍一切事物都消失了。我認識二胡刺骨的悲傷，笛子中空的呼嘯，古琴製造的點點雨滴。但在此之前，我對小提琴一竅不通。

第一個音符拉出一聲哀嘆，但很快，尼爾森的手指開始舞動、跳躍，弓在弦上來回滑動。樂聲起先是步兵，接著浩蕩成軍，聲勢之大，這個房間、這座城鎮乃至世界都無法將之容納。旋律曲折裊繞，尼爾森的身體也隨之彎曲。旋律下探，隨後高衝，他也一同跟上，他的身體不再是身體，而同樣成了樂器，他的肌肉依照曲子的意志和指令行動。豐厚的顫音湧入我。他的手指沿著琴頸向下，拇指呈鉤，其他四根手指敲擊著最細的弦。松香似雲，隨著弓的運動緩緩升起，好似花朵釋放花粉。

如歌劇般的，華麗的釋放。

望著他，我心飽滿。我不知道男人能夠創造出這樣的東西。我有點醉了，當樂音結束時他說。他的頸部泛起紅暈，就在小提琴壓進皮膚的地方。

太美妙了，我對他說。我不清楚男人是否會如此稱讚另一個男人，但酒精使我大膽起來。你演奏的樣子，彷彿你自己就是音樂。你讓這首曲有了生命。

不過普通罷了，林黛玉低聲咕噥著，爬回壁爐裡。

我的母親會吩咐我要多投入一點感情，尼爾森說。我很好奇，不知道她會怎麼評價我現在的演奏。

我想像壁爐架上相片中的女人，如今正和我們待在這個房間，彎下身湊近小尼爾森，矯正他手指的擺放。

是她教你的嗎？

尼爾森點點頭。她很小的時候就開始拉琴了。我的第一把小提琴就是她的。

我們陷入一陣自然的沉默。我的眼神落在地板上，心卻跳得飛快，幾乎快要跳離我的身體。尼爾森身上沒有絲毫猶豫或懷疑。甚至無念無想。他只是將小提琴舉至空中，讓音樂指揮自己。這應該就是王師父所說的，書法家的極致。我羨慕他。

10

皮爾斯某處，一名白人起床應門，眼前站著面帶歉意的警長。警長要來帶他去警局，查問關於有人蓄意破壞華人商店一事。警長告知，有名目擊者聲稱在示威群眾中看見他，也許還有其他目擊者曾看見他在商店附近徘徊。這名白人否認了，警長很想相信他，但是，唉，還是得做點什麼。由於涉嫌犯罪，這名男子被關押了兩天。

此舉似乎奏效了。那人遭捕後，店裡的情況好轉許多。每天早上，我們的窗戶上不再貼滿海報。包裹沒再出現。死老鼠也沒了。業務步回正軌。藍哥說，也許，我們總算走出了山下的陰影。

然而，即使針對我們的騷擾停止了，其他地方的狀況似乎日益嚴重。華人洗衣店關門後不久，老鄭也將理髮店收掉了。這裡太危險了，他告訴藍哥。我要回廣州去。

我在報紙第四版一個很小的角落讀到，有群暴民洗劫了唐人街，還對裡面的居民處以私刑。他們的屍體任人戳弄、嘲笑、閹割、斬首。記者辯稱這是美國人**革命的權利**。

11

偶爾，在課程間隙，尼爾森會順道來店裡串門子。他告訴我他只是來打發時間，但我能從每次店裡有白人客人時他緊繃的樣子看出來，他是爲了確保店裡安全。尼爾森比皮爾斯絕大部分的華人來得高，再加上堅定的步伐和挺拔的鼻子，很明顯能看出他不會輕易動搖。

我們在貨架之間徘徊，一箱梅乾罐頭堆在我腳邊，等待整理上架。他指著杏子、李子、桃子，要我用我會的那種中文念出它們每一個的名字。他小時候只學過幾個字。他的父母與藍哥和林叔來自中國同個地域，期許他能說一口流利的英文。

杏，我耐心地念給他聽。**李**、**子**。**桃**。

桃，他嘗試念，嘴唇包著聲音。他認眞的表情令我發笑。

不想要像林叔一樣嚴格的藍哥，從櫃檯後方呼喚我的名字，問我的工作是否做完了。尼爾森和我低下頭，雙手摀住嘴巴，笑得更厲害了。我們接著移動到藥草區，尼爾森拿起一根乾燥的黃色根莖，我告訴他這叫黃耆。

嗯，他說，用拇指感受它的扁平。我不知道這在英文裡該叫什麼。

也許我們不該去想，我說。有些事物最好保持原樣。

我沒提我的奶奶最喜歡黃耆，沒提起和奶奶一起在花園中度過的早晨。

這個根擁有和我同樣的名字，尼爾森說。你覺得這代表著我會長生不老嗎？

我覺得這代表你們都有點發黃，我告訴他。這是件好事。

換他笑了出來。藍哥再次溫和地問我，今天的工作是否都完成了。在這樣的午後，我們變回嘻嘻鬧鬧的小孩。這種感覺令人開心，因爲這意味著我們所要面對的最糟狀況不過是被藍哥責罵。現實可以緩緩，我心想。

其他時候，尼爾森會帶小禮物給我，雖然他從不這樣稱呼它們。例如一顆糖，或是熟食店買來的一片肉。我擔心你吃不夠，他眞摯地對我說，把食物塞進我手中。以你這個年紀的人來說，你太瘦了。

還有些時候，他會久久盯著我看，然後說，我一直希望能有個兄弟陪我一起長大。也許我只是希望我能有個像你一樣的弟弟。

我告訴他，還不遲。我們可以現在開始當兄弟。

＊＊

向藍哥和林叔編故事很容易。他們只需要聽見我會是一名好員工。他們不在意我從哪裡來，或怎麼來的，又或者我是誰。

但尼爾森不是藍哥，也不是林叔。他會沉思、問問題，等待我的說詞聽來合理、說得過去。他心思細膩又深思熟慮。畢竟他是名音樂家。他出生於皮爾斯，出生在父親是礦工、母親是前巡演劇團小提琴手的家庭。他指導著十個永遠不可能成爲偉大小提琴家的學生。

我認爲這沒什麼，他對我說。重點不是讓他們變得多優秀，而是幫助他們創造屬於自己的音樂。就算聽起來並不完美，我還是覺得美，因爲是他們自己演奏的。

他與王師父不同。王師父認爲，唯有遵照合宜規範進行的正統藝術才值得傳頌。尼爾森則想盡可能地傳頌所有形式的藝術，因爲對他而言，萬物皆是藝術。

他說我看起來太嚴肅了，我不應該害怕讓胸膛領我前行。說完，他便會將手放在我肩膀上，引導肩膀向後。在他的碰觸下，我挺胸，像張拉緊的弓。

小心他，林黛玉警告。

我聽不懂妳在說什麼，我回道。

不久後，尼爾森開始問問題了。我早就知道他會有哪些問題，也準備好該如何回答。

首先：你從哪裡來？接著：你是誰？以及：你想去哪裡？與尼爾森相處，我學到了李雅各不能單單只是李雅各。他一定也是李雅各，某人的兒子，某處的居民，一個有欲望的人。他一定是個完整的人。

我將事實與謊言交織，以一個半眞半假的拼湊版本回答他：我曾在舊金山的一間麵店工作，爲了找份更好、更高薪的工作而落腳愛達荷。我正在設法賺到足夠的錢回去中國，找我的父母。

一定是因爲他冷靜的舉止，他投向每個人的沉穩目光，讓人能輕易對他傾吐眞相的形影。因爲，卽便夏末之時我就會離開，我還是很高興知道自己正在留下一小塊眞實的自己。至少，對尼爾森而言，它很重要。

林黛玉不再覺得這一切有趣。她警告我，說我越來越任性，也越來越不謹慎。她勸我停下。

我知道妳想要保護我，我說，但妳恐怕做得太過頭了。

她勃然大怒。我並不在意。我越來越擅長拒絕她了。

12

五月下旬一個晴朗的日子，尼爾森容光煥發地出現在店裡。過去整週烏雲密布，太陽總算在今天露臉，使得萬物看起來格外引人入勝。

你在做什麼？他看我臉頰通紅，問道。

我說我在後面搬重箱子，但這不是事實。我其實在數錢，為了回中國而攢下的錢。待在愛達荷將近兩年，我一共存下了一百四十美金。距離我踏上西進之旅還有三個月，我已經快要存到目標的二百元了。二百元，用來支付前往華盛頓領地所需的旅途和過境費用。這樣夠嗎？一定得夠，我對自己說。我可以再多等一下，是的，我可以等。但那樣就意味著要在冬天渡海，我不確定自己能不能撐過去。

你能抽出一兩個小時嗎？尼爾森問。他整個人隱隱躁動著，散發一股我從未見過的狂熱。

不，不准去，林黛玉怒聲道。

我想藍哥和林叔應該不會介意，我說。反正我們快打烊了。

尼爾森表示同意。這麼好的天氣，浪費就太可惜了。

我們往南走，朝學校走去。林黛玉沒跟來。

尼爾森腳步飛快，我必須小跑步才跟得上。抵達學校後，我們繞過建築左側。尼爾森不時注意我們身後，確保沒人跟著。

尼爾森，我說，我們要去哪裡？

他沒有回答，只是示意我繼續跟上。

學校後方有條小路通往森林。對路人而言，那條小路看上去和任何一塊雜草叢生的地並無二致，但我走近一看，就發現草兒有遭外力彎折的痕跡，標出一條小徑的蹤影。

來吧，尼爾森催促道，然後閃身進入森林。

這條小徑看起來沒有太多人走過。我們從一棵棵鐵杉間穿過，針葉扎進我的上衣。我們經過一個小池塘，烏龜在裡面游泳；還經過一叢倒下的花旗松，以及一叢叢的野花。我們經過所有我以爲尼爾森想向我展示的東西，但他持續前行，朝著某個目標繼續邁進。我們來到一片荊棘前，他終於停下腳步。我以爲這就是盡頭了，很顯然，在這一大片纏繞糾結的荊棘之牆後方什麼都沒有。然而，尼爾森彎下腰，想將身體穿過去。

你得擠一下，我聽見他大喊。

我知道自己夠嬌小。我鑽了過去，頸後被一根樹枝勾住。我檢查身上，確認方巾是否還好好圍著。再次直起身子時，眼前出現一條路，尼爾森早已衝在前頭。

這，他氣喘吁吁地說，就是我想給你看的。

他雙臂大展，站在一塊被鐵杉環抱的空地中央，咧嘴笑著。樹木在他頭上彎成一片鬱鬱蔥蔥的天花板。陽光灑下，清澈的光線在草地上投映出斑駁的影子。即便李雅各費勁築起縝密的心牆，我還是想起快樂的「樂」，想到「樂」若沒有樹木就無法存在。

我也踏進空地，和他一起抬頭看。

我幾天前發現的，尼爾森說。我想，沒人知道那個東西在這裡。

什麼東西？我問。

也許我等一下會告訴你，他說。

尼爾森帶了玉米麵包、水煮蛋和一罐冰茶。我能理解他爲何喜歡這裡。在這裡，世界靜止下來。或者至少是縮小了，小到只剩我們、草地及鐵杉，被藍寶石色的天空包圍。周圍的樹木使風速放緩。

我深吸了好幾口氣。在愛達荷，呼吸變得更難，我的肺部似乎無法擴張完全，無法好好吸入它所需的空氣。有時，我會想起待在煤桶中的那段時光，揣想我的身體是否因吸入過多煤而有所損傷。尼爾森在我身旁的草地上躺下，幾堆雪還在草中閃閃發亮。他閉著眼，雙手交疊在肚子上。

我曾經渴望從魚市場獲得一條魚。那股渴望是如此強烈，以至於我看不見其他東西，只感覺到魚滑下喉嚨所能帶來的滿足。我一心只想要即將到來的飽足感，以及進食能帶來的熱量。

如今，我盯著尼爾森，意識到我想得到他的程度，宛如我想得到那條魚一樣：渴望至極，不顧一切。空地中的他看上去非常完美，我們很完美，一人打著盹，另一人渴望著。我想要將他裹在身上，穿上他，猶如穿上盔甲——他是如此真實，這個擁有音樂、弓與無盡光芒的男人。我很想知道如何稱說這種感覺，這種太想要一樣東西，強烈得想將它一口吞下的感覺？

你在想什麼？他說。清醒得很。

我回答他我在想天氣，想沐浴在陽光下的感覺有多美妙。然後我也問他相同的問題。

我在想，他睜開眼睛說，你知道這麼多關於我的事，我卻對你幾乎一無所知。沒錯，你是透露過一些。但我覺得你還藏了很多。

林黛玉從一棵樹後冒出來。夾在這些高聳參天的橡樹和松樹中，她看起來簡直像片玉米葉。小心點，她說，提起裙擺走向我們。

這一次，我的直覺告訴我不要說謊。我是能繼續用半眞半假的資訊搪塞過去。或者，我能解開謊言的結，解開決定誰是黛玉、誰是李雅各的纖維，讓我合而為一，再次成為全然的自己。在這個一切看來美好眞誠的地方，要這麼做一定很容易。

但我馬上想到了山繆，他那張蒼白又緊張的臉，和臉上熱切的笑容。我也想起白髮男在我身上擺動的身體，想起他身上的柔軟之處根本一點都不柔軟，而是某種噁心且殘忍的東西。尼爾森跟山繆和白髮男不一樣，這點我知道。但他畢竟還是男人。

我改而告訴他一件事實，這件事實荒謬得像個謊言。我告訴他我在中國遭人綁架，被裝進煤桶裡運到舊金山。

他的眉毛緊緊糾結在一起。我很抱歉，雅各，他說。他的聲音流露出痛苦，我發現那是因爲我。我很想伸手碰觸他，但我沒有。

每個人都有他們悲慘的故事，我裝出男人的語氣說，但願聽起來像。

那不代表他們就理應承受這些，他坐起來，輕聲地說。我們一定能想到辦法稍微減輕你的痛苦。我一直在思考。也許我們能從找到你的父母親開始？

林黛玉放聲大笑。有一瞬間，我以爲尼爾森在開玩笑，所以差點就和林黛玉一起笑了起來。然而，尼爾森站起身，目光如餘燼燃燒，我才發現他是認眞的。

我知道你很想他們，他說。

我沒料到他會這麼說。他的話溶解了我心中的一道門，回憶開始灌入。我的母親領著一個將軍夫人欣賞她新織好的錦緞，上頭繡了一隻鳳凰，朝天空呼出白煙。我的父親正在和將軍喝茶，他們的笑聲在室內迴盪，彷彿有人讓雷聲轟然而入。還有我，內心無止境地牽動著，希望他們，希望我們，希望這世界上的所有魔法，能夠帶我回家，讓我永遠待在那裡。尼爾森的話語讓我湧現新的感覺——也許是種允許，允許自己哀悼。

沒錯，我對他說。

那麼就讓我幫你，他說。我有個老朋友在波夕。我小的時候，母親曾送我去那裡跟一個小提琴家學琴，我們便是在那時認識的。他們家在中國的人脈非常廣。他可以動用這些關係查清楚你父母親的遭遇。

整個計畫聽起來相當危險、漏洞百出。我開始感到後悔，不該向尼爾森說出這層眞相。他的朋友値得信任嗎？如果他們眞的成功找到了我爸媽，必定也會發現我根本不是李雅各，而是黛玉，我爸媽失蹤的女兒。這麼做會帶來什麼後果，我不知道，也不想知道。

尼爾森，我終於開口，謹愼地選擇措辭。我沒有完全對你坦白。是這樣的，我的父母親並沒有失蹤。他們過世了。

什麼？

李雅各從這裡接手，假裝自己從未說謊。我沒說謊，我告訴尼爾森。在某種程度上，他們的確失蹤了。請原諒我，上次要親口對你說出這件事實在太痛苦了。

噢，尼爾森回應道，坐回原位。從他臉上的表情變化，我看出他選擇相信李雅各。他說，我本來希望能幫上忙。我那個朋友不會介意這種事。他人很好。要是能查出你家發生了什麼事，該有多好。

我心中的孩子，黛玉，對此是不會善罷甘休的。她想像著，若是能得知爸媽確切的下落，能收到一張寫著他們居住地址的紙條，感覺會如何。登門造訪他們的住處，無論是在天涯還是海角，讓他們知道，卽便過了這麼久，她還是他們的女兒。他們正在某處等著她。

或許還有另一件事，可以拜託你和你朋友幫忙，我說。說出這句話時，我知道我創造了一個沒有退路的世界。如今天空開了一個洞，那個洞會越擴越大，除非我獲得答案，除非我能像女媧一樣修補它。我望進尼爾森的雙眼，感覺自己變得堅強而眞實。

我告訴他，我的父母雖然不在了，但我想找兩個人。他們在我父母親過世後就一直照顧著我。他們在我長大的過程中，對我非常好。我想要知道他們現在的下落，也許，甚至能有機會向他們道謝。

當然，我指的就是我的親生父母，但尼爾森並不知道。他認爲我的父母已經不在人世，我是由兩個陌生人養大的。就這麼辦。假如我爸媽不是我爸媽，那麼李雅各就不會和黛玉扯上關係。

那天我與尼爾森分別時，我們訂了一項計畫：我們要一起去波夕見他的朋友。我現在不必做任何決定。我們會一起享用美味的餐點，再去聽他欣賞的小提琴家的演奏會。我們會坐在劇院聆聽美妙的樂音，我們的肩膀會不經意地碰觸，然後我們會相視而笑。

＊＊＊

回到店裡，林黛玉面對著我，坐在我的床上。妳難道忘了我的故事是如何結束的嗎？她質問。

但這不一樣，我告訴她。我們不一樣。

妳嘴巴上是這麼說，她反駁，發光的腦袋向後一仰。但看看我們倆。沒有家人，在陌生的地方無依無靠。愛上那個最終只會帶來痛苦的人。妳等著瞧瞧自己的下場吧。妳會懂的。

我們不一樣，我又說了一遍。

13

尼爾森的朋友和他一樣長得很高。他身穿赤褐色長衫與黑色長褲，我能從布料呈現的柔軟光澤看出，這位朋友手頭寬裕。與藍哥和林叔相仿、但與尼爾森相異的是，他留著一條長過臀部的髮辮，如捲起的麵團一樣結實。此時正值午後，陽光映得他額頭閃閃發亮，讓我想到剛切好的瓜果。

他叫做 William。在中文裡就是「威」、「廉」，象徵著力量和誠實。我可以相信這樣的名字，我說服自己。

我們約在波夕市中心一家叫做「落葉松」的餐廳。威廉帶頭，後面是尼爾森，接著是我，黛玉跟在最後，幾乎是浮在地面上移動。室內霉味撲鼻，有軟木塞的味道，窗戶緊閉，整間餐廳籠罩於刻意營造的陰暗中。我們穿過餐廳時，我注意到，一路上其他的客人都盯著我們看，眼白比他們的肌膚還要白。但我們的領袖威廉似乎沒有察覺。他昂首闊步，肩膀好似被一根隱形的別針固定住，向後挺直，驕傲且自信地前進，彷彿在對四周緊盯的目光挑釁，看誰膽敢要他停下。

我手插口袋，想使顫抖停下。波夕充斥著太多的回憶，關於上次我在這裡經歷的事。寺廟附設的旅舍，山繆的身影在牆上拉長。尼爾森轉身確認我是否跟上了，我提醒自己記得抬頭挺胸。在我身後，林黛玉用手上下撫著我的背。

我們的桌子位於餐廳後方角落。這是我第一次以客人的身分上餐廳，暴露在大庭廣眾之下令我感到陌生，舉止侷促不安。毋須躲藏的威廉和尼爾森則坐得相當自在，身體在歸屬感中放鬆。我模仿威廉，將自己垂在椅子上，慶幸身後就是牆。

其他客人的目光一個個散去，飄回他們自己的桌上。這一幕讓我想起書法學堂外那群饑餓的狐狸，眼睛盯著一切，就是不看我們。牠們以爲，假如我們沒發現牠們在看，就不知道牠們在那兒。但我們總是會發現。我們不只發現，也知道那群飢餓的狐狸在耍把戲，假裝在端詳牆壁，實際上在等待我們鬆懈下來。等到我們把視線挪開，牠們就能奪走一切。

威廉和尼爾森很久沒見了，但他們仍十分自在地交談著。看著他們，我不禁想起妓院的女孩們。她們曾經是我有過最接近朋友的存在。不曉得她們若看見我現在的樣子，會說些什麼？一名矮小的男人，留著極短的頭髮。我也好奇她們是否餓著肚子、是否健康、會以何種方式離開妓院。我很清楚她們永遠無法自主離開，但能這樣短暫幻想一下的感覺很好。

威廉正在問尼爾森關於皮爾斯的事（那座無聊的老城鎮），關於他的學生（那群不知感恩的小鬼），關於尼爾森何時才要兌現他的諾言，和朋友一起環遊世界（我一直在等，森，我還在等喔！）。威廉說話時，整個身體都會隨之擺動。笑起來時，整個人會先漲起，然後倒在身邊任何一樣東西上：尼爾森，或桌緣，或椅背。笑聲一波接著一波，有好幾次，尼爾森都得伸手去扶穩桌上的玻璃水杯。

所以，威廉終於轉向我說。這就是大名鼎鼎的李雅各。尼爾森說了很多關於你的事。

是嗎？我說，把聲音壓得比平常還低。威廉看上去和尼爾森同歲，也就是大約和我一樣大。與同齡的男人相處，讓我感覺自己比平時更加脆弱，彷彿他們只要憑簡單的自我認知就能推斷出我與他們不同。

我和威廉說了你上次提的事，尼爾森柔聲道。關於你在找的那對夫妻。我的父母。這個與我的眞實人生密不可分的謊言，被移交到一名我全然陌生的人手中。這麼做最好是値得的，林黛玉低聲抱怨。

威廉傾身湊近桌子中央。我在中國的人脈很廣，他告訴我們，但主要是對著需要聽這話的我說。你想找誰，我幾乎都能幫你找到。

我緊抿著唇，思考若是奶奶會怎麼回答。打從一開始，她就要我守緊口風，永遠不要透露我的眞實身分。此刻，她會願我保持沉默。然而，自從和尼爾森提起這件事後，我時常忍不住想：最慘的事我都經歷過了吧？即便我已經一路隱藏身分、藏匿於其他身分之下，我還是被綁架、載運過海、賣給妓院、遭我以爲是朋友的男人出賣。

還有。還有，我想知道爸媽身在何處。有些事能模糊帶過，有些事能趨近眞相，趨近到幾乎能成爲實話。練習造就眞實。現在的問題只是該怎麼說故事。

我的父母在我出生時就過世了，我對著桌子說，精心排練過的話語輕易地流洩而出。我感覺到尼爾森的上半身往桌子前傾，因爲這是他第一次聽我說起完整的人生故事。就連林黛玉也屏氣凝神，好奇地瞇起雙眼。

我在腦海中看見眞相，看見實際發生的過往，然後有把刀在下方劃了一道——非常細微的動作，只有最熟練的手才能辦到——將它切除。剩下的，是些看似是我的過去，卻模糊不清的東西。

我是村裡的孤兒，我說，多虧了村裡一對夫妻的善心，我才能存活下來。他們照顧我，即便自顧不暇，還是確保我沒餓著肚子。他們的名字是盧義建和劉雲香。我好久不曾喊他們的名字了。事實上，我不認爲我曾經說出口過。我從來沒遇過需要用「爹」、「娘」以外的稱呼來指涉他們的狀況。

這對夫妻待我視如己出，我繼續說道。無論日子發生什麼事，他們都讓我覺得自己是他們的親生兒子。

從很多方面來說，編這個謊輕鬆許多。說謊意味著這一切都是發生在別人身上的事，不是我。

我繼續說下去。我十二歲左右的時候，他們失蹤了。後來，我發現他們是被逮捕的。我只知道這些，從此就再也沒聽到他們的任何消息。不久後，我就被綁架來美國了。

威廉搖搖頭，吹了聲口哨。尼爾森用一種彷若初見的眼神看著我。

該展現整齣戲最終高潮的時刻到了。我很想找到他們，我對出神的他倆說。我想要向他們道謝，讓他們知道我還活著、我很好，讓他們知道，他們的付出沒有白費。

謊言大功告成，故事無懈可擊。王師父會為我感到驕傲，我心想。練習真的造就了屬於我自己的藝術。威廉一臉震驚，往後靠在椅子上。得讓這對無私的夫妻知道你還活著才行，理應這麼做。你來找我是對的！

威廉答應我們會盡力去做。情緒使他雙頰通紅。忘掉我們先前被灌輸的故事吧，他說，雙掌往桌上一拍。你的經歷千真萬確，但，不是只有你遇上這種事。很多人都有同樣的遭遇。

我們的午餐上桌了。足足需要四名服務生才能端來：美式鬆餅、茴香肉腸、炸馬鈴薯、水煮火腿佐蔬菜、牡蠣派、炸肉排。烤羊肉佐紅醋栗凍。還有一道名叫紅酒燉牛肉的菜。威廉見我瞪大雙眼，笑了起來，告訴我他已經買單了。整間餐廳的人都盯著我們，對我們的狂妄感到不悅。我這才搞懂威廉為何要選一家白人餐廳，而不是在唐人街吃吃就好。尼爾森搖搖頭向我表示，這就是威廉的作風。我現在知道，他在雙花旅館的套房是由誰出錢的了。

坐在我旁邊的林黛玉呻吟了一聲，死盯著牡蠣派不放。

想吃什麼就吃，威廉說。他的目光還在我身上。

起初我還有些猶豫，只盛了幾塊馬鈴薯到我的盤子上。馬鈴薯的外皮上撒有迷迭香，香氣四溢，裡頭美味、燙口，帶有些許甜味。一口變成十口，接著就停不下了。我記不清上一次這般縱情大吃是什麼時候了，這般無所念想，這般心無罣礙。這大概就是單純活著的感受，我一邊想著，一邊用刀切著炸肉排。這就是無憂無慮的快樂。

你上次說，尼爾森轉向威廉說，你已經對美國失望透頂。

威廉雖然嘴巴塞滿火腿，還是照答不誤。說眞的，尼爾森，他說。自從那項爛透的法案通過後，情況便每況愈下。現在，你說你住的鎭上出現暴動？你眞的驚訝嗎？

我當時人就在那兒，我說，渴望加入談話。這些事發生的時候，我就在那家店上班。

那麼你一定能提供我們比尼爾森更棒的見解，威廉說，他叉起一大塊羊肉，揮舞著。雅各，你怎麼看新法案對你的影響？

你是說排擠華人的法案嗎？我問，擔心說錯話。

排華法案[6]，對，威廉說，認眞觀察我。我在腦中寫下排華的「排」：一隻手，放在並非的非旁邊。

糟透了，我說，心裡明白這是威廉想聽的。我本來預期他們會對我們這種人好一點。

威廉暫停咀嚼。

你在開玩笑吧，他說。**對我們這種人好一點**？你忘了嗎？他轉頭看向尼爾森，憤慨地說。尼爾森，快告訴我他在開玩笑。

6｜編按：排華法案，即現今美國通稱的 Chinese Exclusion Act。

舊日的恐慌來襲，那股我即將被拆穿的恐懼感。我張嘴想要回答，任何藉口也好，但尼爾森搶在我之前開口。

也許我們太冒昧了，他柔聲道。我們忘了雅各來到美國的方式是如此多舛。也許你不知道，因爲你不被允許知道。

我一句話也沒說，但願這麼做能坐實他的話。

尼爾森解釋，差不多十年前，有一項名爲「佩吉法案」[7]的法律禁止華人女性進入美國。

威廉插嘴。現在，又多了這項新的排華法案，完全就是實現他們宏圖大業的最後一塊拼圖，達成他們理想中美國該有的樣子。卑鄙！

喔，我說。

我一直很好奇，那天在魚市場，我爲何會被選中。他們爲什麼要讓我變瘦、變髒，剪短我的頭髮，把我塞進煤炭裡。爲什麼我必須成爲孤兒阿風，而不能是黛玉。賈斯柏挑上我，是因爲我是個長得像男孩的女孩。曾經保護了我的陰沉臉龐和疲倦雙眼，最後卻成了我的致命傷。我能輕易僞裝成男孩，輕易被裝進煤桶運走。那天，當賈斯柏在魚市場看見我，他看見的是一個能被改寫的人。

尼爾森正在說話。我將自己抽離芝罘的小房間，試圖拼湊起他的話。從那時開始，尼爾森說，華人的處境就更加艱難。我的意思是，狀況本來已經夠糟了，但是法案恰巧給了人民公開表達仇恨的理由。

7｜編按：實施於一八七五年的「佩吉法案」（Page Act），針對的對象爲來自中國、日本及其他東亞國家的移民。

但我搞不懂，我說。我們對他們做了什麼？他們為什麼要恨我們？

威廉大笑。為什麼？附近一張桌子的客人瞄了我們一眼，眼神充滿厭惡。他噘嘴回瞪。他們恨我們，是因為他們認為我們對他們造成威脅。他們認為我們搶走了他們的工作機會。他們害怕我們會勾引他們的女人。他們恨我們，是因為他們深信我們比他們更優秀，但卻不願承認。不只是這裡，這種事到處都在上演。

我父親是名礦工，尼爾森小聲地提醒我們。他的狀況最慘，因為他們害怕華人偷走採礦的工作。

這在西部特別嚴重，威廉同意。這裡的人們叫我們異教徒、苦力、斜眼華仔。雅各，你知道這些稱呼的意思嗎？你知道光是我們的眼睛就足以構成他們恨我們的理由嗎？

我的母親曾經對我說，妳的眼睛，和我小時候的眼睛很相似。

威廉正在氣頭上，食物和飲料也助長了氣焰。白人認為自己的種族更優越，他說。以前，他們至少還懂得遮掩自己的仇恨。他們燒殺擄掠，但不常大肆張揚。如今排華法案一通過，他們便深信將我們趕出去是上帝賦予他們的權利。

當然，這絕對不是立法者的原意，尼爾森緩頰。

威廉又笑了一聲，雖然這次比較像是在吠叫。我的朋友啊，我認為最該被譴責的，就是那些立法的人！也許他們並沒有親自去唐人街放火，但他們通過的法律卻縱容這種暴力發生。我會說這是一種默許。不然我們該怎麼想？該覺得他們想要保護我們嗎？

暴力不是他們想要的，尼爾森堅定地說。也許他們沒想到——

你總是假設人性本善，威廉說。我聽出他語氣中的憐憫。你老是這樣。有時我會懷疑，你去那些白人家，教那些白人學生，好像把你變得比我印象中的你更心軟了。通過一項排斥華人的法案。阻止我們的女人合法過來，導致一百個男人中只有一個女人。你知道，加州不准華人在我們自己的審判中作證嗎？而且還是在我們自己被搶、房子被燒、髮辮被剪掉的審判上！他們透過每一項立法來宣稱我們沒有權利，我們不配擁有安全，或愛，或舒適。我們不配擁有生命。他們早就這樣對待過黑人和印第安人了。他們是在表示，我們都不配擁有人性。

尼爾森沉默不語。我們暫停用餐好一陣子了，方才的豐盛食物早已冷卻。威廉的憤怒令我困惑。他把這一切說得好像是世界末日般，但我看他像頭狂怒的公牛喘著氣時，內心覺得這一切都將徒勞無功。

但俗話說，威廉引述，**每個動作都會產生一個大小相等但方向相反的反作用力**。讓我告訴你們一個小祕密。我正在醞釀一個大小相等但方向相反的完美反作用力。

餐廳的另一端，一名金髮小男孩一手砸上了盛著豌豆的盤子。他的手臂從空中捶下的方式有種惡毒的決心。他的母親忙著管束他，父親乘隙收拾殘局。遭制止的男孩臉色一沉，然後漲紅。沒過多久，他就在椅子上大哭大鬧了起來。

我有朋友在舊金山，威廉說，但主要是對著尼爾森。他們告訴我那裡有個組織，叫做中華會館。他們已經存在幾十年了，但最近才統合成一個組織。舊金山現在的情況特別嚴重，你們聽說了嗎？中華會館正在想辦法阻止針對我們同胞的暴力事件。他們時常行善，甚至還將堂會從中國拐來的妓女送回中國老家。有時候，他們甚至也會幫忙運回屍首。

林黛玉緊抓住我的手臂，但她不需要這麼做。我正全神貫注。

威廉察覺到氣氛有變，轉爲同時對我們兩個說話。他們勢力很大，但需要更多資金和人手。他們需要資源。這就是我要和你說的，尼爾森。我要去舊金山加入他們，加入這場戰鬥。我希望你也跟我一起去。

尼爾森斟酌了一下才回答。他支持威廉前往，他說，但他自己還沒準備好要離開皮爾斯。在皮爾斯還有些重要的事需要他去處理。威廉問，還有什麼鬼東西比這件事更重要。我也好奇了起來。

那是我的私事，尼爾森維持友善的態度回答。他不打算繼續這段對話。

威廉搖搖頭。他很失望，但並不驚訝。這不是尼爾森第一次拒絕他。

他轉向我。那你呢，雅各，他說。我們可以在九月出發。

尼爾森將一隻手放在我肩上。在他手下，我的身體感覺像是他的一部分，我期盼就此持續下去，我們兩個慢慢交融成一體。他碰我是爲了警告，我很淸楚，但我只注意到他的手掌有多溫暖，還有他的手指在我身上散開的方式。

別煩他，威廉，他說。雅各已經有夠多事要煩惱了，不需要你再帶他去舊金山。

你能爲我們做的最好的事，就是找出那對夫妻的下落。就像雅各要求的那樣。

尼爾森站了起來，將手從我肩膀上收回。他的手一拿開，我便感到一陣寒冷，好像失去了某樣重要的東西。我去一下洗手間，他說，你不要煩雅各。

我們看著他走遠，他踏著自信的步伐輕鬆穿越一張張桌子。

尼爾森是很棒的人，威廉嘆氣道。但也令人挫敗。

我想和你一起去，我說。

啊，真是驚喜，他微笑道。

他露出得意洋洋的表情，彷彿他在某方面擊敗了尼爾森。我無視他的表情，專注在胸口緩慢蔓延的幸福之上。很長一段時間以來，我一直在思考該如何找到回家的路。我是有個點子：存夠錢，前往華盛頓領地，溜上一艘船——但倘若我仔細深思，便知道這簡直難如登天。光是旅程本身我就熬不過。但有了威廉的提議，我那不堪一擊的計畫頓時獲得靠山。我會跟他一起上路，從他衣著的質感推斷，那會是趟舒舒服服的旅程。他的財富能保護我們。之後，當我抵達舊金山，當我真的見到偉大的中華會館，我將坦承我的身世。他們會幫助我回家。他們會幫我找到奶奶。這是我一直以來渴望的一切，一個簡單易行的答案，簡單到我幾乎無法相信是真的。

接受吧，林黛玉懇求。接受這個計畫，帶我們回家。

我們九月出發？我問。

十二號，威廉說。你南下，和我在這裡碰面。然後我們就動身向西。

我伸出手，他握住。得意洋洋的表情再次浮上。不打算告訴尼爾森？

寧可不要，我說。這樣離開比較輕鬆。你懂的。

我懂，威廉說。你比你自己所想的還要堅強，李雅各。

我不懂他的意思，但我什麼也沒說。他相信我打算為同胞貢獻一己之力，相信我對正義的看法與他相同。我會讓他繼續相信下去。從我們短暫的相處中，我能看出他自詡為正義之人，擁有某種偉大的智慧。也許他愛尼爾森，但他同時也認為自己高他一等，認為自己凌駕於我們所有人之上。

尼爾森回來時，我讓表情保持鎮定。

我們在街上道別。幾名白人繞過我們，轉頭盯著我們看。我望著他們走遠，他們讓我想起金髮男孩與他的豌豆。

很高興認識你，威廉對我說，再次與我握手。他遞給我一個奇怪形狀的牛皮紙包裹。我收下，對包裹的重量感到吃驚。我要你把這個放在店裡，遇到麻煩時用得上，他說。尼爾森可以教你怎麼用。

我謝過他。我不確定我是否真的喜歡這個人。

＊　＊　＊

那天剩下的時間非常愉快。內心重新燃起回家的希望，又有尼爾森在身邊，讓我在波夕初次留下的回憶漸漸輕盈了起來。尼爾森走在前頭，我們一起穿過市中心，笑看所有我們買不起的東西，然後轉進愛達荷街。我嗅出一絲不對勁。這裡的建築平凡無奇，是棕色的，但空氣中有股熟悉的能量躁動著。我意識到，路上每個人都和我們長得很像。

儘管已然知曉答案，但我還是問尼爾森：我們在哪裡？

唐人街，他說。

所謂的唐人街是：一個或兩個街區。我們經過一間販售各式商品的雜貨店，另一間則特別主打藥草和各種藥物。這頭，是間中醫診所。那頭，則是賭場。過到對街，蒸汽從一家洗衣店竄出，飄到人行道上。當中也有住家，我猜，裡面的人頭髮大概和我一樣黑。思鄉的痛楚突然襲來，同時湧上一股對此處的傷感：唐人街結束在第八街，範圍之小，與街名所致敬的國家一比，是如此壓抑。對此處的多數居民而言，這兒也許是他們僅剩的一小塊中國。

尼爾森觀察著我。你想家了嗎？

你沒去過中國，對嗎？

我腦海中浮現布滿苔蘚的山丘，還有波濤洶湧的大海。我想帶他參觀漁村，把他拉進河裡，一起劃破水面前行，褲管捲至膝蓋，雙手滿滿的魚。我們會連吃好幾天。我們會讓自己吃得又飽又撐，飽得什麼事都做不了，只能睡覺。也許到了那時，我會讓他認識黛玉。

總有一天我會跟你一起去，他許諾。我知道他是真心的。

＊　＊　＊

稍後，一名巡警在我們前往劇院的路上攔住我們，要求查看我們的證件。他對著我的照片瞇起眼，然後看看我的臉。這長得不像你，他說。

那就是他，尼爾森說，跨到我前面。如果你有什麼問題，我們很樂意等你的長官來處理。

時候不早了，這名巡警的家人在等他回去開飯。他將證件遞還給我，離去前叮囑我去拍張像樣一點的照片。

我打算將證件收回胸前口袋，卻被尼爾森阻止。讓我看看，他說，證件已經被他拿在手中。我的心臟跳得飛快。在白人眼裡，每個華人長得都一樣。但尼爾森是我們之一。他會識破的。

他沉默，感覺過了好一陣子，才將證件還給我。你知道嗎，他說，他說的沒錯。我們繼續向前走。你是該重拍一張照片。

＊＊＊

劇院前一陣騷動，又有人在示威。一些如今聽來已經十分熟悉的字眼傳入耳中，像是**鳳眼異類**、**斜眼畜生**、**黃種野獸**、**髒鬼**。

我們往劇院入口靠近，才發現，示威的人並非聚在劇院外，而是在對面一間華人經營的洗衣店前。洗衣店老闆是名矮小但結實的男子，他氣得鼻孔大張，站在店門口。他朝暴徒怒吼回去，反擊的氣焰使他站得又直又挺。尼爾森要我壓低帽沿並把臉埋進圍巾裡。他抓住我的手臂，我沒有抗拒。我們躲在一個穿著乾草色大衣的白人與他身材苗條的妻子身後，然後迅速拐進劇院旁邊的小巷。

抱歉，尼爾森，我說。這個晚上毀了。

他搖搖頭，彷彿這麼做能掩飾他臉上的失望。我原本很想讓你聽聽眞正的小提琴家演奏，他對我說。

我隨時都能聽眞正的小提琴家演奏，他就站在我面前，我說。

尼爾森垂下視線，但我能看見一個淺淺的微笑。我們開始沿著小巷走，每走一步，示威的叫囂聲便越來越弱。他還繼續抓著我的手。

關於暴徒，你朋友威廉的話不假，我說。

他很少說謊，尼爾森說。

那爲什麼不和他一起去加州？

歷經方才那場動亂，我變得大膽起來，幾乎像是在說，我們才剛死裡逃生，所以你最好據實以告。

啊，尼爾森說。我們腳步漸緩，期待感使我們的步伐沉重。我希望我能給出更有趣的答案。不過事實就是，皮爾斯一直都是我的家。那裡有我所珍重的事物。我覺得我還沒準備好要離開。

例如你的小提琴學生嗎？我問。還有你的朋友？

是的，他說。之類的。

我還沒大膽到敢問他是否也把我包括了進去。

他轉身面向我，我們同時停下腳步。與威廉共進午餐，傍晚的波夕漫步，甚至是剛才遇上的暴動，似乎全都是爲了讓我們抵達這一刻。我們距離很近，近到快要陷入彼此。他和我的呼吸幾乎融爲一體。我感覺不到自己的身體，只剩下一種巨大的融化感，彷彿我一直都是大海中的一滴水，如今終於允許自己被海洋吞噬。讓另一個人看著你，有種美好的、甚至是英勇的感覺。在尼爾森的眼眸裡，我能拯救世間一切生命。

那你呢？尼爾森問，語氣溫柔而赤裸。你不去的眞正原因是什麼？

我突然想了起來：他不知道眞相。他不知道我要離開。

無論是何種魔法將我們繫在一起，此刻都已煙消雲散。九月還好遠，我心想。我現在會先騙他，而且會繼續騙他到我離開的那一天。我後退一步，這一步彷彿穿越了千山萬水，降落在他無法企及的大地上。他看見了我表情的變化，看見我平時的防備重新歸位。他也後退一步，手臂垂放回身體一側。

我們同時別開視線。我緊張地笑了一聲。威廉是你的好朋友，我說。我也很感謝他的幫忙。但他口中的這場報復行動，這場**大小相等但方向相反的反作用力**——都是癡人說夢。

所以你認爲最好袖手旁觀？

我不是這個意思，我說。對我而言，威廉那番話太過自負了。我們人這麼少，他們人這麼多。說眞的，能改變什麼事？

尼爾森又開始向前走，但這次他不再看向我。你知道嗎，雅各，他說。我剛才在想著藍哥、林叔，甚至是你。那幫暴民差點殺了你和藍哥，而且在那之後，他們就一直在恐嚇你們。威廉沒說錯，這種事全國都在上演。就算我們不去加州，我們也不應該拒絕做些什麼。難道你認爲這麼做不值得嗎？

我是被迫而來的，尼爾森，我說。這裡不是我的國家。這群人不是我的同胞。這些事不是我的問題。

我懂了，尼爾森說。我想我們能從這裡回旅館。

我知道我讓他失望了，但我同時也很生氣。憑什麼要求我參與我從一開始就不想要有所瓜葛的事？

我們鑽出巷子，轉進一條空蕩蕩的街道，這條街有點眼熟，但感覺不太友善。尼爾森什麼都沒感覺到，腳步因爲遠離了劇院而輕快起來。我並未加快腳步跟上。這條街令人感覺很不對勁。

然後我恍然大悟。我們來到街道中段，夾在一間藥局和一棟廢棄建築中間的，竟是我抵達波夕第一晚所留宿的寺廟旅舍。

我們走快一點吧，我小跑步追上尼爾森說。我急著想要逃離這裡，而且再也不要回來。我們經過旅舍前時，我把頭壓低，刻意不去看映在窗戶上的溫暖燭光，忽視裡頭隱約傳出的中文交談聲。這樣的地方應該讓人感覺被接納，像家一樣，我苦澀地想。

門口台階上坐著一名乞丐，望著我們經過。他突然開始用中文大叫，從聲音判斷，應該是首詩。每個字不是黏在一起就是互相打架，可見他醉了。我嘗試辨認他吟的是哪首詩。不是我聽過的。又一次，我頓悟過來。

等等，我對尼爾森說。我轉身走向乞丐。

我認得這個聲音，整個夏天的每個晚上，我耳邊都是這個聲音。我從口袋掏出一根火柴並點燃，湊近乞丐的臉。

喂，他大吼，身體向後縮，伸手想要拍掉我的手。泥有什摸毛、毛病？

他的長頭髮糾結在一起，臉頰和下巴處各有幾塊污漬。儘管他身上滿是髒污、泥土和嘔吐物，我還是認出了那雙眼睛，和乳牛一般無助的眼睛。

山繆？

啊？他轉頭面向我，酒精濃烈的腐臭味直直撲上我的臉。火柴的火光晃了一下。

山繆，你在這裡做什麼？

尼爾森等在我身後。你認識這個人？他問。

我略而不答。我不能向尼爾森坦承山繆的事，不能讓他知道，在大老遠的舊金山，這男孩是如何在我房間哭泣，如何迫切渴望成爲一個男人。

你們有錢嗎？山繆含糊不清地對我們說。我被他們趕了出來。他雙手朝上併攏，向前一伸。我一見那雙手，差點沒吐出來。

眼前，有一隻手，手掌朝上向前伸出；另一隻，不是手，就只是塊肉，某種缺乏形體的肉，皮膚發紫，血肉模糊。像是碗壞掉的粥。我這才意識到，他的一隻手被人給連骨帶肉砍斷了。接著，我便聞到那股氣味——肉和乾掉的膿所散發的腐臭，以及血鏽味。我用沒拿著火柴的那隻手摀住嘴。

我的天呀，尼爾森驚呼。

山繆失望地放下雙手。沒指望了，他喃喃自語地倒回台階上，繼續呢喃著令人費解的詩句。

你怎麼認識他的？尼爾森問。我還是不理他。

你的手，我對山繆說。你的手怎麼了？

啊？山繆喊。這個？他再次抬起那隻不是手的手，直直朝我眼前一伸。這是我為我的所作所為付出的代價。

你做了什麼？尼爾森問他，盡量讓語氣保持友善。

拿了某樣我不該拿的東西，山繆說。但我怎麼會知道？

你在說什麼？尼爾森說。你拿了什麼？

厷——厷——她，山繆呼出一口氣。但她可不是免費的。他，會確保你付出代價，而他做到了。

我盯著他手臂上那團模糊的肉。這是隻我熟悉的手。我看過它，看過它置放在他膝上的樣子，我們一起坐在妓院的床上度過好多時光。

我漸漸開始搞懂他在說什麼。

是他嗎？我說，聲音顫抖，無法說出他的名字。是他把你的手變成這樣的嗎？嗯？山繆說，用力瞇起眼看著我。他？是的，他，他們所有人！他找到了我，和我的兩個哥哥一起。但我沒吐露任何關於她的事！至少我還做了一件好事。

尼爾森在背後推了推我。我想我們該走了，他說。我們幫不了他。

我眼前的男孩，山繆，承載了我的過往，而站在我旁邊的男人，尼爾森，則代表了我的現在。他說得對。我無計可施。我必須繼續向前。

然而當我動身準備離去，山繆用他完好無缺的手抓住我的手臂。他的手勁出乎意料的強，手指硬得像是爪子，緊緊掐住我的手肘下方。尼爾森衝上來，想要將他的手從我身上掰開。但他不需要這麼做，山繆在他出手前就鬆了手，大笑著跌坐回地上。

我是不是見過你？山繆說。我認識一個長得跟你很像的人。

我們該走了，雅各，尼爾森再次出聲催促。這人醉到語無倫次。

這一回，我聽進去了。我們離開，留下山繆自己坐在台階上，他的笑聲在我們周圍縈繞不去，一路跟著我們回到旅館。

他會變成怎樣？

尼爾森垂下視線。你也看到他的手了，他說。流離失所的狀態下，他撐不了太久。說實話，我真不知道他是怎麼撐到現在的。大概是酒精麻痺了一切。暫時的。

上樓後，尼爾森提醒我記得擦洗山繆碰過的地方。我們說好明天一早就回皮爾斯。

我回到房間、關上門，確認自己已與外在世界隔開。這時，我才允許自己埋首哭泣。

山繆，那個天眞的傻瓜，那個嘴巴上總是熱切地嚷著要去波夕，夢想成爲男子漢的男孩。他八成是某次不小心對繼兄說溜了嘴。那麼，只要是有心之人，要找到他的哥哥並說服他們找出山繆下落、給他一個教訓，並非難事。那個有心之人，也能反過來利用山繆找出我的下落。

對於山繆口中的「他」可能是誰，我半點懷疑也沒有。賈斯柏來了。當他的名字在我腦中具象化，其餘的形象便呼之欲出、逐漸清晰。我漸漸變回房間裡的小孩，而他，則龐大得遮蔽了整個天空。

事到如今，妳還不聽我的嗎？林黛玉拉著我的手敦促道。我們一定得離開。這裡很危險。

那個塞在煤桶裡的黛玉會聽她的。她會跑得又快又遠。但我現在已經不是她了，我提醒自己。現在這個黛玉身邊有善心的朋友，有一張她只需要放心安睡的床，還有一個能平安回家的方法。更何況這個黛玉知道賈斯柏還不知道的東西。像是我的新名字。像是我的新面貌。

那白髮男呢？林黛玉繼續逼迫。他知道妳不是男孩。

這話再度將我的思緒拉回那個夜晚。山繆在地板上哭泣，白髮男在門口不懷好意地回頭看。假設賈斯柏遇見了白髮男，便會得知李雅各的一切。白髮男不會像山繆那樣保護我。

所以我們就走吧，林黛玉說。像我們之前那樣逃跑。一直逃一直逃，直到我們安然返家。

我們是可以這麼做，我暗忖。趁天黑離開，現在就向西前進。連張字條也不要留給尼爾森。尼爾森。我一想到他明早來敲我房門時只能一直不停地敲，內心就充滿悲傷。還有，藍哥和林叔若發現我不告而別，會怎麼說？這一切發生得太急太快。我還沒準備好要踏上這樣的旅程。

我們的錢還不夠我們抵達西邊，我對林黛玉說，希望她不會察覺我心中正在忖度的其他考量。而且沒有威廉的幫忙也做不到。

她來回搖頭，甩著黑得發亮的頭髮以示抗議。我這是要保護妳。

記住，我對林黛玉說，我已經不是兩年前的我。

這點我倒是真心的。兩年，一切都變了。我雙腿間流下的血，讓我過去的鵝蛋臉起了變化。顴骨高聳，鼻子變寬。表情雖陰沉依舊，如今卻順理成章。

兩年了，我已經不是小孩子了。

妳看，我說道，並後退一步，好讓林黛玉看看我的身體。我來到這裡後，身體更修長，也更壯了。而且妳不得不承認，我長高了。

我同意，她端詳著我說。

有尼爾森相伴，我與其他的華人男性看起來並無二致。我已經不再是那個芝罘魚市場裡長得像女孩的飢餓小男孩。不再是那個在旅舍床上無助哭喊的，像女孩的男孩。

王師父教我的那句話怎麼說？我必須變得厚實又強壯，如紙上的黑色筆墨一般。一道好的筆畫訴說著內在的力量。它全然屬於自己，沒有一絲軟弱的空間，或是心智混亂的可能。

厚實又強壯，厚實又強壯，我對自己複述。吸入厚實，吐出強壯。我睜開雙眼，看見林黛玉也站著，正在學我吸氣、吐氣。看著她令我平靜下來。

賈斯柏也許人在這裡沒錯，但他不認識現在的我。不過，他仍在逼近，而且我十分確信，他終究會找到我。今日稍早的美妙已蕩然無存，想到尼爾森的臉時激發的那種溫暖感受，如今看來也十分可笑。黛玉啊，妳怎麼會鬆懈至此？在妳鬆懈的這段期間，賈斯柏早已潛入，而且步步逼近。看，他如今已近在咫尺。

記住，這裡不是妳的家，那晚我如此告誡自己。妳必須在他找到妳之前，找到回家的路。

九月感覺還好遠好遠。

＊＊＊

珍珠在哭，天鵝一直對著身上磨損的衣角發出驚叫。虹兒咯咯地笑，一根根手指頭像窗外鐵窗似的遮著嘴。小玉也在，她的雙腳赤裸，沾滿泥土。我們排成一列，等待李夫人一如往常地走進來，等待她沿著隊伍走，對我們一一挑剔。夜幕已至，客人就快到了。

然而，走進來的不是李夫人，而是個嘴部呈橙紅、形如鳥喙且尖銳如刀的女子。女子張開雙臂，但那不是手臂，原先我以爲那是她絲綢洋裝的袖子，結果卻是翅膀。她站在我們面前，張開嘴，嘴裡什麼都沒有，只有一根灰色的舌頭，在黑暗中四處翻攪。

我醒來後提筆寫了封信給威廉，問他是否能再幫我調查一件事。幫個小忙。如果他能對尼爾森保密，我會很感激的。**私事，你懂的**。我擔心陽光會使我更感脆弱，於是趁天亮前拿去郵局投遞，然後再跑回旅館和尼爾森碰頭。小燕那死灰色的舌頭深深地烙印在我的腦海中，揮之不去。

14

六月來了，大地一片斑斕。有毛茛、橙色的罌粟花、白萩與花蕾如水滴狀的植物，還有膠菀、犬薔薇與狀似倒置花瓶的花。更引人注目的是小鎮邊上的松樹，它們在夏日旖旎的韻律下長得挺拔而茂盛。尼爾森告訴我，世界上沒有比愛達荷更適合夏天的地方，當繁花開始盛放，通往山丘及群山的小徑就像是恣意的畫筆被點綴上顏料一般。我相信他。

夏日美豔動人，我卻心神不寧又疑神疑鬼。賈斯柏可能剛到波夕，但一旦他發現我已經離開，他會翻遍愛達荷的每個城鎮，找一個長得像我的人，找一個像男孩的女孩。皮爾斯算得上是大城鎮，但他應該會先去那些更大也更繁忙的城鎮：愛達荷市、華倫、里奇蒙和鮭魚河地區。我仍記得我在舊金山碼頭那天聽見的人聲，記得那人輕聲唱出再見。他會持續搜索，從豔夏找到入秋，他會沿著我來時的路一路騎行，最終抵達這裡。他不可能在九月前抵達皮爾斯，我判斷。等他到的時候，我早就不見蹤影了。

如今天氣回暖，藍哥和林叔爲了招攬更多顧客上門，忙得更起勁了。藍哥宣稱，天氣好的時候，大家都會想要花錢。他和林叔擬了個計畫，要在這個夏天進一步提升營收。我們不會走華人洗衣店或老鄭的理髮店那種路線。經過一番計算，林叔十分確定，在如此美妙的夏季，果醬將是人們最想要的商品。到了六月中旬，店裡訂的果醬開始一批批到貨。黑醋栗，波森莓，蘋果醬，哈密瓜。裝滿罐子的箱子塞滿倉庫，一直堆到天花板。很快便沒有可以坐的地方了。林叔和我輪流進出房間盤點，無論我們走到哪裡，都會留下淡淡的油桃乾、李子和藍莓的味道。

林叔的預言應驗時，我們一點都不驚訝。只拜一個人之賜，這事就大功告成：一個開朗的、會上教堂的白人婦女。她買了一罐檸檬蛋黃醬。隔天早上，我們店門還沒開，外面就有五位客人在排隊等候了。皮爾斯不是只有我們在賣果醬，但美味又濃稠的果醬只有在我們這裡才買得到。沒人認識我們販售的品牌。藍哥告訴我，這家果醬很特別，是華盛頓領地的一座農場出產的。來到美國前，我對果醬一無所知，他喜孜孜地對我說。這天是星期五，但貨架已經全空了，這已經是連續第三個星期五出現這種情景。在生意如此好的日子，藍哥會展現出情緒高昂的一面，變得巨大、興高采烈，壓抑不住滿腔熱情。如果我告訴你，所有最好的果醬都是華人做出來的，你會相信我嗎？他對我說。我們的客人會相信嗎？

佛斯特雜貨店的老闆不再來我們店門口站著了。林叔將此視爲勝利的象徵，表示佛斯特總算認輸。藍哥發誓要免費送佛斯特一罐果醬。他稱之爲主動言和。他派我拿一罐銷量最好的口味樣品過去。我將籃子放在佛斯特店門口，隔天過去查看時卻發現玻璃碎了一地，果醬像血一樣在陽光下閃閃發亮。我沒對藍哥提起此事。

鎮上生意欣欣向榮的，不只有皮爾斯大商行。夏天爲尼爾森帶來一批新的小提琴學生，讓他忙得抽不出身，我們好幾週沒見到他，音訊全無。這樣很好，我對自己說。這樣能更好地瞞著他，只要什麼話都不說就行。

＊　＊　＊

你的氣色看起來很差，某個週日早晨，藍哥對我說。你待在室內太久了。這回，林叔難得同意。多曬曬太陽是好事，他說。有助於殺死細菌，預防生病。去外面走走不會怎樣，雅各。這麼做才能排掉身體裡的髒東西。

我用背包裝了些麵包和一瓶覆盆子果醬，還有前一晚剩下的大蒜黃瓜沙拉。今天的天氣實在太棒了，我打算用這些東西給尼爾森一個驚喜，畢竟已經很多天沒見到他了。就這一天，我將賈斯柏拋諸腦後。就讓我擁有這一天就好，我心想。不用提心吊膽的一天。

然而，當我抵達雙花旅館並敲了尼爾森的房門後，他卻沒來應門。我將臉頰貼上深色的木門，想像他在裡頭度過的所有時光。這裡的空氣幾乎是神聖的。門的另一端，屋裡靜悄悄的。他星期天沒有課，大概是出去吃午餐了，或是出門跑腿，我猜想。

人在戶外，很難忽視午後暖陽所帶來的安定感。我想起林叔說的，關於太陽能殺死體內髒東西的事，不禁好奇，假如我在這裡站得夠久，太陽能殺死尾隨我的惡魔嗎？我閉上眼轉了一圈，伸長雙臂，彷彿我能抓住光線。單純地享受溫暖是種奢侈。

臭華仔，有人在我身後低語。希望你被吊死。

我晚了一秒才回神聽見，等我轉身時，說話的人早已不見蹤影。我原路折返，打算回店裡，想起那天威廉的一番言論，想起他談論針對我們這種長相的人的暴行時，語氣中流露的怒氣。如果我是他，我也會非常生氣。

還好我們很快就要回家了，林黛玉說。我同意。

陽光靠在我的背上，輕快而堅定的力道讓我立刻揚起滿足、輕飄飄的感覺。距離店裡還有一半路程，我想，在外頭多待一會兒也不錯。背包裡的食物輕擊我的腰間，給予溫柔的提醒。我想起尼爾森和我躺在校舍後方那塊祕密空地的下午，那段回憶和我的童年一樣沐浴在祥和的光芒中。空地上的樹如今一定生機蓬勃、鬱鬱蔥蔥。我轉身朝校舍走去。藍哥和林叔可以再等一會兒。今天是屬於我的。

到了校舍，我沿著尼爾森上次帶我走過的路走，這條當時難以辨認的路，如今已經平坦寬整許多。他一定很常來。一想到他在枝椏間鑽進鑽出的模樣，我不禁微笑起來。我穿過灌木叢，繞過烏龜池。四隻離水的烏龜在一根倒下的圓木上進行日光浴，背部呈現斑駁的棕色，在陽光下幾乎快被烤出煙。我的思緒飄到奶奶身上，好奇村裡此時此刻的天氣會是如何。夏天的酷熱總是和海水的濕氣交織在一起，讓村莊簡直難以居住。只要踏出室外一步，你的整副身體就會黏在自己身上。但至少，那兒的植物生長茁壯，好比蔬菜、水果和藥草。它們偏愛土壤和潮濕，所以我們感謝天氣允許我們生存其中，並且賦予我們生生不息的生命。

奶奶曾說，我們只有在下雨時才能交談。愛達荷一向十分乾燥，但我已經不再為此感到悲傷。我們很快便能說上話了。

空地就在前方，對越來越靠近的我敞開。但我不是唯一造訪之人。尼爾森已經在了，他人站在正中央，彷彿和周圍環繞的樹木一同迎接台下的觀眾。他又挺又寬的背部正對著我，一頭健康的黑髮被四周的青綠和湛藍襯得出色。一股強烈的幸福感湧上心頭。我迫不及待想大喊他的名字，想要一睹他轉頭發現我在這裡時的表情。

然而，尼爾森並非獨自一人。還有其他人在。一名女孩從樹叢中走出，肌膚宛若雪花石膏般潔白，並且渾然天成。她的頭髮是一根根精緻的黃絲線，垂在雙肩上。簡直像是會出現在我母親織布機上之物。女孩非常標緻，從她身上漂亮的衣服，到白皙雙手中捏著的帽子，全身上下都訴說著她是個可愛的人、被渴望的人。當我看見她，我便明白我得打消呼喚尼爾森的念頭，我必須待在原地，待在山楂樹叢的後方。

尼爾森轉向女孩，示意她向前，她順從照做，伸出雙手迎向他。她的臉偏長，下巴寬，但五官很精緻：鼻子宛如花苞，嘴唇像是蝴蝶結，雙眸透著虹彩，眼神朦朧，彷彿總是剛從夢中醒來。當尼爾森轉身迎接她，她綻放了一個大大的笑容，深深凝視著他。在陽光下，她的牙齒閃耀著蛋白石的光澤。

我看著他們擁抱，女孩的頭就靠在尼爾森平時架小提琴的地方。在他們周圍，樹木迎著白日的微風翩翩起舞，樹葉沙沙掃過天空。對尼爾森和女孩來說，此處一切都很完美，天氣動人，陽光明媚，微風輕拂。一切都恰如其分，除了我。

突然間，我感到一陣羞愧。我不過是個被困在男孩身體的女孩，一名假扮男人的女人。愛情的「愛」，是為另一個人放棄自我。但你得先有一顆能自由給予的心，才能做到。我沒有東西能夠獻給尼爾森，因為我所擁有的東西都是假的。

尼爾森用他那雙善良的手摸摸女孩的頭。我看不下去了。我像是一塊污點，玷污他們這幅理應神聖的畫布。我盡量躡手躡腳地轉身，步伐吃力地掉頭，穿越灌木叢和樹木。我一直走到確定他們聽不見我的聲音後才奔跑起來，雙手握拳，擊走剛才看到的一切。我頭也不回。

過去這段時間，我經歷許多感受，也賦予這些感受許多名字。但我不願為此刻這種感受起名。這種感覺就像有人在我心上綁了塊大石頭，綁得好緊好緊，緊得血管腫脹暴露，然後再將石頭扔進海底最深處。

我很想回擊，但也明白只是徒勞一場。我不是被石頭拉得下沉，我就是石頭本身。

＊＊＊

妳期待什麼？林黛玉稍後問我。期待他會愛上妳嗎？他甚至不認識妳。哈！連妳都不認識妳自己。

閉嘴，我對她說。閉嘴閉嘴閉嘴。

妳是個假扮成男人的女孩，身上還帶著一個鬼。他永遠不會愛上妳這樣的女孩。

我知道，我說。很想把她吹走。我從來沒要求他愛我。

那妳為什麼在哭？

15

夏天走得像一首進入尾聲的奏鳴曲，不斷重複最後的再現部。每天晚上，我都會數一遍藏在枕頭下那一小袋錢。那些工作攢下的所有積蓄。我已經做了我能做的一切，我告訴自己。剩下的就靠威廉了。

我不再主動去找尼爾森，他也沒再來過店裡。我想他應該很忙，有學生要顧，還有金髮女孩。我很難相信她能存在於空地那般魔幻的世外桃源以外的地方，但我相信她就是存在。否則，我怎麼會有現在這種感覺？

尼，爾，森。他的名字是一群成林的樹。也許那便是他前往的地方：一座茂密的森林，我跟不上。

一天晚上，只有我還醒著，我溜去後巷的垃圾桶旁。我在找一罐被扔掉的果醬，它到貨的時候就變質了。這下尷尬了，藍哥驚呼。他擔心我們的生意會盡毀在一罐壞掉的果醬上。我們把果醬藏在垃圾桶最下方，藏在弄髒的紙箱和硬化的飯粒下。我找到那瓶果醬，將蓋子擰開。裡頭已經雪白一片，毛茸茸的。裡面也許蘊藏了整個宇宙。我一點一點地把罐子裡的東西舀出來甩到地上，舀到罐子空空蕩蕩，跟我的內心感覺十分類似。我朝罐子裡低聲輕喚尼爾森的名字。我呢喃著他無可挑剔的雙手，他可靠的溫柔，小提琴在壁爐烈焰下呈現的鑄造光澤。這些都是美好的回憶。也是痛苦的回憶。接著，我也低聲輕喚金髮女神。至少他們能擁有彼此。蟋蟀在我四周的夜色中鳴唱，我想這是牠們在表示認同。完成後，我旋上蓋子，然後把罐子塞回桶底。暫且先這樣吧，我對自己說。如果我能將這些全都留在這裡，隨它們去，我就能找到變快樂的方法。

妳說過，若有誰再傷害我，妳會殺了他們，我對林黛玉說。我們回到了被窩裡。這並不是指控，只是提醒。至少我是這樣對自己說的。

她沉默以對。她知道我的這項要求不是真心的。無論我嘴上怎麼說，她都明白，我並不真正希望尼爾森受傷。

＊＊＊

威廉寫來兩封信，但沒有一封提到我企盼的內容。他分享了中華會館的進展，還寫道，他的錢加上我的戰鬥精神，將會如何助他們一臂之力。這是他的原話。

計畫如下：我先去波夕和他會合。我們再從那邊搭火車去舊金山。抵達之後，我們會和一個中華會館的成員碰面，他是威廉的朋友，負責接待我們。

我的打算：等到對的時機來臨，我就向會館的負責人揭露我的真實身分。他們會知道該怎麼做。

能信任他們嗎？我在其中一封信中問威廉。

這是你最不應該擔心的，他在信中回覆。他下筆重，字跡奔放，彷彿這麼做才能讓每個字被看見、被理解。他們是美國歷史最悠久、最有權勢的華人組織。如果你不能相信他們，還能相信誰？

我想起煤桶，想起關押了船上女孩的骯髒房間，想起妓院入夜後的驚叫。然後，腦中浮現中華會館的人，出於某種原因，他們的面容都和我父親類似。他們心善、仁慈、近乎英勇。這個世界終究還是有些美好的，我想要相信這點。

這很重要。這是希望。

我的內心幾乎沒有爲離開藍哥和林叔悲傷的餘地，但我還是感覺到了。他們是我在美國遇過的人當中，少數心無歹念之人。他們欣然接受我，讓我加入他們的生活，不帶絲毫評斷。當我看藍哥哄著客人，或是林叔透過眼鏡皺眉時，我想到他們身上流淌的血液。我體內流著一樣的血，被同一面陽光加熱過的血液。我們來自同一片土地，說著彼此相通的語言。爲了這些原因，我想，我能夠去愛他們。然而，我對於離開的計畫還是守口如瓶。就像告訴尼爾森一樣，讓他們知道眞相只會使離開更加艱難。

不要，想都別想，林黛玉警告我。

可是我的確想過。我想起垃圾桶底的罐子，想像玻璃如何因內部承載的東西而碎裂。有一天，出於某個軟弱的片刻和幼稚的悲傷，我去找過罐子，伸手在腐爛的水果和濕透的舊報紙中奮力來回翻攪，明知道罐子早就不見了。

這樣最好，林黛玉對我說。妳現在可以開始好好痊癒了。

16

結果，事情並非我說了算。八月的最後一週，尼爾森先來找我。距離我上次看到他，已經過了好幾週。我正在給店門招牌的大字重新上漆，夏日的高溫把漆烤出了裂痕。

哈囉，他說。你最近爲什麼躲著我？

我沒有，我說。只是太忙了。

忙店裡的事嗎？他問。抗議的人已經不再來了，對吧？

就算有，你會在意嗎？

他頓了一下，驚訝地倒抽一口氣。他說，這話是什麼意思？你在生我的氣嗎？

沒有，我說。你爲什麼隱瞞我？

隱瞞什麼？

你自己知道。我手中的筆刷刷毛垂下，黃色顏料滴進土裡。

啊，他說。所以是你。

我沒說話。

卡洛琳發誓那天她聽見了什麼，他接著說。她一直對我說，樹叢後有動靜，但我不相信。現在我知道了，是你，對嗎，雅各？那天是你躲在樹後面？

我感到難爲情，好像只有我錯過一件其他人早就知道的事情。我點點頭，希望他能把目光移開。

你在氣我沒告訴你。他的語氣和緩，甚至有些低聲下氣。你是對的。我們是朋友，而朋友不會這麼做。你願意接受我的道歉嗎？我會一五一十和你分享，如果你想聽的話。

他沒生氣，也沒怪我偷聽。我轉身，第一次正眼看他。他的目光讓我的肌膚剝落，露出底下所有未經加工的東西。

來吧，他說，伸出一隻手。我握了上去。

＊＊＊

那個女孩名叫卡洛琳，是尼爾森其中一個學生的姊姊。她每堂課都坐在他們旁邊，看尼爾森指導巴哈的奏鳴曲和改編的韋瓦第。他並未多想，也許她只是熱衷於觀看弟弟的進步罷了。後來有一天，卡洛琳趁弟弟不注意的時候，往尼爾森的琴盒裡塞了一張字條。

好浪漫喔，林黛玉咯咯笑道。

我們回到雙花旅館，在尼爾森房間所營造的私密感下，他對我聊起她。開朗，他如此稱她。善良的靈魂。卡洛琳一輩子都住在皮爾斯，她夢想成爲一名學校老師。她對孩子很好。

她的家人知道嗎？我問。但尼爾森沒回答。

你打算娶她嗎？

我沒有任何打算，他說。更別說是結婚了，尤其是現在法律還不允許的時候。不，我只打算努力盡可能地快樂下去。

我在腦海中想像尼爾森在卡洛琳注視之下指導小男孩的模樣。我想像他們之間祕密交換的眼神，以及心照不宣的微笑，知道稍後他們在尼爾森的房間或空地獨處時，他們會自成熾熱的一體，與外界完全隔離。尼爾森的手放在她纖細的脖子上，肌膚軟嫩生輝，美好如歌。

多完美的一幕，我心想。我無法掩飾自己扭曲的臉，也無法掩飾腹部那股渴望的張力。

別扮鬼臉，母親總對我說。妳的臉會僵化，如此一來，那張醜陋的臉就會跟著妳一輩子。尼爾森並未注意到。尼爾森只會微笑。這次的微笑不同，不是他對藍哥或林叔甚至對我展露過的微笑。輕盈，毫不費力，是他入睡前會掛著的那種微笑。他的表情彷彿也靜止了，只不過，是凍結在幸福之中。

如果你們被抓到怎麼辦？我問。我記得林叔在報紙上讀過一則新聞，說一名華人男子因爲在街上擁抱了一名白人女性而被迫坐牢五十天。

沒有人知道這件事，尼爾森說，除了現在，除了你。我想起李夫人的妓院。那些登門然後往女人（表現得像是女人的華人女孩）身上撲的白人，他們之中並無一人因此鋃鐺入獄。無論他們是誰，他們向來以自己的身分爲傲。

你覺得我很傻嗎？尼爾森看著我問。

我回答他不。我說他只是陷入了愛河。

你談過戀愛嗎，雅各？

我回想生命中所有可能符合這個字的人，然後我回答他有，不再進一步解釋。走到門口時，尼爾森將手擱在我的手臂上，如今，這重量近乎殘酷。藍哥和林叔會問我尼爾森過得如何，爲什麼他好久沒來探望他們，問我倉庫裡放著的一袋袋麵粉登記好了沒。要回去那個我得知答案前的生活，感覺很怪，好像那種生活不該再屬於我。

你會幫我保密嗎，雅各？

他是如此信任我。我望著他，回答我會，內心一邊想著，我願意付出一切，只爲確保他這輩子只懂得幸福的滋味。

17

九月來臨時，空氣明顯起了變化。夜空被一種新的寒意染上紫色，預告了接下來的嚴酷之秋和暴戾之冬。清晨，每當我的手掌貼上店門的玻璃窗，都能感覺到玻璃裡的寒意在搏動，從我的手臂一路延伸至頸部。再過五天，我就要去波夕和威廉會合了。家離我好近，近到我能滑進去穿上它。

然而，在東邊一片群山環繞、狂風無盡吹拂的廣袤土地上，發生了一件駭人聽聞的事。

捎來消息的人是尼爾森。大屠殺，他這樣形容。他衝進來時，我正和藍哥、林叔在一起吃午餐，這個詞聽起來就像盤子破碎的聲音，甚於我之前學過的任何英文單字。

藍哥和林叔一臉困惑。他們不知道這個詞是什麼意思。我也不太確定。看看是誰終於來探望我們這兩個老頭啦，藍哥說，假裝在生氣。林叔起身去添一張椅子。我盯著尼爾森一片慘白的臉。他使用這個字眼是有原因的。他正在告訴我們一件即將翻天覆地的事。

林叔帶著一張椅子回歸，把它放在桌旁。今天的午餐菜色是白飯配魚乾，魚已經吃得只剩下魚刺，堆在我們的碗裡。尼爾森走到椅子旁，卻沒坐下。他失焦的眼神穿過我們。

藍哥拍拍尼爾森的臉。嘿！你不舒服嗎？要不要喝茶？雅各，去泡杯薑茶來。

發生了一場大屠殺，尼爾森在我起身前開口。二十八人身亡，十五人以上受傷。全都是華人。

這下，所有人屏息傾聽。室內的光線褪成病懨懨的灰色。魚刺在我們眼前腐爛，午餐帶來的舒適愉悅消失殆盡，淪爲屍骨與死亡的象徵。

藍哥開口打破沉默。這不可能，他說。你從哪裡聽來的？

鎮上已經傳遍了，尼爾森說。應該很快就會見報。是在懷俄明州的岩泉市發生的。白人礦工在唐人街開槍。消息說，有房子起火，裡面的人也一起被燒死。

下意識地，我眼前閃過「火」這個字，橙色的火舌怒氣高漲地舔舐著。沒有「人」，就寫不出「火」字。火，是一個人被困在兩團烈焰之間。

不，藍哥說。我們都知道這聲「不」毫無意義，因爲尼爾森說的鐵定是事實。我們轉頭看向門口，似乎能看到門外此刻就站著一群暴徒，這回他們舉的不是標語，而是獵槍和步槍。

尼爾森癱軟在椅子上。我不曉得該說什麼。我們沒有人知道。我們只能在腦中想像那些華人尖叫奔逃的模樣。但他們的哭喊無濟於事。他們高舉雙手投降，對著槍口乞求。一切都是徒勞，淨是白費力氣，他們的鮮血噴湧而出，他們身陷火海。

我把手翻過來，盯著手腕上深藍色的血管。在同一面陽光下受熱的相同血液。

我們就這樣坐著，直到聽見店門被推開，鈴聲傳至耳邊。某處，有個客人需要一些東西。我們就這樣想起自己還活著。

18

事件終於見報時，已經是兩天後了。我應該爲了啟程做最後準備，但大屠殺的消息始終縈繞於心，讓我動作遲緩，腦袋一片空白。威廉曾提過華人面臨的不公平待遇，但我從未想像過是這等光景。這場大屠殺是否從示威暴動開始的呢？我想起藍哥和林叔，還有如雨點般落在店面的攻擊。

枕頭下的錢依然靜靜藏著，我沒再去數。林黛玉對此很惱火，整天將旅程掛在嘴邊。這個消息和妳早就知道的那些有何不同？她一再拋出疑問。我們早就知道美國就是這樣。這就是爲什麼我們必須回家。

我無法給她一個好答案。她說得對。但那些被燒焦的屍體讓我感到噁心。我夢見天空下起血雨，醒來時我的手瘋狂在睡衣下尋找心臟的位置，確認它仍跳動著，確認我的血還是我自己的。

＊＊

消息登報時，出現在《皮爾斯市礦工報》的第二版。標題很小，藏在一款新鞋油配方的廣告下面：

岩泉暴動：激憤礦工群起攻之

標題並未寫出發生了什麼事。大屠殺。也沒提到死亡的二十八人，受傷的十五人，還有那些被活活燒死的人。我往下讀，掃描報導的每一個字。報導寫道，岩泉市的礦工，不滿有失公允的雇傭政策使他們的工作遭華人取代，於是在唐人街發起暴動，為自己討回公道。暴動的結果固然不甚理想，但我們不可忽視這起暴力事件其實情有可原。

我反覆讀著最後一句話，在腦中搜索不甚理想的意涵。是什麼部分不甚理想，是二十八人死亡？還是那些人被困在自己住的地方、困在他們為自己打造的地方？還是他們橫屍在街上，鮮血混著土，弄髒了地面？

我帶上報紙前往雙花旅館。路上擦身而過的白人面孔一直盯著我看，像是一道道油漆刷上我的視野。我第一次感覺自己極度蔑視他們，彷彿他們就是這起事件的始作俑者。

你看到這個了嗎？一進到尼爾森房間，我就將報紙扔到壁爐前的矮桌上。尼爾森正拿著一塊黃布清潔他的小提琴。琴弦在他的來回擦拭下嘰嘎作響。早上看過了，他說，語帶倦意。我並不覺得意外。你呢？

我一向欣賞他的冷靜，此刻卻令我生氣，成為今天第二個我首次感受到的情緒。情有可原是什麼意思？我問。為什麼他們不說這是場大屠殺？謀殺？

不是只有他們這麼做，他說，眼神緩慢迎上我的雙眼，似乎光是抬起目光這個動作就耗盡了他僅剩的精力。好幾家懷俄明的報紙都聲援白人礦工。很多人認為他們此舉合情合理。

他們怎麼能這樣說？誰都知道這是謀殺！

雅各，坐下，他說。我知道你很生氣。我也氣過。

我坐下。

我一直在思考威廉的話，尼爾森對我說。雖然我很快就拒絕他的邀請，但我不認爲他想要幫忙的心有什麼不對。如果我們一直袖手旁觀，這樣的大屠殺便會繼續發生。

我問這是否表示他決定和威廉一起去舊金山。

不，他說。但威廉向我提過，在波夕盆地、加州和奧勒岡這些地方，有人曾經試圖就這些針對華人的暴行向政府提告。我認爲我該繼續待在這裡努力，做些類似的事。

所以你要告岩泉市？我問。

我會試試看，他說。但我希望自己不是單打獨鬥。

我在他的注視下退縮了。他堅信人們心中的善。對尼爾森來說，錯誤會自己撥亂反正，因爲這就是世界的正義。他認爲我可以成爲善與正義的一分子，但我不是，也不能。在我所出生的世界，邪惡至今依然占據上風。不然你覺得我怎麼會出現在這裡，出現在你面前？我很想問他。

我回答他不。我告訴他我不行。

眞可惜，他說。

這不是我的國家，我提醒他。

你認爲這是我們的國家嗎？他說。住在這裡的人並不是一輩子都住在這裡。這塊土地是被偷來的，而偷竊已成了一種競技。占領這塊土地的人心中只想著自己，只顧自己獨活。

抱歉，我對他說。我支持你的計畫。只是我無法幫你。

因爲你不在乎？

那一刻，我需要尼爾森用任何一種不是他現在臉上的表情看我。那是同情，是失望，是他不再相信我是他心中那個善良又勇敢的人。因爲我要和威廉一起去加州，我聽見自己說。我要去找中華會館，拜託他們送我回家。

他面不改色。我們可以在這個房間待上好幾年，眼眸中只有彼此。我們之間有某樣東西正在死去。

你什麼時候離開？他問，語氣並非好奇。

三天後，我告訴他。

了解。

你覺得我很蠢嗎？現在換我問他。

不，他說。我覺得你很自私。

眞好笑，卽便我經歷了這麼多事，傷我最深的竟是這句話。我知道此刻他眼前的我，表情一定已皺成一團。如今的我不過是一根雜草。如今的我是個沒用的人。我不該說的。我知道我不應該說。但他的話語，他對我人格的斷言，讓我失去了一些東西。又一個第一次：奪回自我的必要。

你憑什麼說我自私？我問，明知道我的話會帶我們兩個去到一處永遠無法回頭的地方。明明你自己這段期間都在和她廝混？她是他們的一員。你怎麼確定她和那些人沒有同感？如果你們兩個的事被發現了，你認爲她願意陪你一起遭殃嗎？才不，她會指控你霸王硬上弓。她會叫你異教徒華仔，說你只是一個將獸慾發洩在無辜白人女性身上的苦力！

隨之而來的沉默足以將我淹沒。尼爾森起身走向門口。

請你離開，雅各。

我留在原地。難道他看不出來嗎？假設這個世界能如此輕易分成白人與非白人，便無人能倖免。總會有人掌權，也總會有人只能任人宰割。

離開，這回變成大喊。這是今天的最後一個第一次。我第一次見到他這副模樣，原來他也會生氣，原來他也有醜陋和粗暴的一面。我站起來，盡力站穩，但是當他嚴厲的眼神壓向我，我感覺自己開始崩塌。

再也回不去了。我一踏出房間，尼爾森就大力把門甩上。另一頭傳來上鎖的聲音。

＊　＊　＊

等我回到店裡，天已經黑了，我錯過了晚餐。藍哥和林叔早已睡下，但他們留了一碗飯還有醃菜給我，雖然已經半涼。眼前的碗令我心頭一緊，這是有人關心我的象徵，提醒我曾經也是個小孩，是某戶人家的女兒；有人曾非常愛我，總是確認我吃過了沒、吃飽了沒。今晚，我不餓。我把碗放在外面，給有幸找到的貓吃。

我不該對尼爾森說那些話。也許我誤會卡洛琳了。但我一定得在離開皮爾斯之前，知道自己曾經試著保護他。如果他現在恨我，那就這樣吧。明白這點，我終於能心平氣和看待這裡發生的一切。明白這點，我在皮爾斯的生活，我和尼爾森的友情，就不會像是浪費時間。

我不要求他愛我。我只想要他過得好。如果他必須恨我才能過得快樂，我會接受的。

記住，林黛玉說，這不是妳的家。這些問題與妳無關。讓他們去處理自己卑劣的國家。妳必須回去中國。

這份悲傷不會永遠持續下去，我告訴自己。

＊＊＊

一道筆畫，唯有堅定地呈現在紙上，才能被視爲有力的一筆。強而有力的筆畫很重要，然而，要如何用柔軟的毛筆做到呢？答案是：韌性。

一支有韌性的筆，是在紙上畫下一筆後，能彈回原位、爲下一畫做準備。只是，韌性並非透過用力按壓來實現。相反地，書法家得專精釋放的藝術，給足空間和自由，讓筆自己找回自己。

韌性很簡單，眞的。就是知道何時該前進、何時該放手。

19

我動身前往波夕的兩天前，一場大雷雨席捲而來，閃電將天空劈成碎片。我想，這正是我內心的模樣，被不可控的外力劈得破碎不全。

早上，林叔將一封信丟進我手裡。我去了趟郵局，他們給我這個，他說。郵局的人說這封信好幾天前就寄到了，但因爲雷雨的關係放錯了地方。

信的左上角留下一塊水漬。威廉的姓名變成一條黑色毛蟲，因濕氣而鼓漲。這封信的重量比平時的更沉，我拿起它的時候，一股強大的希望瞬間湧上。這就是我一直在等的。

林叔好奇不已。他問我這位朋友是誰。藍哥也聽見了，於是兩人一起擠在我的房門前。他們說，他們發現我最近收到不少信。他們倆決定要好好來猜一猜，威廉是我的誰。我由著他們揶揄和笑鬧，但一點線索也不透露。那封信整天都塞在我的胸前口袋，分量宛如護身符。吃晚餐的時候，藍哥和林叔已經有了定論，威廉一定是在單戀我。

稍後，當他們的鼾聲在店裡響起，我抽出信封並打開它，呼吸急促起來。信紙本身沒被水浸壞。我鬆了口氣，展開信紙，威廉奔放的筆跡映入眼簾，只不過這次更斜，甚至可說是潦草。若是給王師父瞧一眼，他會說這人心不在焉。

我點亮一根火柴，湊近第一頁。

雅各，開頭如此寫道。

抱歉過了這麼久才給你消息。後來發現，你要找的這對夫婦，比我原先估計的難找許多。但我們最終還是找到他們了。又或者說，我們查出他們發生了什麼事。

盧義建和劉雲香是芝罘的錦緞商，也許是在你認識他們之前。他們多年前搬到了離芝罘不遠的一個小村莊，生下了一個女兒。他們繼續在那裡經營錦緞生意。這大概就是你認識他們的時候。

接下來的事你或許未曾聽聞：盧義建和劉雲香曾幫助過天地會，一個暗中保護底層窮苦人民的祕密組織。不清楚他們確切協助的是哪些事項，但我猜他們參與了藏匿明朝遺民的行動，可能是助他們扮成佛僧，掩過清廷的耳目。朝廷一度懷疑他們涉嫌此事，但沒有證據。盧義建和劉雲香很聰明，他們避開信件，將所有往來訊息織入錦緞，化為圖樣。在不諳其意的人眼中，鳳凰就只是鳳凰，蓮花就只是蓮花。但對於那些掌握破譯之道的人，這些圖樣則是日期、時間、指示。

從我的線人查到的線索中，他們後來遭到一名混入組織的清朝官員揭發。至於他們一開始為何協助這個冒牌貨，我們無從得知。姑且說是他們的善心使然吧。他們被抓到後就下了獄，判了死刑。實際上，先被殺的是盧義建。他們還逼劉雲香在旁目睹。接著把她也殺了。

他們留下一名女兒，還有盧義建的母親，但我查不到她們兩個的下落。

關於你的第二個問題，調查起來相對簡單多了。你提到的妓院由協義堂經營，管理者是一個名叫李夫人的女性。應該說，是前管理者才對，因為看起來那名老婦人的位置已經被堂會換掉了。新的管理者名叫珍珠夫人，據我的朋友說，她對做生意很有一套。你問的那名女孩，小燕，已經不在那間妓院工作。我也查不到她的任何紀錄。你問的那個男人，吳賈斯柏？他經手的一名妓女逃脫後，協義堂便殺了他。

我希望這封信能給你想要的資訊。幫我向尼爾森問好。我們波夕見。舊金山在等著我們。

此致

威廉

20

許多年前，有一次我在家附近的溝渠邊玩，發現了一隻又大又綠的蚱蜢，牠每隻腳的排列有如一把精緻座椅的椅腳那般複雜。我從來沒見過這麼大隻的蚱蜢。我捏起牠的後腳，一路跑回家，急著想給爸媽看。我們可以養牠當寵物，把牠餵到像隻小貓一樣大。我高舉著另一隻手衝進家門。

可是，等我抬起手要給爸媽看的時候，牠不見了。我捏著的不再是隻蚱蜢，只剩下一隻後腳。我太急著帶回家給爸媽看，跑太快了，把後腳從牠身上扯了下來。也許是因爲風，也許是因爲我跑步的時候甩動了手臂。也有可能是蚱蜢自己在半路決定，與其迎接眼前未知的命運，還不如選擇少一條腿的生活，於是，牠彈出了自己的身體，留下一條和眼睫毛一樣細的腿，一條一度蘊藏全世界力量的腿。如今，什麼都沒了。

事情發生後，母親從我手指中抽出蚱蜢的腳，放在窗臺上，它在陽光下顯得枯萎又蜷曲。後來那一整天我都死瞪著它，心中猜想，會不會只要我瞪得夠努力，牠就能起死回生。一頓難以忍受的晚餐結束後，父親問我今天學到了什麼。我開始大哭起來。我不是殺人兇手，也不是壞人，我強調。我需要他們相信我。我說，我只是想要給你們看厲害的東西。

我的母親很溫柔。妳的出發點很好，她說，但行爲出賣了妳。從今天開始，黛玉，妳一定要學會知行合一。無論妳的立意爲何，都要記得兼顧所作所爲，要依據信念躬行實踐。光說不練，或冥行妄作，都無法助妳成爲正直之人。妳明白了嗎？

妳要怎麼做，才能拯救那隻蚱蜢？我父親問。假如妳眞心覺得牠有妳說的那麼厲害？

我想過了。我內心充滿悔恨。我可以用兩隻手捧著牠，我對他們說，雙手湊在一起。我可以跑慢一點，或是乾脆用走的。我可以先回家，再帶你們一起去溝渠那邊看。

或者是，母親說，妳可以繼續過妳的日子，不要碰牠。

她的建議震懾了我。倘若我沒有證據，其他人要怎麼知道這隻蚱蜢眞的存在呢？但我不敢向他們追問。窗臺上的腳此時已經變乾變硬了，我也疲於再談論蚱蜢，或爲牠的死哀悼。那隻腳最終會從窗臺上消失，和屋裡其他死掉的東西一樣，被掃除丟棄。

我低頭凝視著威廉的信，似乎開始領悟了。就算我沒有關於蚱蜢的證據，也無妨。只要我的意念和行爲始終合一，我就永遠不需要證據。父親母親想要教我的是，在這樣一個世界中，只有我這個人，與我所說的話。

頓時，一陣難以承受的悲傷擊中了我，傷感於我所失去的一切。爸媽從來就不僅是我爸媽而已。他們同時也是信念的實踐者。他們相信我，所以努力撫養我長大成人。他們相信家庭，所以爲我們所有人打造一個充滿愛的家。還有，他們也相信人性的高尚，以至於賠上了他們的性命。他們始終知行合一。這正是他們能成爲正直之士的原因，也正是他們想要教我的。

快從那裡出來！林黛玉的聲音從一個我似乎認得的地方傳來。動起來，我們必須動起來！

她的聲音化作一條繩子，綁著我的腰。我任由繩子拉著我，穿越時光、陸地、海洋，最終帶我回到床上、回到小房間、回到店裡。

我的爸媽死了。此生再也不復相見。我的爸媽死了。

一股極深的渴望從腹部蔓延至全身。是一塊不動如山的大石頭，是最後一次下山的太陽，是永無止境呼嘯的風。我好想他們。我愛他們。我來不及與他們共度更多時光。我閉上眼，試圖忘卻他們臨終的影像，改而想像他們在我身邊，想像他們的體溫，和他們呼吸的節奏。我願意做任何事，只求讓他們回到我身邊，只求聽母親再一次喊出我的名字。我知道，無論發生什麼事，只要有她那一聲喊，便能護我一生，無所畏懼。

我在黑暗中縮成一團，把信件緊緊抓在胸前。我允許自己哭泣。林黛玉也和我一起哭，她的啜泣像喘氣一般。我們都理解這種感覺。我們深有同感。

＊ ＊ ＊

你今天的臉色好蒼白，隔天早晨藍哥對我說。身體不舒服嗎？

我回答他，沒有，我只是沒睡好。他放我一天假。去吃點哈密瓜，降降溫，他說，一隻手的手背貼在我滾燙的額頭上。隨後，我看著他整理櫃檯後方架子上的碘酒，一股好感油然而生。這個人只是在盡己所能把事情做好。我們都只是在盡己所能把事情做好。

21

妳爲什麼沒在看地圖?林黛玉問。爲什麼妳還沒開始打包?明天我們還是依照原計畫動身前往波夕,對吧?沒錯吧?

我不知道該如何回答她。

妳答應過的,林黛玉懇求。

沒錯,我說,願她能閉上嘴。

＊＊＊

曾經有段時間,在我還曲著身子被塞在煤桶裡、浸泡於自己的尿液中時,我幻想自己去找賈斯柏復仇。那時我還小,所以還不知道這個詞。但是在那些惡夢與清醒的時刻之間,我的頭靠在桶壁上而且有辦法讓眼睛閉上時,我會想像一個未來,在那裡,賈斯柏和我將再次相遇。那時的我變得更強、更有力、更有自信。我會是有史以來最眞摯、最堅韌的書法作品的完美復刻。連風都無法將我吹倒。賈斯柏則是個渺小且乾癟的東西。我會以牙還牙,以眼還眼。我要在他的身體裡塞滿腐臭的死魚。我要把他塞進一個桶子,然後將它從山坡上滾下去,讓他滾進海裡。

在這個妄想中,我總是贏家。但我猜這就是爲什麼活在妄想中是件危險的事。因爲這麼久以來,我都沒料到現實將是如此:事實上,我和賈斯柏永遠不會再見。

他死了,而我還活著。他死了,而我還活著。而我還活著。

這理應意味著解脫，意味著自由。得知賈斯柏的下場和他帶給那些女孩的結局相同，理當是場喜悅的勝利。我等待迎接這份感覺，準備好暢快深吸一口氣，這麼多年來我始終引頸企盼的那口氣。然而什麼都沒發生。就只是另一則死訊，另一條因我而逝的生命。我不為他哀悼。我為遇到他的自己哀悼。

既然賈斯柏的威脅已經不在，我還有什麼好害怕的呢？失去了敵人的黛玉是誰？如今我想當誰就當誰，那麼我要成為誰？

＊＊＊

威廉信中的最後一項解答，又是一則出乎意料的消息：李夫人不在妓院了。珍珠取代了她。

珍珠。那個和我一起從豬仔館中被帶走的女孩，在馬車上哭哭啼啼的嬌小女孩。她看起來總是在哭，停不下來。這樣的女孩——女人，如今竟然掌管著妓院？

還有小燕遭放逐的消息。我一直以來都以為她是李夫人身邊忠心耿耿的女孩，是未來的接班人。我記得她的聲音，記得我們最後一次談話時她說的某句話。**但至少留在這裡，以夫人的身分，我能多做好多事。比起逃出去，我留在這裡能為女孩做得更多**。我曾經很氣她。我當時沒將這句話聽進去，至少不像懂事後的現在能真的聽進去。留在內部，以夫人的身分，她能做更多的事。她當時在盤算著什麼？

妳知道的，林黛玉說。妳一直都心知肚明。妳只是太受傷而不願承認。我不怪妳。我也有同感。

沒錯，我心知肚明。小燕總是想要保護我們免受最糟的男人傷害，她將那些男人的身體放進自己的身體，好讓我們不必這麼做。她當然會想留下，想要被賦予夫人的權力，好由內而外摧毀整間妓院。她不像我，她不逃避命運，她選擇正面迎擊。

但她沒當上夫人，林黛玉提醒我。爲什麼不是她當上夫人？

她說得對。某件事讓李夫人拋棄了小燕。發生了什麼事？

鳥喙銜花，林黛玉吟道。不復鳴唱。

＊＊＊

我的自由一定賠上了小燕的自由。那晚的逃脫等同坐實了小燕的罪——她確實知道我的計畫。那些趁洗衣時間向她傾吐的日子，那些隱晦的微笑和所有的眼神交換，在一個友情的不毛之地，李夫人怎麼可能沒發現我們的關係？小燕，對任何人都惜字如金的小燕。她對我敞開心扉，我卻轉手將她送給了李夫人。我的意念和行爲是兩個分開的世界。我永遠是那個扯碎蚱蜢的女孩。

現在想起，過去我曾經寫過小燕的名字兩次，每次都以爲自己寫對了。但每一次，都是錯的。無論我如何寫，我都摸不透她。更重要的是，我摸不透自己的弱點。

我有可能像她一樣活得完整嗎？我有可能稱自己知行合一嗎？我已經好幾個月寫不出一個完美的字。也許我不配。

在我所有失去的事物清單上，我加上我自己。

22

妳答應過的，林黛玉又提醒我一次。承諾就是承諾。

沒錯，承諾就是承諾。但這種承諾，和父母承諾會永遠陪在我身邊的承諾，有何不同？還是說，這種承諾更近於他們對自己許下的承諾，要盡一切之力幫助弱勢的那種？兩種都是承諾。兩種都很重要。爸媽是正直的人。他們深愛著我。但他們心懷更高的使命。

王師父曾教我，外在美要與內在美一致。他教我，心先熟習了，手只需聽從心就好。我漸漸開始理解，書法，以及良善、美麗、眞實的人生，都是一樣的。一直以來，我都緊抓著王師父傳給我的智慧結晶不放，用這些結晶點亮生命中最黑暗的時刻。但我未曾眞正搞懂如何使用它們，只會臨摹紙上的筆畫。爸媽，小燕，甚至尼爾森，他們都以堅定的姿態握筆，讓眞理、熱情和正直得以傳遞。他們都是聽從內心之人。

這就是意念。這就是信念。

我曾自問，我是否能原諒爸媽丟下我一個人。關於小燕，我也這樣想過。現在我明白，我唯一要原諒的人是我自己。

我希望妳也能原諒我，我對林黛玉說。她瞇起眼，用她尖尖的手指抓住我的手臂。

別這麼做，她說。我從來沒見過她如此生氣的樣子。妳一旦做了，就無法回頭了。我們還是能在下一個夏天出發，我對林黛玉說。但現在，有人需要幫助。我知道我幫得上忙。

這裡甚至不是妳的家。她站起來，咆哮著。她光著腳，握緊拳頭。她氣得七竅生煙。這不是妳的城市，這不是妳的國家，這不是妳的母語。妳忘了妳是誰嗎？中國才是妳的故鄉。中國才是妳的家。中國是妳所知的一切。妳是被迫來到這裡的。妳爲什麼要選擇留在這裡的人身邊？

我們的同胞，我說。華人正在死去。華人已經死去。如果我不幫忙，我成了什麼？

妳以前從不在意的啊，她哭道。我不怕有人會聽見她。從來沒人聽見過她。爲什麼是現在？爲什麼！是因爲他嗎？

她指的是尼爾森。我告訴她不是，不是因爲尼爾森。實際上，這個決定和他幾乎無關。

那我要怎麼辦？她懇求並啜泣起來，頭埋進膝蓋之間。她是如此渴望回家。我看著她，唯一看見的是那個孤身一人、迷失在大城市中的小女孩。

儘管有帶著悲劇色彩的美貌，還有令人同情的過往，林黛玉這位偶像並不完美。她利用童年的悲傷與香消玉殞的慘狀，在歷史上將自己奠定爲一個無瑕、無母、無愛的女孩。可憐的林黛玉，人們總是搖搖頭說。悲劇一樁接著一樁。一個孩子怎麼承受得了。

但是在故事原典中，林黛玉絕非天使。她簡直又小家子氣又殘忍。她又哭又鬧又叫，無情又自私。故事的其他角色被她的悲劇蒙蔽了雙眼，現實世界的每個人也是如此。

我如今已然看透。林黛玉並非女主角，她所有的敏感與病態傾向，以及她對那個最終另娶的男孩的堅定渴望，足以讓她成爲反派。她之所以成爲女主角，唯一的原因是，她在故事裡死得太早了。我很好奇，她若未在床上吐出一灘猩紅的血並倒臥其中，會成爲怎樣的人。不過，那不重要了。她的故事在那裡結束。我的還沒。

回來，我輕哄她。回到我體內，妳就會明白了。

我從來都摸不到林黛玉，但我還是伸出手，放在那個像是她的手的部位上。我的手指感覺不到底下的血肉。想想都覺得奇怪，我竟曾經恨她、怕她。現在的我感覺不一樣了。她也感覺到了。她暫停啜泣，抬頭看我，眼睛彎成新月的形狀。

我是如此無微不至地照顧妳，她對我說。她的咳嗽又回來了，細微的波浪在她身體蕩漾。我們這輩子絕對不能分開。

我知道，我說。回到裡面來吧，現在換我照顧妳。

我和黛玉就這樣坐了很久，我的決定隨著每一次的呼吸而更加堅定，不再那麼害怕。當太陽慢慢爬上地平線，光線從窗戶滲入，從門縫照亮我衣櫃的一角，林黛玉再次動了起來。

我張嘴等她。她抬起腳，滑進我的喉嚨。

我好累，她孩子氣地說，聲音因咳嗽而沙啞。接著，她消失在我喉嚨下，我能感覺到她在我體內深處安頓下來。我合上嘴，但願我的心跳聲能哄她入睡。

＊　＊　＊

林黛玉說得沒錯：我曾經一點也不在乎。此處不是我的家。在這蒼茫的世界裡，我只想回家與奶奶團圓，並且找到爸媽。

自私。尼爾森如此評論。

此刻，爸媽會對我說什麼呢？妳的意念和行爲必須永遠保持一致，黛玉。我想要變得又粗、又強、又直，線條烏黑如墨，稜角分明並且乾淨俐落。我想要成爲能讓自己引以爲傲的人。那個人絕不任憑命運宰割，而是十分確信，自己的人生是自己下的決定的總和。這就是我想成爲的人：一道完美的筆畫。

我是黛玉，我想向全世界大喊，我是兩個英雄的女兒。過去三年來，我披上一件件身分外衣——阿風、牡丹、李雅各——但我一直在尋找的，其實是原先就存在於我身上的，爸媽爲我取的那個名字。

小燕明白。她打從一開始就知道自己是誰，知道該如何保護他人。我又想了一遍她的名字，想那些筆畫是如何坐落在火上，這是我第三次重新思考她名字的意涵。火，比任何事物燃燒得更加耀眼，而且只會愈發激烈，爲他者點亮路徑，驅病除疾，煉黯成金。小燕就是這樣的人。

我用手指在大腿上寫下兩個字。一直到我寫完後，我才發現這是我第一次同時寫下這兩個字。

「**黛玉**」。黛為黑，玉為玉石。我被關在芝罘的小房間時曾寫過黑這個字。那時，我未曾去想我的名字中也有黑這個字。同一個口和同一個土，坐在同樣的火上。小燕的名字中也有同樣的火。再來是玉。一個王，裡頭點上一點。我的名字由火、土、王組成。我是一塊珍稀的玉，一片偉大的黑。我的名字在大腿上熱得發燙。我問自己，我能否不辜負這個名字。不是林黛玉的名字，而是我自己的。

答案顯而易見。

第四部

皮爾斯，愛達荷州

Pierce, Idaho

秋，1885

1

尼爾森開門時，只擠出「噢」這個字。

哈囉，我說。

時辰尚早，太陽光才剛染上地平線。一個呵欠縈繞於我們之間，等著被打斷。

你還沒離開，他說。語氣中帶有疑惑。

我能進去嗎？

發生上次的對話之後，他大可直接甩門，讓我在走廊乾等一輩子，但他沒有這麼做，因爲他是尼爾森，而尼爾森是好人。他將門縫撐開了些，我溜進去，注意到自己的肩膀幾乎快要擦過他的胸膛。屋內所有平坦之處都整整齊齊堆滿一落落報紙，以及和我大腿一樣厚的法律用書，還有尼爾森的隨筆。他還沒放棄控告岩泉市的打算。

我以爲你早就走了，他說。

我想像威廉正坐在前往舊金山的火車上，身旁的座位是空的。想到此景，悲傷隱隱戳上心頭。

我決定留下。

威廉知道嗎？

我今天早上寫信給他了，我說。不過，當他發現我沒去波夕和他碰頭時就會懂了。

壁爐裡，火焰輕彈拍打著，彷彿老虎的尾巴。尼爾森的瞳孔四周鑲有血色。我看出他應該好幾天沒睡覺了。我想要探進他的體內，點亮任何熄滅的部分，將溫暖吹回他的身體裡。光靠壁爐裡的火遠遠不夠。

你說得對，我用低沉沙啞的聲音說。

關於什麼？

我很自私。

我不該那樣說的，他別過視線說道。

不，你應該說，我回應。你只是實話實說。我是很自私。

你的家鄉呢？

家鄉可以改日再回，我告訴他。我想要加入你的戰局。你一個人不可能做得來。

聽見這句話，他轉向我，臉上的哀傷令我驚訝。那哀傷並非爲了他自己，也不是爲了岩泉市的礦工，而是爲了我。他知道我必須放棄什麼，此刻才能站在這裡。我不敢對上他的視線，他目光中的坦率讓我意識到，留下的決定已成了鐵打的事實。

我們需要一個律師。剛才那一刻過去後，尼爾森開口說道。這裡和懷俄明能找到的律師我全都寫信聯繫過了。沒有人願意接這個案子。恐怕我們還沒開始就只能宣告放棄了。

中華會館呢，我說。我們可以寫信尋求他們的幫助。我們可以用中文寫，讓他們認真對待這件事。

尼爾森有點慚愧地低下頭。我不會寫中文，他說。

我來寫，我想都沒想就脫口而出。又一個花上好幾年掩蓋的事實，不出幾秒就揭穿了。但坦承再也嚇不倒我。我的字很好看，我對他說。我和一個書法大師學的。

原來，他笑了笑。

幹嗎？我說，心中起了防衛。你不相信我嗎？

我怎麼會不相信呢，他說。雅各，你忘了嗎？早在我了解你之前，我就說你有一雙藝術家的手。

＊　＊　＊

我們立刻在尼爾森的房間進行。他站著，我坐在桌旁，桌上的書和證件已經清走。我手握一支筆。它的重量與毛筆不同，我的坐姿也遠不同於在無邊無盡的紙捲前跪坐的姿勢，但我仍欣喜萬分，這種欣喜，唯有透過身體本身的修復才能獲得。

這座城市承諾會保護市民，而且不是某些市民，是每一個市民，尼爾森引述。在我們分別的這段時間，他翻遍報紙和州立檔案室，尋找愛達荷、奧勒岡、懷俄明州內有龐大華人社區的礦鎮紀錄。他發現反華暴力事件的蹤跡可以追溯到二十年前，其中部分事件的肇事者遭到告訴。

行動疏忽……暴力清洗……財物毀損、破壞、遺失……群眾的殘酷暴行……先例、先例、先例……

我動筆寫下。水。馬。山。牙。這些會被我擱置一旁的字，被我扔至難以觸及的架上的字，通通回來了。木。眼。草。鳥。一個個字全都擠在我的筆尖，迫不及待被寫下。有些字我不會寫，而那些簡單的，我在腦中搜尋出可以組合的字，讓我的心帶領我，一如王師父所教我的。剩下的，則由尼爾森從旁助我以英文拼寫出來。我的手臂動作迅速，舊時的肌肉毫不猶豫地猛力工作。我想像林黛玉故事中的女媧。我的每一道筆畫都是神聖的自我修復。

頭腦可以忘記想遺忘的一切，但身體都記得。於是，在尼爾森的相伴之下，我花了整個下午回想。我認爲，這是我和另一個人做過最親密的事。

你的字眞的很好看，尼爾森不久後說道，並展開寫好的信。整整三頁，正反兩面。他對著窗舉起信，光線穿過紙張，上頭的黑字頓時一目瞭然，好似一根根纖細的骨頭，而紙張是軀幹。看上去十分強壯。

我向他道謝。我從來沒在王師父以外的人面前寫過書法，所以感覺很新鮮。有一瞬間，我期待聽見年邁的師長指出所有差強人意之處，以及前後不一致的地方。這裡你握得太緊了，他也許會說。那裡你的心思沒跟上。但尼爾森不在意這些事。他靜靜地欣賞著他不認得的字。

你該感到驕傲，良久後他開口道。

我對他說我很驕傲。

2

一週後，藍哥和林叔提早關店慶祝中秋之夜。我們放下百葉窗，鎖上門，掛起大紅燈籠，燒香獻神、祈求好運。藍哥做了蓮蓉餡的月餅，讓我回憶起奶奶用糖漿和鹼水做的月餅，餅皮鬆軟，富有光澤。那時，爸媽和我會聚在廚房桌子旁邊，等奶奶將月餅切成四塊，分給我們一人一份。藍哥不太依循傳統和儀式，直接原樣上桌，催促我們快吃。我咬了一口我的月餅，蓮蓉餡黏在牙齦上。口味是甜的，卻是家的滋味。

我們在店門外擺了橘子、梨、甜瓜和酒。爲了獻給月亮女神嫦娥。故事是這樣的：嫦娥是弓箭手后羿的妻子。有一年，天上竟同時升起十個太陽，聚集的高溫使地球陷入水深火熱。后羿用他精湛的箭法射下九個太陽。爲了表揚他的英勇，王母娘娘賜給他一瓶長生不老的靈藥，只要喝下去便能成仙。但后羿捨不得拋下心愛的嫦娥，於是將藥交給她保管。

但是他們有了危險，他們當然會有危險。這類故事都是這樣發展的。后羿的其中一個學生，蓬蒙，無意間得知了這瓶藥的存在。某天下午，趁后羿出外打獵時，蓬蒙闖入他家，逼嫦娥交出靈藥。嫦娥拒絕，一口氣喝下藥水，飄到了月亮上，也就是仙界中最靠近地球的地方。你知道的，她想要待在丈夫身邊。滿月那一天，后羿擺了一桌嫦娥最喜歡的水果和糕點，希望她在上頭過得好、吃得飽，希望她在月亮上也能看見他有多愛她、多想念她。

我還小的時候，我們家也會擺出這些供品，好讓滿月的月光照耀在我們的水果和糕點上。我想像嫦娥這位孤獨的女神坐在月亮上，胃被所有的供品撐得快要爆炸。內心深處，我知道她永遠無法眞正感到飽足。缺少她最愛的人就做不到。

在店裡，在這我們爲自己築起的家，食物的香氣吞沒了我們。林叔用大蒜和蔥燉了一整條魚。還有飯、香腸、薑味雞和藍哥煲了好幾個小時的湯。等月亮出來時，我們會一起抬頭欣賞，並且開始在街上放鞭炮以避凶。藍哥和林叔心情很好，喝梅酒喝得醉醺醺的，滿臉通紅。

尼爾森也在。

藍哥又開了一瓶梅酒，往我們的杯子裡猛倒。他的臉紅得好似摸了會燙手。要是沒有你們兩個，他說，我不知道老林和我要怎麼辦。我們很高興有你們兩個在。

沒錯，林叔舉杯附和。喝了酒後的他興奮起來，變得熱情許多，不再是平時把臉埋在帳本後的嚴肅男人。敬綿延千年！敬愛達荷榮華富貴！

尼爾森和我一同笑著舉杯。這感覺就像是我擁有了最接近家庭的東西。有一刻，我猶豫要不要喚醒林黛玉，讓她看看一個家庭可以是什麼樣子。她會想看的。

但我還來不及行動，藍哥就站了起來，身體把椅子往後一推。看，他指著窗戶驚呼。月亮出來了。

我們乘著梅酒帶來的酒意衝到室外，墜入街道的靜謐之中。時間幾近午夜。佛斯特雜貨店黑漆漆的窗子不滿地瞪著我們。藍哥點燃了第一串鞭炮，放在地上。

五、四，林叔倒數。

我們鑽回店裡，像是希望被逮住的孩子般大聲地用氣音說話。三，林叔數道。尼爾森捏了捏我的手臂，而我開玩笑地回擊。二，林叔用全身的力量說。藍哥蹦跳著，雙手緊握抵在下巴上。

一。

爆出一聲巨響，接著是一連串的劈啪聲。鞭炮驟然爆出火光，然後炸出震耳欲聾的爆裂音。每一段都是一小顆碎裂的星星，射向月球與嫦娥會合。藍哥高聲驚呼，接著飛奔出去，點燃一串又一串鞭炮，直到整條街、整個世界都劈啪作響。我好奇是否有人會被我們吵醒。我不在乎。

我往尼爾森瞄一眼。他臉上掛著微笑，是人們以爲旁人沒在看時會露出的那種笑，飄飄然，又無拘無束。他的眼皮舒適地垂著，被酒意壓得沉重。你可以放鬆一點，雅各，他發現我在看他，於是對我說。我這才發現，即便在這極度幸福的時刻，即便明知賈斯柏已經死了，我還是很緊繃，因爲打從被拖車載去芝罘的那天起，我就學會必須這麼做。但尼爾森對此一無所知。他只認識眼前的這個男人。他從我身邊奔向鞭炮，在它們旁邊又跳又叫，雙臂瘋狂揮舞著，好像即將抓住風，隨風而起。極少受到鼓動的林叔也加入他，臉迎向天空。藍哥繼續扔出點燃的鞭炮。我從店裡望著他們三個，臉上泛起尼爾森那樣的微笑。

快點來，雅各！林叔大喊。在鞭炮的火花下，他的臉龐幾乎像是染上了橘色顏料。我走出戶外加入他們。尼爾森抓住我，搖晃我的手臂。我由他去，咧嘴一笑。我們的信很快就會抵達中華會館，所以今晚，我們讓自己以為自己天下無敵。他仰起頭對著天空嚎叫，我也跟著做，閉上眼睛，將聲音扔到很遠的地方，想要釋放內心的一切，釋放我曾感到害怕、渺小、失敗的每一刻，或許甚至釋放林黛玉。我釋放一切，希望由新的事物取而代之。

那晚，我們上床睡覺時，藍哥搬出了一張墊子給醉得無法走路回家的尼爾森，我們的胃比前幾個月來得要飽。藍哥和林叔跌跌撞撞地回到他們的房間，連腳都懶得泡了。我在走廊望著躺在柿乾旁邊的尼爾森。就算在黑暗中，他也能感覺到我落在他身上的視線。

我很高興你來到這裡，雅各，他說。而且我也很高興你還在這裡。

我想告訴他好多事，但我沒這麼做。我等他在毯子下安頓好，才回到自己的床上。即便閉上雙眼，鞭炮仍然狂舞著。

3

我先是聽見捶打聲。

那瞬間，我以爲自己睡過頭了，店一定已經開始營業了。但緊接著，我聽見藍哥和林叔在房間驚慌交談，才知道他們和我一樣剛起床。

我穿上褲子，勉勉強強擠進上衣，檢查胸部是否捆好、捆平。等到我踏上走廊，藍哥和林叔已經搶先走在前頭。

捶打聲繼續響著，比剛才更大聲了。

藍哥問尼爾森發生什麼事。尼爾森在地板上回應，聲音還帶著濃濃的睡意。接著，我聽見大門的鎖被打開。外頭的喧鬧中出現一個新的低沉人聲。我聽過這個聲音。藍哥和林叔安靜下來，接著突然開始大吼。我留意尼爾森的聲音，但聽不見。我踏出走廊，踏進晨光下。

尼爾森、藍哥和林叔都聚在門邊。低沉的聲音來自貝茲警長，自從示威那次他來店裡後，我就再也沒見過他。他看起來已經醒來好幾個小時了。

我想要靠近一點，扶著貨架蹣跚地走上前。窸窣的聲音驚動了貝茲警長，他的手迅速移至身側。他拔出一個閃亮的黑色物品，是槍。我聽見喀噠一聲，又聽見尼爾森倒抽一口氣。

趴下！警長大喊。他把槍口指向我。

藍哥和林叔閉上嘴，雙手舉向天花板。尼爾森率先趴下，將胸膛平貼在地上。藍哥和林叔跟著做。我沒有趴下。我不知道發生了什麼事，也不知道警長爲何要把槍指向我。

我說**他媽的趴下！**

雅各，尼爾森說。

來不及搞懂。我照著其他人那樣做，放低身子。木地板很冰。昨晚太醉又太累，我們都忘了照看暖爐。

大門吱的一聲被推開，貝茲警長朝外頭某人大喊。我太害怕而不敢抬頭看。我聽見門再次被推開，接著店裡便接連出現許多穿著靴子沉甸甸的腳步聲。某樣東西喀嚓一聲。藍哥和林叔呻吟。尼爾森保持沉默。然後，我聽見一雙靴子停在我耳邊。

你要敢動，我就開槍，有人咆哮道。

我想起那天在波夕，威廉給我的棕色包裹，一把小手槍；想起我把它藏在倉庫深處的一袋小米裡面。此刻猶如在千里之外。我感覺我的雙手被扭向身後，兩圈手銬噹啷鎖上手腕，緊咬我的骨頭。有人拎起我，讓我站著。

你們因涉嫌謀殺丹尼爾·M·佛斯特而遭逮捕，貝茲警長從某處我看不見的地方朝我們大吼。你們將被移送至皮爾斯郡立監獄候審。

我全身一涼。那個在店外不懷好意怒視我們的男人死了？**像個幽魂**，林叔曾這樣說他。

藍哥先反應過來，呼應我的思緒。謀殺？他哀叫。佛斯特？

怎麼會？林叔面朝地質問。什麼時候？爲什麼？

尼爾森最後才開口，驚慌失措地說，他的家人聽說了嗎？

別和我說話，小子，貝茲警長說。好了，乖乖跟著我們走出去，別想亂來。

我們魚貫走出大門，走向一輛等在門口的馬車。街上擠滿聚在佛斯特雜貨店前的群眾。有些女人在哭泣，有的人用手摀住嘴。男人臉色陰沉。

尼爾森，我們鑽進馬車時我輕聲說道。發生什麼事？他們在說什麼？

尼爾森沒有回應。我不確定他是否聽見我說話。

我們並非唯一的乘客——裡頭已經坐了一個人。他長得和我們很像，我暗忖。我們上車時，那名年輕男子沒搭理我們。他其中一個眼窩已開始發紫。

馬車上路。我們東倒西歪地撞在一起。我的手曲在背後，臂膀麻木。我想要用食指寫些什麼，什麼都好，但一個字也沒出現。

4

一股腐臭伴我們穿過監獄。步行至牢房的距離並不長，皮爾斯郡立監獄是棟陽春的二層式灰色建築，有十間牢房，沒有窗戶。這裡關的都是小偷及入侵者，如今還有我們。裡面的空氣冰冷而腐舊。我們就像是置身於地球最隱密的洞穴中。它專門容納被遺忘的東西。

一名警衛在前領路，另一名殿後。我們排成一列前進：藍哥在最前頭，再來是林叔、尼爾森、我，第五個人走在後頭，他還是沒開口說話。在我前方，尼爾森的頭安如磐石，脖子依然結實挺立。看著他令我感到踏實。

別絆倒了，小子，我身後的警衛出言警告，他的話語刺著我們的腳跟。我想和尼爾森說話，想要向警衛提問並且要求獲得答案，但腳步的沉重回音告訴我，此刻絕非恣意開口的好時機。藍哥、林叔和尼爾森也保持靜默。我們不用人教就知道，靜默不語是我們最好的防禦。

總算逮到這些苦力王八蛋了，其中一間牢房傳出咆哮。另一間牢房的人在我們經過時朝我們腳下吐口水。又一間牢房傳出一聲淒慘的哭嚎。我不敢去看這個聲音是怎麼製造出來的。警衛無動於衷。我好奇他們如今是否已經習慣了這類聲音。他們是否已不再把牢房裡的囚犯當人類看待，只視爲房間裡的一團肉。

我們的牢房位於二樓走道底端。空空蕩蕩，空間很小，如果我們全都挨著彼此躺下，就擠不下了。又是一個無路可逃的黑暗空間。另一個牢籠。

我們進去，角落桶子裡的陳年尿味臭氣沖天。門邊的警衛喜滋滋地關上門。你們這些中國佬總算要得到報應了，他唱道。他將鑰匙插入掛鎖，一轉。令人絕望的喀噠聲在整棟樓迴盪。然後他和第二名警衛便走開了。

一定是搞錯了，我轉向尼爾森說。他們怎能認爲是我們殺了他？

我不相信他眞的死了，林叔怒吼。我要親眼看見屍體。證據在哪兒？

他不可能死了吧，藍哥膽怯地說。誰會想殺那種人？

你怎麼看？尼爾森說。我們怔了一下才意會過來，他不是在對我們任何一個人說話，而是對著第五個人。

光線不好，但我們轉身面向他。他的頭髮參差不齊，嘴唇乾裂且發白。我發現他的臉上滿是瘀傷。抓我們的人能幹出這種事嗎？

藍哥率先向那人靠近一步。沒錯，他說，語氣親切並充滿鼓勵。你是誰？

男人不習慣這種關注。也許他並不想要。他向後退，眼睛睜得老大。他搖搖頭。

你可以和我們談談，尼爾森溫柔地說。你是誰？他們爲什麼把你帶來這裡？

男人又比了一個手勢，指指他的嘴。

我盯著他的手指一圈一圈地繞，這才恍然大悟他爲何不說話。

他是啞巴，我告訴他們。我對男人說，你想說話但是沒辦法，對嗎？

他用悲愴的眼神看著我們。然後他張開嘴巴。原本應是舌頭的位置，只剩一塊顏色不均的肉，如蟲般蠕動。無頭的蟲。藍哥倒退，抓緊林叔。我別過頭面向肩膀，避免自己反胃。

只有尼爾森似乎不介意。他一手搭上那人的肩膀。

是那群人對你下的手嗎？

男人搖搖頭，扭絞著雙手。他指指自己的嘴，然後又搖搖頭。接著他指了指自己發紫的眼窩，又指了指警衛站的地方。

八成是別人幹的，我說，嚇下我的膽汁。但是你臉上的傷很新。

他點頭，伸出一根手指，開始在空中寫著什麼。

他在寫字，藍哥說。

我看不懂，林叔說。

我走向男人，抓住他的手。他瞪著我的樣子彷彿我剛刺了他。這裡，我說，攤平我的手掌。寫在這裡。

他猶豫了一下，然後伸出一根指頭，指甲很尖。他在我手掌上寫下一個字，我很快便看出是什麼字。

大家，我說。這位是阿周。對他的名字，我盡量忍住同情，周，中間有張大嘴。這個勝利很小，卻很重要。我們輪流握住他的手，當藍哥再次鼓起勇氣時，他甚至朝那人嘴裡看了一眼，然後一一念出店裡有的藥草，彷彿任何藥草都能讓被割斷的舌頭長回來。然而，發現的喜悅之情轉瞬而逝。不久後，我們每個人便在牢房中找到自己的角落，或站或坐，或將雙腿抱在胸前，臉埋在膝蓋中啜泣。

5

獲悉爸媽的下場後，我便老是想像他們最後的時光。想像他們所在的黑暗牢房，嘗試感受他們腹中的恐懼。假如我能讓自己置身於彼處，我心想，那將是最接近一家團圓的事。在那裡，在他們人生的盡頭，至少我能和他們在一起。

現在我不必再想像了。他們的黑暗就是我的黑暗，他們的恐懼在我胸中牢牢盤踞，我終於能稱此爲自己的恐懼。這就是我至今一心嚮往的團圓，卻一點都不甜蜜。

但現在不一樣，我反駁道。妳經歷了這麼多，絕不能讓這裡成爲終點。如今，黛玉，哪裡出了錯？我問自己。妳曾多次身陷險境，卻從未如此刻害怕。

我不怕死。我怕的是不再活著。活下去比以往任何時候都來得重要。

我的聲音茫然地在黑暗中飄蕩。我們須要擬個計畫，聲音說。

我們從警衛那裡得知，隔天早上將舉行聽審。我問尼爾森聽審是什麼意思。我們能爲自己辯護、申冤嗎？我們的常客能替我們的爲人作證嗎？聽審代表著會有人聽——誰？他們會決定我們的命運嗎？

做準備是好事，尼爾森對我說。但我不抱太大期待。還記得威廉說的嗎？在加州，他們甚至不允許華人在自己的審判上作證。

但是聽審和審判不一樣，我勸道。我以我所信之準則提醒他，無論如何，我們都必須練習，必須有所準備。如此一來，就算你在這世上一無所有，至少還保有這些。

我們一起回溯昨天。藍哥和林叔爲了中秋節提早關店。我們可曾留意到佛斯特雜貨店的任何異狀？那間店，那間高深莫測的老闆橫屍其中的店，那天光顧的客人和以往是同一批人。沒有可疑跡象。

我們整天都沒踏出店門半步，林叔指出。我們怎麼會有辦法殺他？這種事總得有個證人。

除了我，尼爾森說。我是傍晚下課後才到的。但你是好人，藍哥說。沒人敢指控你！我們四個望向阿周，缺了舌頭的男人。腦中想著同樣的事。

我向他伸出手掌。來，我說。告訴我們你昨天去了哪裡。他的指頭很硬，皮膚乾燥，覆著老繭。我閉上眼感受他的指尖，好讓字在眼前現形，從掌上的神經傳遞至身體，一路爬上一張飄浮的隱形錦緞。他寫得很慢。他想確保我不會誤讀它們。

他昨晚從埃爾克城來到皮爾斯，我對其他人說。他先在酒館喝了一杯，接著便回去他河岸邊的小屋住處。那裡的房東可以爲他作證，他說。

那麼，藍哥說。我們都是無辜的。

但林叔不滿意。他們一定會扭曲事實，他說。人人都知道皮爾斯大商行是佛斯特的競爭對手。這點成了我們的動機。

但我們店的生意比他好呀，藍哥喊冤。他才是那個過去成天站在我們店門口的人。他有殺我們的動機。

這是事實。早在示威發生前，我們面臨的第一項威脅，就是在店外站無言崗哨的佛斯特。我回想起他那不懷好意的臉，然後想像那張臉在死亡中腐壞。這畫面令我打了個冷顫。

誰會做出這種事？我說。而且爲什麼要賴到我們頭上？

很明顯，林叔說。這是把我們趕出皮爾斯最棒的辦法。我們的生意太好了。他們打從一開始就不歡迎我們，若是指控我們殺了他，就能永遠擺脫我們。

藍哥看起來快哭了。一想到要拋下他的店、拋下我們一起打造的生活，他就心如刀割。這些不關你的事，尼爾森，他說。他們爲何要把你卷進來？

我也想知道，尼爾森說，但他沒往下說完。

藍哥和林叔自顧自地用母語交談起來。阿周坐回牆邊，閉上眼睛長嘆一聲。這段對話使他筋疲力盡。我也累了，但我將視線投向尼爾森，尋求慰藉。他有話想說，那些話藏在我們夠不著的地方。我想開口問，但牢房太小了。我只好學阿周靠牆坐著並閉上雙眼。我感覺到林黛玉貼著我的胃呼吸著，她的鼾聲在我的血液裡盪漾。即使新的危難當前，她依然沉睡。我們上次的會面八成削弱了她。到了某個時間點，我想，身體會放棄抵抗並摸摸鼻子接受，會發生的事就是會發生。我隨即對這個念頭感到羞愧。妳怎能放棄？我勸阻自己。我再次望向尼爾森。他面無表情地盯著地板，眼神空洞。他這副模樣令我害怕。

＊＊＊

幾小時後，牢房的門被打開，一個陌生男子摔了進來。一陣酸臭味瀰漫房間。門被大力甩上。

男人爬到牆邊，癱靠上去，立刻就睡著了。他的黑長髮綁成兩條辮子，落在他赤裸的胸膛上。他身穿鹿皮緊身褲，兩腿相接處用一小塊布蓋著。他的臉幾乎塗滿了木頭的顏色。尼爾森告訴過我，要不是印地安人出售農作物給第一批到愛達荷採礦的華人勞工，並引導他們去州南部更豐饒的礦床，他們絕對死路一條。我突然對眼前的男人油生同情。

他一定喝了不少酒，藍哥說，用手指戳戳那個人。

我們該叫醒他嗎？我問。

讓他睡吧，林叔說。睡著總比關在這兒好。

剩下的時間，我們很少交談，偶爾出現的對話很快便中斷了。他們在晚上前來帶走那名醉漢，同時丟進一些硬邦邦的麵包。醉漢醒來，跌跌撞撞地走出牢房，嘴邊流著口水。我們羨慕地望著他離去。

正確的步驟是什麼？我好想請教王師父。我在腦中掃過他所教我的一切，看看有沒有任何能派上用場的字。人在為己鳴冤時無正軌可循，大難臨頭時也是，風雨飄搖時亦然。他所教我的，都與藝術有關，我向來也積極實踐。然而，沒有任何道理能適用於我此刻的處境。

我問他，如果這些道理注定引我走上這樣的結局，那麼這一切的意義何在？如果那些字並非萬能，我一直將它們揣在身邊，又有什麼意義？

6

早晨，警衛將我們推上一輛等在樓下的馬車。我們出去時和進來時一樣——雙手銬起，縱隊前行，神色凝重。今天的陽光並不宜人，且很刺眼。我腦中彷彿有玻璃在叮叮噹噹互相撞擊，我閉上眼，等待聲音消失。我們的身體在馬車裡傾倒相撞。我們許久沒吃上熱騰騰的一頓飯。我們的臉頰凹陷憔悴。

人群已經聚集在法院外。我立刻就認出其中一張臉：在店外帶頭示威的白人男子，齜牙咧嘴的那個。他大喊著什麼，而且不只他一個，所有人都在吶喊。尼爾森故意輕輕撞我一下，足以吸引我的注意，我轉向他。他用眼神告訴我，看著他就好，不要看那群人。

那群人怒火中燒，比我過去見到他們的任何時候都來得憤怒。警衛不得不大吼，要他們退後，即便如此，他們仍然群情激憤，像頭暴怒的野獸，下一秒就要將我們吞噬殆盡。我想掙脫警衛掐住我的手，逃跑，擠開人群，躲進山裡，一路逃到舊金山，跳上帶我渡海的船，帶我回到奶奶身邊。但事與願違。

警衛在我們四周圍出一個鬆散的圓，而我們不知是被他們還是被風給帶向前，以一體的方式朝法院大樓前進。我任由看守我的警衛將我提起，我的腳離開地面。我非常輕，對他來說易如反掌。持續前進、前進，直到我看見敞開的大門，警衛迫促著藍哥、林叔、尼爾森和阿周通過。我轉身望向背後。齜牙咧嘴的男人將目光鎖定在我身上，他曾誇口，不論我到哪兒，他都會找到我。我跟著我的朋友們穿過大門、進入建築物中。接著，我盯著門漸漸關上。這道門是唯一將我們和外面的人隔開的東西，但即便如此，似乎仍遠遠不足。

我們還來不及打起精神，另一道門就打開了，通往聽審室的門。一股隱形之力將我們一個一個吸進去。我感覺警衛再次將我提起，將我拎向前。我深呼吸，直到胸腔中恐慌的空洞感被填滿。然後我也任它將我吸進去。

7

我沒見過哈斯金法官，但對他的事蹟略有耳聞。眼前這個男人的信譽及剛正不阿為他在好幾個郡內博得美名。他將失手殺害自己親生女兒的醉鬼，以及強暴無辜主婦的無恥大盜關入大牢，起訴一名歇息一夜卻試圖在結帳前離開客棧的旅客。當地人都讚揚他為人公平公正。然而，他進入聽審室，並走向如寶座般的高椅背大木椅時，我腦中只浮現一名皇帝，和外頭喪心病狂的群眾一樣蒼白、暴怒。

聽審室座無虛席，一排排嘰嘎作響的長椅上擠滿了皮爾斯的居民。我們進場時，他們一齊轉身面向我們，臉上擺出我最擔心的表情：無可撼動的信念，堅信我們有罪。壓根不需要證據。我認出幾名常客的臉，他們拒絕與我對視。還有其他幾張曾經過我們窗戶的面孔。有些是示威行動的成員。所有人都等不及我們消失。

苦力混蛋，有人趁我們經過時咆哮。異教徒，另一個聲音接著喊。黃皮仔！他們叫我們異教徒和撒旦的信徒。他們叫我們畜生。

肅靜！哈斯金法官喊道。我說肅靜！

群眾安靜下來。我們被領至面向法官的五張椅子。椅子看起來脆弱不堪，彷彿一絲不當的念頭就能使木頭分崩離析。

你們五人，哈斯金法官在我們入座時宣布，因涉嫌謀殺佛斯特雜貨店的店主，丹尼爾·M·佛斯特，而被傳喚至此。請向法庭報上姓名。

我們一個接一個報上自己的姓名：藍立濟。林萊斯利。黃尼爾森。李雅各。在這個充斥著陌生人的冰冷房間，耳熟的音節聽來苦澀無味。

這位是周先生，我說。他無法說話。

群眾中有人發出一聲挖苦的嘲笑。法官拍拍手，示意肅靜。

這場聽審不會決定你們的命運，法官說。而是決定是否有足夠的證據讓審判繼續進行。倘若足夠，你們將會被移送至鄰近的莫瑞郡候審。

一線生機。有流程要走，意味著我們的案件還有翻案的可能。拜託，我在腦中複述，讓他們找不到證據。打從一開始就沒有證據，他們又要怎麼找到呢？

我要傳喚第一個證人作證，法官高聲道。哈蒙妮．布朗小姐。

法官座位的後方，有道門打開，一個我未曾見過的女人走進聽審室。她步上法官旁邊的一個小站台，將帽子捏在肋骨前，我能看到她的手在抖。

布朗小姐，法官問道，是妳發現可憐的佛斯特先生的屍體嗎？

是，女人說。她聽起來快哭了。

能請妳描述妳看見了什麼嗎？慢慢來沒關係，我理解那場面讓人不好受。

女人睜大雙眼，看上去這是她最不願做的一件事。她掃視人群尋求支持。某人在我身後咳了一聲，以示鼓勵。

我去佛斯特雜貨行打算買點東西，她好不容易開始講述。但是我抵達店裡時，發現店門遭人破壞了。

法官引導她繼續。接下來發生了什麼事？

哈蒙妮．布朗小姐可憐兮兮地抽泣一聲，接著說。我一踏進室內，就聞到一股難聞的氣味，她說。那味道令我反胃。

妳能詳述那股氣味嗎？

她打了個顫。像是在高溫下放了太久的肉。放了非常之久。

然後呢？法官問。

我嚇壞了，哈蒙妮．布朗小姐接著往下說。我本來有點想馬上離開。但還來不及走，就看見一隻手，就只有一隻手，沒有連著臂膀的手。手指上已經生了蛆。我往前走了一點，然後我便看見——

她開始結結巴巴，舉起一隻手遮掩臉上的啜泣。

看見什麼？法官鼓勵她繼續。

他在那裡，她說，全身隨著記憶的湧上而顫抖。佛斯特先生，在地上，被大卸八塊。

店裡可有任何人，布朗小姐？可有看起來不太對勁的地方？

沒有，她說，就只有地板上的佛斯特先生。我只瞥了他一眼就跑出店外，直接去找貝茲警長了。

證詞結束，她的身子一軟。一名警衛在她倒下前衝上前扶住她。聽眾同情地大聲哀嘆。哈斯金法官拍了下手。

布朗小姐，妳非常勇敢，他說。感謝妳今天站出來作證。警衛扶她離開室內。

我轉頭望向坐在右側的尼爾森。哈蒙妮．布朗小姐實際上並未目睹任何事。如果這就是證據，那麼我開始見到一絲曙光了。然而，尼爾森沒有回應我的視線。他強使自己直視前方，眉頭深鎖。

哈斯金法官的聲音再次占領室內，耳語止息。我要傳喚下一個證人出庭作證，他說。隆．席爾斯先生。

法官身後的門打開。我認得這位隆．席爾斯，他就是那個半夜被扔進我們牢房的醉漢。只不過這回，他看起來神智清明，彷彿這輩子滴酒不沾。他的黑長髮整潔地向後綁起，臉上的顏料不見蹤影。他的皮膚在日光下閃著帶點粉色的乳白色澤。我感覺一旁的尼爾森繃緊了身子。

先生，你能向法庭報上姓名嗎？法官問。

席爾斯，男人回答。隆．席爾斯。

從眼角餘光，我看見藍哥和林叔如驚弓之鳥般四下張望法庭。我希望他們能停下來，他們的黑髮很容易反射光線，會招來人們注意，發現他們坐立難安。我擔心聽審室的其他人若注意到，會不會將此視爲有罪的跡象。

席爾斯先生，你能將所知的一切通通告訴我們嗎？

男人朝我們這邊一瞥，咧嘴微笑，彷彿我們理應知情。我還是一頭霧水。

前幾天，我接到貝茲警長的電報，他說。他問我能否來皮爾斯幫個小忙。他說他有五個嫌疑犯，需要我來幫忙做些翻譯。是這樣的，法官大人，我曾在華倫的礦營學過中文。當你身邊有一群嘎嘎叫的苦力，你便不得不這麼做。貝茲警長讓我打扮成喝醉的印地安人。計畫是讓我單純坐在那邊，聽他們自白。

我匆匆回想事件的先後順序。這個隆．席爾斯和我們共處一室幾個小時。我們都說了些什麼？我不太能想起來，在牢房的時光模糊不清。我們誰都不可能說什麼，因爲我們誰都無罪可說。我瞪著隆．席爾斯，如今我開始恨他，祈禱他無話可說。

所以你就聽命照做了，哈斯金法官說，彷彿在給予男人讚美。那麼你聽見了什麼？

有點難以聽清，席爾斯說，但他們有提到放鞭炮。

鞭炮？

沒錯，席爾斯說。這讓我開始思考。這些華人該不會是爲了掩飾謀殺的聲音才放鞭炮？鞭炮會不會只是幌子，好讓人忽略實際發生的事？

有意思，法官說。

我握緊拳頭。實情才不是那樣，我很想大喊。我們全部都在那裡，我們都在鞭炮旁邊跳舞直到天亮！你在說謊！

但此刻不是我能說話的好時機，更何況，我的話根本無足輕重。我開始認清這個事實。

席爾斯先生，還有其他的嗎？法官問。

只有一件事，席爾斯說。我所知道的是，他們盤算著要提出反駁。我聽到他們聚在一起討論。千萬別被這些鬼鬼祟祟的混蛋給騙了。就是他們幹的，而且他們還會再犯，遭殃的不是你，就是你認識的人。我過去在礦場工作，我親眼見過他們搶走理應屬於那些辛勤工作之人的位置。

他轉向聽眾，手臂左右大張。他們剛來這裡的時候，我們之所以允許，是因爲他們應該不會久留。但他們開始開店創業，擠走那些努力工作的善良百姓。現在看看，發生了什麼好事。我們的同胞慘遭殺害。誰殺的？你認爲是誰？就是這群臭華仔幹的。有罪、他們通通有罪！

席爾斯慷慨激昂的言論點燃了聽眾的怒火。聽審會終究不需要證人，我徹悟。只需要喚醒人們心中的恐懼。

肅靜，法官大吼。法庭內請保持肅靜！

室內因怒火而灼熱沸騰。我覺得自己快要撐不住了。我祈求這一切早點結束。

席爾斯退場後，法官宣布還有最後一個證人。這是特例，他說。這位證人需要極大的勇氣才有辦法站出來，因爲她的證詞可能會重重傷害她的名聲和幸福。

他喊出證人的姓名。他身後的門打開，這一次，驚訝的不光是我們五個人。整座法庭鴉雀無聲，注視著最後一個證人走上證人席。

能請妳向法庭報上姓名嗎？哈斯金法官用比對其他人還要溫柔的嗓音問。

卡洛琳，證人說。卡洛琳．佛斯特。

是空地上的那名女孩。我竭力想要理出頭緒。空地上的女孩和佛斯特有關？當下，我幾乎要伸手去抓尼爾森，彷彿想說，你看，是她！但他心知肚明。他一直都知道。他的身體在我旁邊一僵，令人安心的呼吸韻律蕩然無存。

佛斯特小姐，妳能說說妳所知道的事嗎？哈斯金法官用方才的溫柔語氣問道。

卡洛琳閉上眼睛，點點頭。她的黃色秀髮今天別在腦後，素著一張臉，神情黯淡。不難看出她已經哭了好一陣子。

我曾與其中一名嫌疑犯來往，她說。她的聲音比我想像的低沉。他就坐在那裡。

她張開眼睛，指向尼爾森。觀眾這時失控起來。下流、下流、下流，他們高聲控訴。噁心的禽獸！一名女子吼道。我亟欲起身保護尼爾森免受此折磨，但我只能坐著。藍哥和林叔震驚地瞪著尼爾森。就連阿周都對這項資訊大驚失色。

這一次，哈斯金法官並未立即維持秩序。他任由觀眾釋放，自己則用嫌惡的表情盯著尼爾森。終於，當眾怒逐漸緩下，他傾身向前，繼續對卡洛琳說話。

妳是否介意與我們分享這段……關係……是如何發展的？

她的版本與尼爾森告訴我的相去不遠。夏初時，她的弟弟開始在尼爾森那裡上課。卡洛琳一直都對音樂很有興趣，但苦無天分，所以渴望從旁觀察尼爾森，並向他學習。

哈斯金法官替她填補剩下的故事。他勾引妳？這段理應無害的關係，是如何開始不潔的？

卡洛琳淚眼汪汪地搖了搖頭。不是那樣的，她說。我的確愛上了他，法官大人。但我太年輕。太過天眞。我只是愛上了音樂。我現在明白了。

妳確實懂了，哈斯金法官語帶同情地說。佛斯特小姐，妳能不能談談妳對黃尼爾森的復仇計畫所知多少？

聽到這句話，我看向尼爾森，他全神貫注地盯著卡洛琳。截至目前，證人們所說所指，都讓我們看起來既強大又陰險。但願他們知道，但願他們能搞懂，我們所做的一切只是爲了活下去。

我父親始終不喜歡華人，卡洛琳說，直視著藍哥和林叔。他認爲他們在監視他，偷走他所有的客人。

黃先生可知道此事？

我對他提過一兩次，卡洛琳說。我知道他和商行老闆是好朋友，但我沒多想。

黃先生曾和妳聊過妳的父親嗎？

很少，卡洛琳說。我想保密我們之間的關係，但他希望和我一起去找父親，公開我們的事。我嚇壞了。我無法忍受這個想法，所以我告訴他，我們不能再見面了。

好女孩，哈斯金法官說。群眾也悄聲贊同。

自那之後，他趁父親外出時來過家裡幾次，卡洛琳繼續說道。他告訴我他正在忙著一件大事。一件足以改變一切的事，或許，有一天甚至能讓我們在一起。然後突然間，他就不再來找我了。幾天後，父親就……

她原先挺得直直的身體此時垂了下來，肩膀隨著抽泣起起伏伏。對於眼前這個竟然被一名變態華人纏上、美麗且貞潔的女孩，旁聽的群眾紛紛給予充分鼓勵。

我想剩下的事不難推測了，哈斯金法官對群眾說。佛斯特小姐，妳認爲黃尼爾森夥同其他四人，謀殺了妳的父親，對嗎？因爲他知道妳父親會干預你們的事，因此將妳父親處理掉，犯下最傷天害理的行徑？

卡洛琳的回答被啜泣聲蓋住，我們聽不見，但對於哈斯金法官以及觀眾來說已然足夠。我不敢左右張望，只好直視前方，不看尼爾森，自然也不看後頭那群喪心病狂的動物。完蛋了，我暗忖。半點退路也沒有了。

他們引導卡洛琳離場，她的臉埋在雙手間。門爲她開啟時，我瞥見她的家人——一臉絕不原諒的母親，此生再也不會碰小提琴的弟弟——直到門砰的一聲關上。於是，場內只剩下我們五個和法官，以及要求血債血還的憤怒觀眾。

哈斯金法官的聲音壓過底下的喧囂。他宣布道：聽完今天的三方證詞之後，我別無選擇，只能宣判此案將移至莫瑞郡，繼續審理。這些證人提出了確鑿的證據，證明在那個駭人的夜晚，有某些陰謀正在進行，或許，甚至在更早之前就開始了。

這些話大錯特錯，錯得離譜。我想大聲抗議，大聲到震碎窗戶玻璃。尼爾森彷彿能看穿我的心思，用腳輕推我，給我一個警告。

審判將於兩天後進行，法官接著說。你們將在早上被移送至莫瑞郡。願上帝憐憫你們的靈魂。

聽審結束了。我看著法官離開座位，並示意警衛帶我們下去。觀眾開始歡呼。

8

回到牢房，藍哥止不住地用手掌搓揉額頭。打從店外示威開始後，他就養成了這個緊張的習慣。他問尼爾森剛才那些話是否眞實。

所有人的目光都投向尼爾森，我開始意識到，我的這位朋友懷有和我一樣多的祕密。他罕見地駝背，手臂在兩側懸盪。他無法直視我們任何一人的眼睛。

是眞的，他沉吟良久後說。

藍哥癱坐在地上。相反地，林叔向前一跨，稜角分明的臉上滿是怒氣。

你在想什麼？他嘶聲吼道。你會害死我們所有人！

藍哥和林叔已不再像往日般視尼爾森為拯救藍哥性命的正直青年。取而代之的是現實：尼爾森只是個男孩。

我不是有意的，他對我們說。她只是個天眞爛漫的女孩，我知道。但我以為——我以為只要我們能對佛斯特公開關係，只要他能看見自己的骨肉是如何深愛著我這樣的人，他就會有所改觀。他只是一個人。我想要相信自己至少可以改變一個人的想法。

威廉對尼爾森的評語掠過我的腦海，既諷刺又自負。**你總是假設人性本善。你老是這樣**。

尼爾森低頭，盯著他的手。沒有了琴和弓，這雙手看起來悵然若失。我之所以沒向你們坦白，是因爲不想讓你們擔心，他對藍哥和林叔說。我眞的以爲我能做點有意義的事，促成某些微小的改變。我錯了。

尼爾森呀，藍哥搖搖頭說。噢，孩子。

那報復呢？林叔質問。那女孩說你正在著手的偉大計畫？

輪到我開口了。我對他們和盤托出寫信給中華會館的事，還有我們打算控告岩泉市的計畫。這和佛斯特一點關係也沒有，我向他們保證。我們只是想爲正義挺身而出。

事到如今，都於事無補了，尼爾森說。傷害已經造成。所有人都深信我有殺害佛斯特的動機，而你們都是我的幫兇。

牢房陷入一陣死寂。一直在旁留心整段對話的阿周起身，握住尼爾森的雙手，彷彿在說沒關係。然而當他回到原位，我看見他的表情陷入一種新的絕望之中，那是一種明瞭所有的門都將一道道關上的絕望。

＊＊

接下來的幾個小時相當漫長。我們的生命因佛斯特的死而窒塞不前，能做的只剩無盡等待。藍哥雙手抱胸，下巴抵於其上。林叔仍然靠著牆，背部挺得直直的，態度不屈。這一點我不得不佩服他。阿周半夢半醒，時不時踢一下腿，或發出一聲呻吟。我想知道他經歷了什麼可怕的事。我想知道有什麼可怕的事正等著我們。

我望向尼爾森，卻發現他正盯著我看。

你在想些什麼?他問。

他們根本不允許我們說話，我說。在我們自己的聽審會上。就跟加州一樣。

尼爾森深深吐了一口氣。不久前，一些加州的法官認定，所有亞洲人都是橫跨白令海峽(Bering Strait)來到美國的，他說。他們說我們是印第安人的後代。因爲印第安人在這個國家幾乎沒有任何權利，所以華人也不應該破例。今天發生的事，我並不感到意外。

威廉，我說。我不敢相信我竟花了這麼長的時間才想到解法。我們寫信給他。他現在八成已經到中華會館了。他會知道該怎麼做。離開前，要求寄一封信吧，尼爾森。他們至少該准許我們寫信。

尼爾森低頭嘆了口氣。事已至此，我不認爲他還能幫上什麼忙，雅各。

這不是我想聽到的答案。這不是我認識的尼爾森。你的樂觀去哪兒了?我哀喊。林叔驚醒，一言不發，只是小心翼翼地靜靜看著。我們還沒死，我們甚至還沒被定罪!你卻表現得一副我們已死的樣子。

他縮起手，接著又鬆開。他不看我。

所以我們就這樣等下去，我說。我們等待，然後坦然接受一切。我們倒不如連舌頭也一起割下好了。

你看看他，尼爾森厲聲道，指向阿周。難道你眞心認爲我們和他有任何不同嗎?我們是有舌頭，但是在法庭上、在那些人面前，我們和他並無二致。我們講的話無足輕重。即使從我們嘴巴說出來的是英語，法庭看見的依然是那張說中文的嘴。在他們眼中，我們永遠是外國人。

一定會有辦法的，我說。這句話毫無意義又愚蠢至極，但我還是想要去相信。尼爾森轉身背向我。

林叔終於開口。雅各，現在還是先休息一下吧。

＊＊＊

唯有阿周聽見她悄然而至，在餿腐中嗅出她的香水味。她沒請警衛把我們叫醒，也沒敲門。她一聲不響地站著，直到阿周把我們一個個喚醒。當我睜開眼睛，我看見一個熟悉的身影，一個令人嫉妒的身影，站在外面等候。

卡洛琳？

我後方的尼爾森起身，只用了三大步就走到牢房門邊。女孩倒退。

妳來這裡做什麼？他低語。藍哥和林叔也醒了，打量這個一舉改變一切的女孩。

卡洛琳揚起頭。先是露出嘴唇。再來是玲瓏的鼻子，最後是明亮又濕潤的眼睛。她一直在哭，我看得出來。但她眸裡還有別的東西，一場瀕臨爆發的風暴。

我想來親眼看看，她說。

卡洛琳，尼爾森用沉穩講理的語氣說。妳不可能眞的相信我會傷害妳的父親。請容我解釋。

父親死了，卡洛琳說。他們說是你殺的。

尼爾森後退一步。妳不能相信那些人的話。妳一定要想想我。想想我們。

似乎暫停了一晌，她眼中出現一絲不確定，想要相信他。也許往日的美好回憶湧上，在她父親的房子裡，弟弟蹦蹦跳跳，尼爾森笑著，還有她，爲博學多聞的帥氣男子神魂顚倒。不過，眼前的光景很快便鑽進她的視野，五個蓬頭垢面的華人關在一間牢房，將她與我們隔絕開來的門，以及沒有了小提琴的尼爾森，再也無法教會她什麼。她神色驟變，眼中的不確定煙消雲散。我那時便明白，她再也不可能回心轉意了。

你眞愚蠢，她說。就連法律都不允許我們在一起。

法律是能改變的，尼爾森說。

你殺他之前，也是這樣對他說的嗎，她怒髮衝冠地說。我不敢相信我竟讓你碰我，你這個骯髒的華——

她的話被另一個陌生而堅定的聲音打斷。

我想妳該走了，那個聲音說。

我過了一會兒才意會過來，那是我自己的聲音。

她第一次看我。我被她的美麗驚豔。她打量我瘦小的身材和嚴肅的眼神，怒意使她面目猙獰，迸發出傲慢的神情。我的視線分毫未移，如同我那天在魚市場與賣魚的女人對視一般。卡洛琳盯著我，卻沒在看我。

希望你被吊死，她說。

走開，我又說了一遍，我的聲音越來越大、越來越響，幾乎就要破門而出。滾！她轉身。這回，她的鞋跟在石地上喀噠離去的聲音清晰可辨。她離開後，只剩似是木蘭的香水氣味留了下來。

9

從早晨警衛對待我們的方式看來，他們似乎是要陪我們去參加一場盛大的慶典。

尼爾森問他們能否讓他寫封信。

你當然可以寫一封信，他們說。

他們遞給他一支筆和一張紙。尼爾森草草在上頭寫了些什麼，然後遞回給他們。警衛瞄了一眼，便將紙條塞進外套的前口袋。

你今天會寄出嗎？尼爾森問。

我們今天當然會寄出，警衛回道。他望向另一名警衛，露齒一笑。

貝茲警長再次和一輛馬車在樓下等候著。警長，藍哥央求。但警長看都不看他一眼，藍哥便閉上了嘴。他明白警長這輩子再也不會正眼看他。

這太荒謬了，林叔代替藍哥說道。但同樣被忽視。

他們把我們一個個推上馬車。我的腳被綁得很緊，以至於爬上車時被踏板給絆了一下，摔在尼爾森的腳邊。

來吧，雅各，他說，用他同遭綑綁的雙手扶我起身。坐直了。

我心想，過去幾天我都是名失格的男人。

你覺得她有可能回心轉意嗎？我明知故問。這是卡洛琳那晚探訪以來我們首次交談。

尼爾森低下頭。我向來都想要相信人們最良善的那一面，他說。我錯了。濃濃的愧意蓋住他的聲音，很難聽見。

我記得我曾在他房間對他說的那些話，記得他聽到我說卡洛琳終有一天會背叛他時皺起臉的樣子。如果是威廉，此刻一定會提起這件往事，拿這些事在尼爾森面前揮舞，爲自己準確命中而沾沾自喜。我不是那種人。

你還好嗎？我說。

尼爾森懂我的意思。先別和我聊這些，他說。接著他抬起頭看我，露出一抹痛苦的微笑。很抱歉，我聽起來可能很兇。我只是心碎了。

她從來就不配擁有你，我脫口而出。我曉得這句話從李雅各口中說出來有多怪、多幼稚，但我不打算攔住自己。我必須讓尼爾森知道他值得更多更多。

抵達莫瑞郡需花上一天半的時間。我們將連夜趕路。狂風猛烈拍打馬車後方的防水篷，譜出一首不成調的輓歌。我對莫瑞郡的一知半解也沒能使情況較爲樂觀。那是座礦業小鎮，也就是說，那裡的居民深信華人搶走他們的飯碗，因此對任何華人都抱有敵意。到頭來，哈斯金法官連一點機會都沒留給我們。

我過於沉浸在思緒中，以至於沒注意到馬車是何時停下的。

阿周又一次最先察覺。他雙手抓住林叔的袖子，緊拽著。林叔睜開眼睛，停頓了一下，然後拉拉藍哥。藍哥豎耳聽了一會兒，接著呼喚我們。尼爾森，雅各，他說。有什麼事發生了。

外面的聲音非常陌生，不是那些從監獄陪伴我們至此的人。這些聲音更狂妄。其中一人對貝茲警長說了些什麼，警長平靜地回應。風聲讓話語模糊不清。接著，一隻手滑開車廂的篷布，出現一張套著白面罩的臉。

照我說的做，白面罩說。立刻下車！

藍哥和林叔跳下車，阿周緊跟在後。

我們要在這裡休息嗎？我問尼爾森。他搖搖頭，伸直兩隻手，攔在我胸前，把我擋住。

小子，想逞英雄是不是？陌生人說。他的手從篷布上消失，又出現。我認出了槍枝的黑色金屬光澤。他把槍對準尼爾森的頭。讓我們看看你現在是不是還那麼英勇。

好吧，尼爾森說，他把雙手舉在身前。雅各，我走前面。

他跳下車。那人緊緊盯著他，然後朝我揮舞著槍。我知道我該跟上。我乖乖照做了，慢慢移動，距離他罩著面具的臉越來越近。風敲擊著馬車兩側，呼嘯聲中充滿警告。你一旦離開這裡，就再也回不來了，它說。

我跳出車廂。

當我站直身子時，首先映入眼簾的，不是困惑的警長和他的手下，不是我雙頰凹陷的朋友們，不是一群帶著更多槍抵達的白面罩人，而是那個在我們店外領頭示威的、齜牙咧嘴的白人。他最終兌現了他的諾言：他會找到我，無論天涯海角。

我忘了我是個男人。我忘了我是李雅各。我抬起一隻腳，想爬回車廂，但我同時也忘了腳踝上的束縛。我摔倒時，鼻子硬生生撞上了踏板。

咔地一聲，灼熱感隨後跟上。淚水湧上我的眼眶。

男人大笑了起來。我就知道是他。讓他站起來，我聽見他說。讓他起來和其他人站在一起。

有人抓住我，把我拖離馬車旁邊。我的眼睛睜不開。劇烈的疼痛像一根巨木將我壓制在地，那股重量令我只能任人擺布。

警長，拜託，我聽見藍哥說。

我也無計可施，警長回道。泰迪和他的夥伴拿走了我們的武器。對嗎，泰迪？

警長說得沒錯，名爲泰迪的男人說。他的語氣中摻著竊喜，像一個發現搗蛋新招的孩子，能免於懲罰的那種。貝茲救不了你。現在起，你們五個歸我們管轄。我們是正義的使者，替上帝行道！我們要讓你們嚐嚐正義的滋味，爲你們所犯下的獸行負責。你們玷污這個小鎮太久了。但那些現在都結束了。

求求你，我聽見林叔說。我們只是經營著一家店，一家小店而已。我們販賣果醬和好的食材。我們無意捲入這一切。讓我們出庭接受審判吧。

泰迪不理他。警長，把囚犯留給我們，他說。帶著你的手下回去吧。若他們問起這群華仔怎麼了，就說你半路把他們弄丟了。

警長，尼爾森首次開口說話。

我已經無能爲力了，警長不帶一點情緒地說。

一聲口哨響起，接著是一連串的動作。我聽見馬匹在草地上掉頭，馬車的輪子磨著石子軋軋作響。一組離開，一組留下。留下的是我們。我們爲什麼要留下？

不！我使勁大喊。不要丟下我們！

某樣物品撞上我，重重地砸在我的臉中央。我聽見鼻子傳來另一聲骨折聲，不過這次再也沒有木頭壓住我，沒有名爲疼痛的龐大重量。只有白色，而這片白色沒有名字。

蠢華佬，揍我的人對我咆哮。你最好學會乖乖聽話。

我受夠了。我閉上嘴，試著嚥下灼熱感。我覺得我同時也在哭，淚水混雜著鼻涕和血，溫熱而緩慢地淌下，聚集在我的下巴。

泰迪的聲音再次出現。你們幾個，聲音說。走。現在。

10

他們把我們整列成隊。最前面是藍哥和林叔，他們的辮子綁在一起，原先厚實的髮辮如今疲軟又松散。蒙面人走在兩側夾著我們，槍口指著我們的太陽穴。阿周殿後。他身後那人每走一步就踢他一腳，在阿周終於臉向下摔個灰頭土臉時大笑。他們拉他站起，然後又將他踢倒。

我們一言不發地走著。我們已經過了企圖哀求的階段。

我盯著沿途經過的樹和灌木叢，渴望看見熟悉的景象。我們已經朝著山的方向走了好一段時間，每走一步，風就越強。皮爾斯彷彿已經是上輩子的事，我也不覺得我們還在往莫瑞郡走。我斷掉的鼻子在燃燒，血流終於緩下來，乾在嘴唇上，成爲紅色的疤。我想起還在李夫人妓院裡的那些夜晚，我的唇和那時相比沒什麼不同。

我們走啊走啊，走上一座似乎沒有盡頭的丘陵。陽光於上方躍動，在我們身後拉出長長的影子。直立行走的是我們，沿著土地斜斜伸展的也是我們。我盯著自己的影子看，但願它能掙脫我的束縛往另一邊逃。它依然忠貞不二。

泰迪率先抵達丘頂。他跳下馬，站在巔上，陽光灑在他的身上，以熱烈覆蓋。我們就在這裡用午餐，他朝還在上坡路的手下大喊。剩下的人受到食物鼓舞，持續向前邁開腳步。幾個人留下來押著我們。

把他們綁起來，泰迪對手下下令。

他們將我們拖至山腳，拖到幾棵聚集生長的松樹旁。尼爾森、阿周和我被綁在個別的樹上。藍哥和林叔則被帶到離我們不遠處，那些人用他們已散成奇形怪狀的辮子鞭打他們，然後將辮子綁在一起。他們的頭皮一定拉得疼。儘管如此，沒有一人叫出聲，爲此我以他們爲傲。

捆住我們的繩子和我的手腕一樣粗。蒙面人將繩子繞了一圈又一圈，將我的上臂和軀幹緊緊固定在樹幹上，直到我成爲樹，樹成爲我。他們大功告成後，我幾乎能將整棵樹一肩扛起。

還是很難呼吸。我斷掉的鼻子陣陣抽痛。

他們很滿意自己的成果，於是離開我們，開始朝山丘上爬，與其他人會合。他們不擔心。他們綁得很好。我們插翅難飛。

尼爾森被綁在我右邊的樹上。我轉動頭部，那是全身上下唯一能動的地方，然後喚他。我們該怎麼辦？

我們不能怎麼辦，他說。他們有槍，雅各。

不行，我說。我拚命掙扎，使勁拉扯著繩子下的身體。如果我動得夠大力，就能鬆脫繩子、順利脫逃。我突然想起一句話：我很瘦小。適合窄小的空間。有人曾如此對我說過，他們說對了。變瘦小吧，我默念。我在繩子下奮力扭動。把自己縮到最小，比過去任何時刻都要小，也比未來所有時刻都要小。

這招成功了。繩子開始退讓。我將手從繩子下抽出，空氣重新盈滿我的身體，可口又廣大。我用手將繩子往外推開，一點一點往上挪動身體，直到身軀順利掙脫，我雙手和膝蓋著地，跪倒在地上。最後只差踢掉腳上的繩子了。

我抬頭朝小丘上看。泰迪和手下忙著用餐，用牙齒撕咬著肉乾。在我左手邊，藍哥和林叔無聲地慶祝我成功脫逃，搖頭晃腦著。我先跑向尼爾森。他能幫我替其他人鬆綁。

然而，卡洛琳的背叛使他心灰意冷。不，雅各，他說。就算我們現在逃脫了，他們還是會找到我們的。他們總會找到我們。

更多歡笑聲從泰迪和手下那邊傳來。他們快吃完了，當他們用餐結束，我們就再也沒有機會了。我感覺那棵大樹彷彿還背在我身上。樹木的記憶長遠而悠久。我們死後很久，它們仍將健在，所有曾發生的事烙印在身上。

尼爾森，我對他說。有一件事我從來沒告訴你。我的名字，我的中文名字，和一個故事裡的角色一樣。很小的時候，我就討厭我的名字。我懷疑我的名字是否讓我和某種命運綁在一起——奪走這個角色性命的悲慘命運。我窮盡一生去對抗它，但不知出於何種原因，我好像還是擺脫不了倒楣事。

那麼你一直都是對的，他說，看起來更加垂頭喪氣。或許這便是你命運的一部分。

也許吧，我說。但在這期間，就在我們坐在那間牢房裡的時候，我發現一件事。任何事物都可能引導我走上同樣的悲慘結局。或是根本不會。或許我過去一直都太傻又太天真又太多疑，其實到頭來，唯一能引導我人生方向的，只有我自己。

我不懂，他說，還是不抬頭看我。

對，你不懂，我步步進逼。但我就是在告訴你，我必須盡力一試。就算前方注定有個悲慘結局等著我，我也不在乎。我拒絕承認事情僅能如此。我不准。我就是在告訴你，我必須要去試。

他望向我，在那瞬間，我以爲我的話管用了。但我隨即意識到原因——我忘了維持雅各的聲音說話，不小心流露黛玉溫婉柔順的語調。尼爾森察覺到了，他張大眼，但我並未移開視線。我很想對他坦白。我想要讓他知道。但山丘上泰迪和手下爆出的另一歡笑聲扼斷了我的想法，將我甩回眼下的危險中。現在不是坦白的好時機，未來還有很多機會。我對自己承諾，也對尼爾森承諾。

卡洛琳的事我很抱歉，我換回粗啞的聲音說。但是，你不能讓此處成爲終點。你不能讓我們的結局變成這樣。

這話奏效了。他深紅棕色的瞳孔重新聚焦，眼神清明、銳利、果斷。爲了你，他說。爲了你，我願意試。隨後，他的身體開始動起來。

我留意著泰迪和他的手下。陽光下，他們白閃閃的牙齒如同一把把利刃，割穿披著綠意的丘陵。我們直到現在都還沒被發現，但也不遠了。

尼爾森向前傾，使力頂出胸膛。他的脖子跟著漲得通紅。我的腳牢牢抓地，幫忙拉。不要放棄，我朝他喊話。我好像看見繩子鬆動的跡象了。但是尼爾森不像我那般瘦小。他早在我停下前就停住，氣喘吁吁，頭仰靠回樹上。

雅各，他對我說。我聽不見。我緊緊抓扯著繩子。雅各，他又喚道。

我跌坐在草地上。我不知道我是從何時開始哭泣的。

快走，尼爾森說。他露出了久違的微笑，眞心的那種。你該回家了。

我不理他。我往丘頂看去，就在他們腳邊幾尺處，手槍隨意放在草地上，無人看管。這令我想起賣魚的女人和她所有的銀色漁獲。當時，我沒有足夠的時間逃跑。這一次，我不會再犯猶豫不決的錯。

你在做——尼爾森開口，但我已經跑離他身邊，跑離藍哥和林叔和阿周，跑上小丘，跑向泰迪和他的手下。背上的樹已不復在，取而代之的是如海洋般寬廣的翅膀。我聽說過那些天上來的神仙，那些由龍變成的人類守護神。我聽說過那些人會保護像我這樣的人，像所有我們這樣的人。我發誓要成爲那樣的人。

經過多少次呼吸了——一百，兩百？他們沒人發現我靠近。直到我碰到手槍前，都沒被人看見。手槍那擦得光亮的手把躺在草地上微微閃著光，癡癡等我。這把槍又沉又長，和威廉在波夕那天給我的那把小手槍天差地遠，不過，在助我一路飛奔上山的同一股力量驅動下，我仍一把將它從草地上抄起。我將槍抵在鎖骨處，像我從蒙面人那裡看來的那樣。這動作與將小提琴安置在下顎底下十分雷同。

我找出泰迪，並將槍口指向他。

這下蒙面人們都看見我了。他們驚呼，手抱在頭上躲避。一頓飽餐使他們動作遲緩。

停，我對他們說。不准動，否則我會射他。

他們看看我，再看看泰迪。他和我對視了半晌，泛起一抹冷笑。接著他點點頭。他的手下靜止不動。

刀，我大喊。誰有刀？

無人應答。我將槍口轉向泰迪的頭部右側，用尼爾森教我的方式扣下扳機。槍大力撞上我的胸膛，發出一聲砰然巨響，差點把我撞下山。蒙面人出聲咒罵並低伏閃避。泰迪看起來不為所動。

這只是第一槍，我警告道。

我有一把，靠近我的一名蒙面男說。就在這裡。

扔過來，我說。扔到我腳邊。慢慢來。

他向草地伸手，拿出一把與我上臂差不多長的獵刀。我的槍口繼續瞄準泰迪的頭。你如果膽敢耍什麼花招，我就斃了他，我說。

刀落至我的腳邊。我一隻腳踩上刀柄。我現在有刀，槍也在手上。但即便擁有這兩樣武器，我和朋友依然像相距十萬八千里那麼遠。我真希望自己能事先規劃到這一步。

這場仗必敗無疑，一個悲傷的聲音在我腦中說。

我壓下這個想法。我必須一試。

都不許動，我對蒙面人說，彎下身撿起刀。有哪個人敢動，我就開槍。

我後退一步。這是我犯的第一個錯誤。我的右腳一碰到草地，蒙面人立刻就鬆懈下來，不再受槍威嚇。我能看見他們的胸膛開始上下起伏。沒時間等下去了。我抬起左腳，踩在身後。情況再次發生變化。蒙面人站得更直、更穩了。我能看見他們的眼珠來回轉動。他們互相看向對方，盤算著下一步。

他們大概有十五人，也許二十人。我必須要跑贏他們所有人，在他們逮住我前搶先跑回朋友身邊。我有辦法邊跑邊除掉兩三人嗎？我眞有辦法殺人嗎？手中的槍突然變得好沉，重量將我往地上拽。我開始想，是不是直接丟下槍跑掉會更好。

丘腳下，尼爾森大喊我的名字，讓我從恍惚中回神。我又後退了一步。然後再一步，開始慢慢下坡。我每踏一步，那些人就抖一下，但氣勢也更強，胸膛因即將到來的追逐而漸漸鼓脹。不曉得誰會是先採取行動的那方，是他們還是我。就快了。

結果，是他們。在我快要退到平地時，第一個人動了起來。動作很小，幾乎難以察覺，但我看見他周圍的風向起了變化，看見他手肘附近的布料開始鼓動。他動了，我知道我必須拔腿就跑。因爲其他人也動了起來。他們向前一步，接著再一步。他們開始折著指關節。他們在找自己的槍。泰迪在他們身後雙手叉腰，看得津津有味。

我舉起槍，雙手發麻。我沒時間鎖定目標，只來得及隨便指向其中一張白面罩然後扣下扳機。但是他們離我太遠，我的槍法又很差。子彈消失在風中。我再開一槍，期待能用槍聲嚇退他們。

第四聲槍響後，他們開始奔跑。他們的速度比我想的更快——或者說和我擔心的一樣快。我還剩幾發子彈？我再度舉槍，但手已經開始發抖，即便開了最後一槍，我也明白效用不大。

尼爾森再次大喊我的名字。無計可施了。我轉身就跑。

我的下山行動並非徒勞無功，我和朋友們的距離比想像中近。我朝他們全速狂奔，即便如此，我仍感到巨大的絕望。阿周已經成功掙脫，但藍哥、林叔、尼爾森還被綁著。現在沒時間制定新計畫了。那些人在我們身後又吼又叫，像一批被放出的狼群衝下山丘。以這種速度，過不了多久便會逮到我們。

我先衝向藍哥和林叔並抽出獵刀。**一起**，我上氣不接下氣地說道，然後開始動手割，同時他們使盡全力繃緊繩子。我們三個人拚死拚活掙扎了一陣，繩索總算鬆解下，每一股線都從中斷開。他們摔到草地上，大口吸著空氣。

接著我奔向尼爾森，再一次回頭看。其中一人已經快要抵達平地了。他很快便會追上我們。風將他的白色面罩吹得貼在臉上。我幾乎能看出他五官的形狀，看穿面罩底下的他是誰。套上面罩前的他。你是誰的父親？我會問他。誰的兄弟？

我的手不夠有力。它們顫顫巍巍，像凜冬親吻下的葉子。我沒道理拿著刀，沒道理嘗試割斷這條繩子，沒道理繼續假扮這個能幹又強悍的人。我只不過是一個失怙失恃的女孩，毫無立足之地。

我聽見尼爾森喊我的名字。聽我說。你在聽嗎？你得幫我割斷繩子。就是現在。

他的語氣緊急，但含糊不清，被一堵牆遮住。我可以拋下一切遠走高飛，我暗忖。一直奔跑太難了，一直抗爭也是。我可以任由他們將我帶走，就不必再受苦了。快割斷繩子，雅各，藍哥的聲音從我附近某處傳來。

他怎麼了？現在換成林叔的聲音。

放棄，我心想，其實很簡單。就像漫長的一天結束後，總算將頭枕在枕頭上，或是長跑了好幾小時、好幾晚、好幾天之後總算坐下。會痛，沒錯。但也迎來解脫。此刻，就連林黛玉都不願來救我。她明白長眠能帶來平靜。

我們完了，林叔哀嚎。雅各懵了。

雖然微弱縹緲，但尼爾森的聲音還在，而且正呼喚著我。聽我說，聲音說道。快割斷繩子，我們才能跑。如果你不動手，他們會殺光我們。

我們不配活下去嗎？藍哥迎風哭喊。

尼爾森又喊了一次我的名字。這是我最後聽見他所說的全部。還說了別的什麼。但我只聽得見我的名字。

我的名字。

我睜開眼睛。

手中的刀子映入眼簾。接著是還綁在樹上的尼爾森。我能從眼角瞥見藍哥、林叔、阿周徘徊一旁。沒錯，我的旅程若在此終了，會輕鬆得多。但那也將終結他們的旅程。

我舉起手，我沉重而疲乏的手，開始割。

太好了！林叔吼道。他轉向如今已聚至丘腳的那群人。他們不知爲何放緩了腳步。你還有時間，他對我說。你可以的。

跑得越快越好，尼爾森對我們說。朝樹林那邊跑，死命地跑。放心，我們都會去到同一個地方，因爲就是如此。千萬別直直地跑，那很容易被他們射中。

繩子被我割斷一半了。那群人沒繼續跑，但他們的聲音比剛才更響亮，他們的嘲笑聲和喧鬧聲融入我的血液裡，在我的身體加速流竄。我的身體，我那還活著的身體。尼爾森又開始施力要掙開繩子。藍哥、林叔和阿周湊向前幫忙，用手扳著繩子。再一下就好，我想。

第一顆子彈擦過我耳邊，射進樹幹，發出一聲尖銳的爆響。我差點把刀掉在地上，但我的手比想像中還要孔武有力。另一顆子彈落在尼爾森的頭頂上方。蒙面人高興地又跳又叫。他們不打算當場射殺我們，我發現。他們把我們當成遊戲的獵物般獵捕我們。

第三顆子彈飛過空中時，刀子在繩索上劃下最後一刀。於是尼爾森自由了。我們知道該怎麼做。不要讓這次成爲永別，我央求他們。接著我們便散開，往樹林逃去。我想著尼爾森被捆綁的那棵樹上如今多了彈孔，也想著那棵樹將如何銘記尼爾森的身體，它身上的彈孔將如何在漫長的餘生中流血。

尼爾森往反方向跑。藍哥和林叔轉向右。阿周往左，我則跑在他們所有人之間。

我們狂奔，穿過松樹，越過森林地表，躲開樹根、枯枝和兔子洞。我們五個被絕望以及——沒錯，希望——所驅策，我們既萬念俱灰，卻又雄心壯志，我們互相依賴，但願彼此一齊挺過去。

跑啊，小子！追我的人高喊，再次開啟他們的追捕。我這才意識到，他們剛才便是在等待這一刻到來。讓我們逃向自由，門都沒有。他們又開了兩槍，沒有一發對我造成威脅。但槍聲已足夠令我分心，使我絆倒。我掙扎著起身，繼續衝刺，手掌滲出鮮血。蒙面人在我身後歡呼。

又一聲槍響，這次是在我左方某處。爭鬥聲中出現一個不一樣的聲音，是一聲嚎叫，響徹整片樹冠，將我們網羅進聲音背後的痛苦中。

阿周。

我可以繼續跑。我可以跑呀跑呀，直到雙腿發軟，直到我不知不覺抵達大海的邊際。我可以這麼做。但阿周哽咽的叫聲令我胸腔緊縮，拉扯著我。我的身體想要繼續前進。我的心卻不依。

我轉身跑向聲音的來源處。方才追趕我的蒙面人如今已不知去向。也許他們跟丟了，或者他們已經逮住了別人。我能找到阿周並帶他走，我揣度。假使他能不出聲，我們就能活下來。

我找到他時，他四肢大張、癱在草叢中，拳頭捶打著地面。鮮血從他的左小腿緩緩流出。阿周，我喚。他看到我，發出呻吟，臉色蒼白。

溫熱的血流得更急了，汩汩湧出。我撕下上衣的袖子，將它纏在他的傷口上，像我曾看見母親幫父親做的那樣。阿周抽搐。一片猩紅染透了布料。

我們必須繼續前進，我對他說。我跪下，將他一隻胳膊繞過我頸後、架在肩上。他比我高大，但很輕。我可以支撐我們兩個，我對自己說。我必須支撐我們兩個。

他倚在我身上。一步就好，我告訴他。邁出一步，我們開始移動了。我滿腦子都充滿著他的呼吸聲，充滿著樹木的低語以及無處不在、衝撞著我太陽穴的血。我的腦子塞滿一切，就是漏掉了我應該留意傾聽的那一個，以至於我眞的聽見時，已經太遲了。

喀嚓。

喀嚓。

喀嚓。

蒙面人從樹林中一個接一個現身，槍口瞄準我們。其中兩個人拖著藍哥和林叔，手裡扯著他們的辮子。他們滿身瘡痍地倒在草地上。我四下張望尋找尼爾森，但沒看見。至少有一人逃脫了，我心想。

我錯了。我當然大錯特錯。因爲最後還有一個人走出來，是泰迪，而他手中捉著一個像是尼爾森的人。在找他嗎？他問。他唇上的金黃色鬍鬚因興奮而濕結一片。他將尼爾森推向前。尼爾森踉蹌幾步後跪倒在地上。他雙眼緊閉，彷彿不忍睜眼。

我們五個，果然團聚了。

11

藍哥和林叔成了我們企圖逃跑的代價，被吊在一棵老橡樹上。蒙面人尚未打算殺他們，只是想向我們炫耀他們可以這麼做。藍哥先被吊至空中，他的臉色由白轉紅再變紫，他的眼珠突出、腫脹。他伸手抓住脖子上的繩子，發出一聲駭人的嘶咳。而後，正當他看起來快要嚥下最後一口氣時，繩子便鬆了，讓他摔到草地上。這個過程需要花上幾分鐘。我擔心光是摔落本身就足以致命。但他緩了過來，口水四濺，喘著大氣。

接著便輪到林叔。他不太發出聲音，不像藍哥。堅忍不拔、一板一眼的他升至半空，目光緊緊鎖定正用毫無笑意的微笑看著他的泰迪。他們在林叔嘴唇發白前放他下來，他四肢著地並挺直身子，彷彿他只是做了件像是從書架抽出帳本這種再日常不過的事。

他們再一次抓起藍哥，把他拖到繩子旁邊。當他們將繩子纏上他的脖子並拉起繩子時，藍哥哭了起來。我發現這場遊戲將永遠不會結束。他們會無止境地玩下去，直到某樣東西——某個人——崩毀爲止。

彷彿能讀透我的心思一般，泰迪開口了。先生們，他說。我可以一直這樣下去。我只希望，能有一個人出面承認是他殺了可憐的佛斯特。是誰的主意？說出來，我就收手。

我們爭先恐後出聲抗議。我們沒殺他！我們是無辜的！泰迪對蒙面人點頭示意，他們把林叔拉到繩子下。他們將他拉離地面，像個詭異的吊飾垂在空中。當他摔下，我看到他脖子上紫了一圈。

一個接一個，藍哥和林叔輪流被吊上半空，每一次似乎都比前一次吊得更久，他們脖子上的瘀青已經變成黑色的項圈，他們的額頭脹得通紅，令人擔心隨時會爆炸。一個接一個，我們的視線跟著他們往天空升起，太陽在他們身後西垂，成爲他們在天空中唯一的支柱。

過了幾輪？還有多少氣息尚存？一個人要斷幾根骨頭才會死去？就連林叔，天不怕地不怕的林叔，看來都快要承受不住了。

泰迪又點了點頭，蒙面人把藍哥拖回位置上，輪到他了。這回，我看他一眼便了然於心，這次垂吊將要了他的命。藍哥，我已漸漸開始牽掛的開朗店長，那個只要給他打打氣，或是有一顆蒸饅頭就所向披靡的人，那總是用善意對世界慷慨以待的人。

泰迪才不在乎。泰迪說，把他吊上去。因爲在泰迪眼中，他只不過是另一個該學會分寸的華人罷了。

蒙面人開始動作，毫不猶豫。他們也明白藍哥撐不過這一次，而他們對此迫不及待。他們是飽足了，但現在，另一種飢餓開始在他們體內翻攪。其中一人拿起繩子。另一人把藍哥推向前。

此時，一個聲音竄入，柔軟但堅定，頂住藍哥脖子和絞索之間的空隙。不，那個聲音說。是我做的。是我殺了他。

我首先擔心的是，這個聲音是否屬於尼爾森。我猛地轉頭看他，但他仍低著頭。

是你？泰迪說。他在對林叔說話。

是我，林叔說。

不！

我不知道是誰在大喊，也許是尼爾森，或是我，甚至是阿周。或許是我們所有人同時喊。林叔的自白令我們重新甦醒，他此刻的行爲有多危險，在我們眼中實在再清楚不過。

泰迪面露欣喜。這並不難嘛，先生們，你們說是不是？他信步晃向林叔，朝他臉上吐了口口水。所以你早有預謀。而且你還指使這些辮佬幫你？

沒有，林叔說。只有我。他們和這件事無關。

不！

我們的喊聲再次疊成合唱。但已經於事無補。無論最終將發生何事，林叔的自白都已經將他往結局推進。

不是他，藍哥在繩子旁邊粗聲道。是我。是我殺了他。

我又看向尼爾森。我們該怎麼阻止這一切？他們兩個都在說謊。他們兩個都想保護對方。從尼爾森依然頹敗低垂的頭來看，我知道他也沒有答案。

是你做的？泰迪質問。你們兩個一起？

不是，藍哥這回用更清晰的口吻說。只有我。

他在說謊，林叔說。只有我才對。你可以放他們走了。

泰迪打量他們倆。然後他轉頭審視我們其他人：眼睛大睜、眼神發狂的我，肩膀癱頹的尼爾森，對天祈禱的阿周。他的嘴角勾起一抹微笑。

沒差，他說。等白天來臨，你們都將爲自己的所作所爲付出代價。

12

想尖叫的欲望。我好想用盡一切力氣放聲尖叫，直到我整個人的內裡都被翻到外面，讓我能將自己葬在血液裡。我想扯開身上的束縛，砍倒綁在我身上的樹，將森林夷爲平地。我想挖出所有造成我痛苦的那些人的眼睛。憤怒的感覺很好，恨的感覺更好。我可以迷失在其中，我很想、非常想坐在痛苦之中，直到我將其吸收，讓痛苦成爲我的全部。

小燕的問題重新找上我，如同我在妓院準備接待第一個客人的那天晚上一樣，溫柔且毫無保留：妳有其他地方可以去嗎？

只剩下一個地方可去。我跟隨小燕的問題，跟著跟著，直到我再次飛了起來，和我被塞在煤桶裡渡海時的那次飛翔一樣欣喜若狂，直到我站在一棟花生色屋頂的紅色建築前，站在布滿灰塵的階梯上。

只不過，學校空無一人。只剩王師父等在教室門口，彷彿這只是又一個剛下課的尋常夜晚。看到他慈祥的面容，我跪倒在地。他臉上的皺紋比我印象中的還多。

我一直在想你何時會回家，他說。

我試過了，我說。我非常努力地試過了。

王師父望著洩了氣的我。臉上不帶一絲評斷。

某一天，有名乞兒出現在他的台階上。一名他一看就知道沒了母親的小孩，說不定連父親都沒有。乞兒的臉頰瘦削且凹陷，身體訴說自己願意做牛做馬，只求平安無劫、受人雇用、三餐溫飽。對他而言，應允這點可說是輕而易舉。將你的心獻給另一個人可說是輕而易舉。

你在生我的氣，他說。也許你一直都在生我的氣。

是的，我說。這是我頭一次允許自己大聲說出來。這個人教會我這麼多的東西，但同時，我懷疑他是否眞的教了我任何東西。我但願自己能再次成爲風之子阿風。卸下世間的一切，僅僅當一名學生，筆在手中握，墨在血中流。阿風本來可以平靜度日。阿風本來能過上幸福的生活。

你爲什麼沒來找我？我不見之後，你可曾關心過我？

我關心，他說。你是我最優秀的學生。

他的話令人心痛，再一次提醒我究竟失去了什麼。那麼你爲什麼能眼睜睜地任由我消失？

你以爲很容易嗎？王師父說。一點都不容易。我曾想，我是不是做了什麼讓你不高興的事，我是不是眞的給你太少食物了，你是不是被親戚找到，你是不是單純對書法失去興趣了。我懷疑自己是不是一個糟糕的老師。直到幾個月之後，我才想到你會不會是被人綁走了。但那些都不重要。你記得我教過你的嗎？寫書法，就像人生，我們不會去修飾筆畫。事情既然已成定局，我們必須接受。

我搖搖頭，恨他說這話時如此雲淡風輕。你任由我消失，我說。你爲了堅守自己的創作態度而犧牲了我。

王師父轉身背向我並走向講台。在我記憶中，講台就和王師父一樣莊嚴隆重，此刻卻因久未使用而黯淡失色。從來就沒有犧牲這回事，他說。一名書法家，會遵照紙張的命令行事。在這一生，我只能當隻毛筆。至於你呢？你不是毛筆。不，你是硯台，而且一直都是硯台。

說人話！我尖叫。少故弄玄虛！你所教我的一切，我都照做了。看看我落得何種下場！合一對我來說遙不可及。我已經厭倦再嘗試下去了。

那就是你沒聽進去，王師父冷靜地說。我教了你文字，教會你技巧，教會你筆畫。我教你書法家的處世之道。然而，除非你學會在沒有我的輔助下自己去寫，否則你便永遠無法合一。

教室裡很安全，但我不能永遠待在這裡。我最後一次環視四周牆上掛的所有繡帷。那些詩句、漢字與過人的智慧，都是像王師父一樣的書法家的化身。學堂會倒塌、會褪色，但這些字句在我眼中，一直都會像我第一天踏進這裡時見到的那般宏偉。

你有一雙藝術家的手，尼爾森曾經對我說。那時我不相信他，懷疑他只是爲了讓我上鉤而撒謊。但其實，我眞正懷疑的是自己。我的手說我是位藝術家。心呢，則沒那麼肯定。所有那些練習以及所有那些字，到頭來究竟所爲何用，全都取決於我。

＊＊＊

文房四寶的最後一寶，硯台，是最重要的，因爲它令書法得以開展。爲了讓墨成爲墨，必須先在硯台上研磨。

硯台被奉爲珍寶，也應以珍寶待之。有句俗諺說，藝術家珍愛他工具的程度，就如同母親愛她的小孩一樣。我很高興得知，石頭從來就不只是石頭，而是某種不可或缺之物，甚至可說是強大之物。爲了創造，硯台必須先毀滅——你必須先摧毀自己，將自己磨成糊，才有機會成就藝術。

13

一早，晨光才剛沾上樹冠，他們就把我們叫醒。如果是平時任何一天，天空中的那抹粉色定會獲得讚嘆。但像今天這樣的日子，我眼前所見淨是即將到來的腥風血雨。

他們捆住我們的雙手，用繩子牽著我們。尼爾森在我的右後方。我轉身想要看他，但他剛好落在我的視線之外，耳邊只能聽見他在草地上拖著腳步前進的聲音。

我的胃裡彷彿有一隻蟲，在昨晚他們餵食的一點點稀湯中蠕動。如果我現在嘔吐，他們會對我做什麼？切下我的舌頭？朝我的臉踢一腳，踢斷我本來就已經斷了的鼻子？牽著我的人猛地扯了一下繩子，把我拉向前，但我再也忍不住了。我張開嘴，等待膽汁湧上。

但是沒有膽汁。反之，出現的竟是黛玉。

我必須說，我很高興見到她。好久不見了。她待在我體內的這段時間，又出落得更加嫻靜，甚至比我記憶中還要漂亮。經過這場休養後，她的肌膚和頭髮閃耀著健康的光澤。她的眼中還摻有朦朧的睡意，但依舊可人。她也很高興見到我，不過緊接著，她的目光就飄向牽著繩子的男人身上。

這是怎麼回事？她問我。這是她頭一次露出害怕的表情。她緊緊挨著我，雙手朝我的臂膀上下搓揉。發生什麼事了？

妳睡了好一陣子，我好不容易擠出話來。我不想吵醒妳。

但妳應該要叫我，她說。妳故意的。

我發誓我不是故意的，我告訴她。卽便我也不是很確定。

她從我身邊走向其他人，繞了一圈。她仔細探頭查看藍哥、林叔、尼爾森甚至阿周，然後才彈回我旁邊。

怎麼了？她說。發生什麼事了？

我會告訴妳的，我說。花不了多久時間。

＊＊＊

告訴他們，她說。向他們揭露妳的眞實身分。他們絕對不會吊死一名女性。

是嗎？我問她。瞧瞧他們是怎麼對待我母親的。

那不一樣，她說。那是在中國。美國不一樣。妳等著看吧。

她見我默不作聲，便安靜下來，緊張且神經兮兮地騎在我的背上。我忖度她的建議。沒錯，我現在是可以揭露身分，但接下來呢？他們或許會放我走，但還是不會放了我的朋友。或者，他們可能會輪流將我傳來傳去，直到我淪爲容納他們腿間醜惡之物的容器，除此之外我什麼也不是。我看透這種男人了。

或者，或者我保持沉默。其他人去哪兒，我就去哪兒。

別讓我們的故事就此結束，林黛玉抽抽答答地說。

我想我們的故事很久之前就結束了，我對她說。我不是故意說得尖刻。我只是實話實說。

14

他們帶我們來到的空地，與那天尼爾森和我在皮爾斯躺過的空地十分類似。太陽此時已升高，是個美麗而溫暖的早晨。此景讓我回想起小時候的夏天，先是在高高的草叢裡追逐兔子，再整個人泡進大海裡。海水總是在我的胳膊與腳上留下一塊塊鹽巴。無論母親如何使勁刷洗，我不認爲那些鹽都被徹底刷掉過。現在我的手肘和膝蓋的彎曲處可能還殘留著一些。小心我，我很想對扯著我的人說，他將我扯到隊伍盡頭，藍哥、林叔、阿周、尼爾森跪著的地方。我可是背負了整座大海。

他們先帶走藍哥，因爲他最好對付。這趟旅途以及前一天的絞吊已經使他疲憊不堪，身體無力地彎折。他們拉他站起時，我能看到他身上的衣服是何等鬆垮。他們在兩棵黑松樹之間架起一根竿子，兩頭中間懸掛起一條繩索，繫了一個剛好能將頭套進去的繩圈。這一次，不是遊戲了。

他們將絞索套上藍哥的脖子。他的下顎比絞索的開口寬，所以他們不得不用力將他的臉推進去。趁他們動作時，藍哥一個一個地央求他們放他一馬。你們抓錯人了，他不斷重複。我知道我們華人在你們看來都長得一樣，先生們，我知道！但你們抓錯人了。我們爲什麼要殺佛斯特？我們和他只是友善的競爭對手！

他們和往常一樣無視他。倒是泰迪往前邁了一步，開口說話。

你被帶到此處，是要爲你所犯的駭人之罪負責，他說。法庭當前，判你有罪。

今日，你將被處以絞刑。

求求你，藍哥插嘴道，環顧四周。蒙面人一動也不動。

你可有任何遺言？泰迪高聲宣布。

藍哥張開嘴。他看向我們每一個人。當他和我對視，我便明白，這將是我最後一次見到這雙眼睛。

我們再見到彼此的時候，他說，一起喝一杯吧。

需要三個人才拉得動繩子。三個人，掛在竿子上的繩子便開始滑動。三個人，藍哥的腳就開始遠離地面。它們在空中亂踢。它們可能是在跳舞。我記得中秋之夜他在鞭炮前起舞、向天空獻出身體的模樣。如今他腳下失去了能支撐它們的大地。

三個人，藍哥的臉越來越紅。三個人，藍哥的臉成了深紫色。

最後一聲抽氣，然後咯噠一聲。三個人，林叔將臉埋進草地裡。

藍哥墜下。

你們這群王八蛋，林叔一遍遍哭喊。你們做了什麼？

他沒機會說下去。因爲輪到他了。他們輕而易舉地抓起他，又高又瘦的林叔。林叔，他的脊椎現在看起來像根刺，刺穿他的上衣。他的褲子現在垂在大腿上，他全身上下最寬的地方。他們在我們眼前將絞索從藍哥頭上取下來。我無法直視他的屍體，所以我看向尼爾森。尼爾森也別過頭不看。

妳就這樣束手旁觀嗎？林黛玉問我。

他們輕易地將繩圈穿過林叔的頭。那如鳥兒般有稜有角的臉龐，那肌腱和肌肉明顯可見的頸項。泰迪重複了一次執行令。林叔怒不可遏。他在泰迪的每個字後加上怒吼，不讓泰迪好好說話。蒙面人們緊張起來，擺弄著他們的槍。我很清楚林叔無能爲力，但我很高興發現他讓這些人萌生一絲懼怕，哪怕是現在也好。

你可有任何遺言？泰迪終究喊到了這句。

願你受盡折磨，林叔怒吼。你們每一個人。

然後他閉上眼睛。雙腳離開地面。他挺直身體，讓繩子自己發揮作用。

下一個，泰迪說。

換阿周了。他們手腳俐落迅速。泰迪再問：你可有任何遺言？旁觀的人都笑了，期待好戲上演。阿周張嘴喘氣，他鈍掉的舌頭在臼齒間來回扭動。

尼爾森，我對身旁的他說。我正在回想他在店門口將我從暴民手中救回的那一刻，想到我事後是如何對他築起戒心。然而事實上，我一直以來所希冀的，其實只是想要以我認識自己的方式，讓他認識我，認識眞正的我。我只剩下這個可以給他，而且我想給，非常想。我開口說道，我要和你說一件事。

沒事，他說。沒事的。

阿周死了。很快。因爲那小子沒舌頭，負責看守我的人隨口說道。肉少，繩子勒得比較快。我轉頭對他咆哮，但他只是用掌根將我的頭推回原位。

下一個，泰迪喊。拉小提琴的。

尼爾森，我說。他們正在把他從地面上拉起。尼爾森，我又叫了一次。他的棕色眼眸與我對視，緊緊盯著我，眼神堅定。藍哥、林叔和阿周的屍體倒在一旁，像三座小山，總有一天會被土地吞噬。尼爾森，我喊他最後一次。他將頭傾向一側，對我說抱歉。不，我對他說。你很完美。

即使脖子上套著繩索，他看來依然英俊。他盡可能地站直身子，背部挺直，雙腿併攏。那雙令我仰慕不已的手整齊地交疊在他身前。哪怕是此刻，我心想，我比任何時候都愛他。

你被帶到此處，是要爲你所犯的駭人之罪負責，他說。台詞此時早已聽慣，不再令人害怕，只剩沉悶。不只是因爲你謀殺了丹尼爾．M．佛斯特，也因爲你違反了最嚴重的法律：和與自己不同種族的女性發生關係。

噁心華佬，看守我的人吐了口口水。

斜眼狗，另一人附和。

我打賭她渴望一個好白屌，第三人高喊。蒙面人群起呼喊以表贊同，周圍的樹木間充滿他們的叫喊。

法庭當前，判你有罪，泰迪總結。今日，你將被處以絞刑。

尼爾森直視前方，他的視線早已飛越我們所在之處。他看起來並不害怕。妳想要我去陪他嗎？林黛玉問我。讓他不會太孤單？

她不等我回答。她對我瞭若指掌。泰迪問尼爾森是否有遺言時，林黛玉無聲無息滑到尼爾森旁邊。她站得和他一樣直。我從來沒注意到她有這麼高。

我只想說，尼爾森說。他的眼神滑向我。當你們的太太和女兒和孫女問起是誰殺了誰，我希望你記得，殺人的是你。

吊死他！蒙面人們大吼。

尼爾森，我說。

我在這裡，林黛玉說。

他被吊死時，我不禁覺得，看起來好美。他沒有踢，也沒有抗議。相反地，他的身體在空中搖擺，如同一支準備碰觸紙張前的毛筆，還在書法家的手中，神聖而溫暖，一件心愛的器具，某樣值得信賴、珍惜以及持有的事物。而且我可以發誓，就算這只是我自己一廂情願，他喊出了我的名字，在一切歸於寂靜之前。

那麼，我們來處理最後一個吧，泰迪說。

站在我後方等候的男人拎起我，讓我站著。我對自己這麼快就能穩住身子感到驚訝。那些年在海邊步行徘徊的經歷必定幫了大忙。還有後來的逃跑。老是在逃跑。我的腳不知不覺間已學會承擔自己重量之外的東西。

想想辦法，林黛玉哀求。她又回到我身邊，雙手在我面前像船帆般揮舞。讓我做點什麼。

選項在我眼前搖擺不定：三緘其口然後被吊死；或者揭露我的女兒身以保住小命，卻將如活在人間煉獄。兩者顯然都並非上策。我的朋友都死了。

一直以來，我的人生似乎總被命運左右。因爲奶奶送我走才去到了芝罘；因爲麵店老闆的建議才遇見王師父；因爲賈斯柏才來到美國；因爲一樁別人犯下的謀殺案才淪落至此。一個揮之不去的問題貫穿一切：我的人生是自己的嗎？還是說，我的人生因爲我的名字而注定悲劇收場？

我的名字。這幾個字從我出生起就揮之不去，使我受盡折磨，如今再次出現在我面前，沉甸甸的重量和熟悉感，令它顯得貴重。這個我曾隱埋、改變、增添之物，這個我自始至終都一心嚮往之物。我身上有許多名字，許多我曾寄居其中的名字；我是一座星群，由所有名字組合而成的星群。我這才恍然大悟：我能活下來，都是多虧了我的名字。

我再問自己一遍，我要當筆下之人，還是要當握筆的人？

答案顯而易見。我知道如何把字寫好。提起筆，黛玉。好好去看、眞的看見妳面前的空白。那裡很寬、很廣。將筆尖沾進世界之池，讓妳的心透過手臂吟唱。恣意而動。別聽命行事，別跟隨專家建議，甚至也別聽信王師父所言。隨心所欲地創作妳的藝術。畢竟，那屬於妳。不屬於任何人。那就是美。那就是意念。

那就是合一。

林黛玉對此了然於心。也許，她從頭到尾都一清二楚。妳知道我愛妳嗎，她說。我也愛妳，我對她說。早在我出生很久以前，我們就在一起了。

這是眞的。我眞的愛她。我愛她本人，而不是愛著作爲我的一部分的她。

女孩一名，鬼魂一縷。我心所予，尚且不明。

＊＊＊

一名蒙面人將絞索套上我的脖子。我望向天空。上頭的雲朵向右傾斜，很快便會遠離我們所在的地方，去到另一塊土地，飄浮在大海之上，而誰會知道它們最終的去向，誰又會知道所謂「最終」究竟存不存在。我從未想過這點，但每一朵我曾見過的雲，一定都是在前往某處的途中。看見雲朵的人，僅是目睹了它們旅途中的一瞬而已。如此說來，我能稱自己是一朵雲。

你被帶到此處，泰迪開口，但我不再聽了。林黛玉扯著我頸部的繩子。我想割斷繩子放妳走，她最後一次哀求道，但我做不到。我身上沒有任何尖銳的東西。

沒關係，我告訴她。淚水一顆顆滾下她的臉龐，渾圓又晶瑩剔透，足以淹沒這整片森林。妳難道不累嗎？

累，她幾乎語帶愧疚地說。

我知道，我說。還是先休息一下吧。

泰迪的聲音回來了。他想知道我可有任何遺言。我垂下視線，盯著眼前的白色面具。我彷彿在調查一群鬼。

我知道你們是誰，我說，我的聲音如同最大膽的筆觸般，又筆直又渾厚。你們卻不認識我。讓我告訴你們吧。我的名字是黛玉。

話音剛落，我就被自己的名字震懾。這個爸媽賜予我的名字，我的，全然屬於我，尤其是此時此刻，沒有任何一個人，包括泰迪，包括蒙面人，能夠從我身上奪走的最後一樣事物。名字早在它們的主人誕生之前就存在於世，是我們身上最古老的存在。我的名字在我出生前就存在了很久，所以，我想，我已經活了很長一段時間。

他們盯著我，這回，他們的目光並不輕蔑。這回，他們的眼神流露恐懼。他們不知道該不該相信我，但卽便他們假裝沒聽到，他們也開始目睹了。畢竟，眼前的人長得不像是個叫李雅各的人。他們眼前的人正在變幻成另一種東西，貌似是個女人。她的眼睛和太陽一樣光芒四射，她的身體燃燒著不屬於這個秋天的高溫。她脖子上的繩子只是個形式。如果她想要，便能掙脫。是眞的，她可以遠走高飛。

你們永遠忘不了我，我對他們所有人說。

繩子勒緊我的脖子。我的腳離開地面，我被升上半空中。不太一樣的飛行。底下，其中一名蒙面人將尼爾森的屍體滾到藍哥、林叔和阿周旁邊。林黛玉回到我身邊，但已停止哭泣。

書法中，有一種進階的技法稱作撥筆。書法家會轉動筆管，使筆尖分岔，讓一筆畫分成好幾束小筆畫。這便是揮毫的絕妙之處，王師父曾如此說道。在任何一個觀賞最終成品的人眼中，看起來像是書法家落了好幾次筆，但實際上只是靈巧的一筆。從頭到尾都只有一道筆畫。

我還小的時候，沒人好奇過我名字的意涵，因爲他們向來假設我的名字是由林我黛玉而來。就這點來說，我厭惡我的名字。但倘若，你此刻要我寫下我的名字，我那出生就擁有的名字，我會心懷崇敬地寫，全神貫注地寫。我會傾注愛意地寫。倘若你問我，如同在你之前的許多人問的，作爲一個以別的女孩之名被命名的女孩是什麼感覺，當個和另一個女人踏上同一條路的女人是什麼感覺，過上以他人命運爲命運的生活是什麼感覺，我會說那不重要，眞的。抑或非常重要。我的生命從我被賦予姓名的那一刻開始就是爲我而存在。抑或並非如此。那是眞正的美。那是意念。我們可以盡情練習，盡情述說並反覆述說同一則故事。不過，那個從你口中說出的故事，落在你筆下的故事，是只有你能述說的故事。所以順其自然吧。讓你的故事歸你，我的故事歸我。

尾聲——芝罘，中國（春，1896）

今天的浪很強。剛靠岸的船隻已經航行了好一段時日，從加州的海岸一路航至此處。但它不會停泊太久，很快就要準備啟航，再次駛渡太平洋。不過目前，船員至少能暫時登陸歇息片刻，並對於能再次踏上陸地感到欣喜。

船員們在碼頭上卸貨。他們卸下板條箱、包裹、橡木桶和大桶子。所有從加州和其他地方帶回的貨物。他們扛著重物和個人物品，種種準備交易、出售與轉售的商品。有時，他們甚至帶回屍體。

其中一個板條箱中裝著這樣的物品：五個長木箱。這並非唯一一箱，這樣的箱子還有成堆。

有些箱子沒寫地址，一名船員對同伴說。

對，同伴回道。老大說如果沒人來領，直接扔進海裡就好。

裡面到底裝了什麼？

你不知道嗎？同伴說。裡面都是死在國外的華人。

船員往箱子的反方向後退，彷彿它們會起死回生。他們花了這麼大的力氣，大老遠把死者寄回來？

聽說和信仰有關，同伴哼聲道。他們把骨頭挖出來、洗乾淨，然後運回這裡。

還蠻不錯的，老實說。讓他們能好好安葬。

死在那裡鐵定很寂寞吧，船員說。離家鄉的一切那麼遙遠。

＊＊＊

離海濱不遠處，一名老婦人在芝罘的海岸路上徘徊。這裡的人從未見過她，而且確定她才剛到，因爲她的白髮灰撲撲的，鞋上也沾滿泥土。她張著嘴，大喊著某個名字。這裡的人沒聽過當地有叫這個名字的人，他們懷疑老婦人是不是把這個名字和某個故事裡的人名搞混了。他們上前詢問老婦人還好嗎。他們問她家裡是否有人照顧她。妳的兒女呢？他們問她。妳的丈夫呢？

老婦人並未回答。她繼續喊著那個名字。她經過一棟花生色屋頂的紅房子，它殘破不堪，貌似已廢棄多年。她想，她正尋找的人會不會在裡面。也許去問問房子的主人，她暗忖。她決定作罷，回到海邊。

她可是孤身一人？海岸線旁的某處，一個人影——曾是女孩，然後是女人，如今是截然不同之物——凝視著大喊某個名字的老婦人。接著，人影加入了老婦人的呼喊，兩個人喊呀喊呀，一直喊到世界進入夢鄉，喊到世界空寂而無一物，只剩下地平線上隱隱醞釀著大雷雨的厚雲層。她們的哭喊在雲層包圍下迴盪，迴盪於月光與萬物交會的所在。

隔天早晨，下起了春雨。

作者的話

二〇一四年，我的父親從美國西北部出差回來，分享了一則軼事：他當時駕車行經愛達荷州皮爾斯，看見路邊立了一塊告示牌，上頭寫著「華人絞殺事件」（Chinese Hanging），記述著五名華人男性因涉嫌謀殺一名當地白人老闆而在此遭處私刑的故事。父親一本正經地問我，是否能爲他寫下這個故事，以解開謎團背後的眞相。

五年後，我在懷俄明大學攻讀的創意碩士課程（MFA）進入最後一個學期，我回頭著手進行父親要求的這件事。經過一些初步研究，我驚訝發現，網路上詳實記錄事件始末的有用資料非常少——事實上，Google 搜尋結果僅有三筆。該事件所留下的確鑿紀錄，就只有那塊位於愛達荷州皮爾斯的告示牌，但即使如此，我讀到的資料也指出，該告示牌時常遭人破壞或偷竊。更令人震驚的是，我發現這並非一起單一事件：從十九世紀中期到後期，全國各處都發生了一連串的反華暴力事件，包含懷俄明州岩泉市的岩泉市大屠殺（Rock Springs Massacre）、奧勒岡州瓦洛厄縣的蛇河大屠殺（Snake River Massacre）以及其他無數起事件（菲爾澤的《驅逐：被遺忘的美國排華戰爭》記錄了數百筆實際案例）[8]。

值得一提的是，雖然有關學者和歷史學家並未「遺忘」過往這段反華暴力史，但

8 | Jean Pfaelzer, *Driven Out: The Forgotten War Against Chinese Americans.*

絕大多數的美國人對這段歷史一無所知。就連我自己，身爲一名美籍華裔移民，也是在大四的「亞裔美國人導論」課程上才首次聽聞《排華法案》的存在。我長大的過程中，不乏在路上遭嗆「滾回你的國家！」的經歷，但我並不知道，這類敵意竟是由數十年來美國歧視華人移民的種種措施累積而來。我知道華人曾幫忙修築鐵路，但其餘的故事呢？這裡處處不歡迎我們，我們光是存在於此都能慘遭殺害。這些部分又該作何解釋？

我在二〇二〇年的春天完成本書初稿，當時新冠肺炎正蔓延全國，而我們的前總統用傷人的、種族歧視的名字稱呼它，像是「功夫流感」（Kung Flu）和「中國病毒」（Chinese Virus）。我在報導中讀到，有華人長者被吐口水、遭受肢體和言語上的攻擊以及非人化的對待。這讓我想起自己年近六十的父母，他們也很擔心自己會遭逢同樣的事。我一邊想像黛玉和尼爾森以及他們朋友的故事，一邊思忖，當今華人的處境其實和以前大同小異。在川普的時代，以及伴隨之的「後川普」世界裡，提醒眾人美國過去的所作所爲，乃至於如今充分可能繼續上演的行動，對我來說愈發刻不容緩。而且，我要提醒的對象不是歷史學家和學者，而是我的朋友、同事，甚至髮型設計師。

書裡的皮爾斯鎮是根據實際的愛達荷州皮爾斯想像出來的。另外，通篇故事及其情境也是我虛構的。大部分的情節，例如遭謀殺身亡的雜貨店老闆、私刑的濫用以及絞殺都是事實，但我修改了部分當事者的姓名。層出不窮的殘暴行徑、暴力事件以及角色所經歷的微歧視（microaggressions）也都是事實。如果那些告示立牌是少數記錄下這些激烈反華暴力實例的物件，而那些立牌如今面臨著被改寫或銷毀的危險，我們往後又將如何記住這些事？我想訴說的不光是五名華人被絞殺的故事，而是事件的全貌——法律、策略、釀成此事的所有共謀以及其他許許多多方面。我希望本書能促使美國的反華暴力史走出學術研究領域，走進我們的集體記憶。

＊＊＊

若無前人的研究，本書不可能誕生，爲此，我要感謝那些以著作引導我的歷史學家和有關學者。我盡可能地將所有促使本書成形的學術成果羅列於下方，以示感謝：

女媧和林黛玉的故事出自曹雪芹所著、霍克斯（David Hawkes）翻譯的《紅樓夢》。

「文房四寶」（The Four Treasures of the Study）是南北朝時期（西元四二〇年至五八九年）開始對毛筆、墨條、紙張、硯台的統稱。

爲了創作書中關於書法的內容，我參考並援引了數個研究，盡可能羅列如下。倪培民博士（Dr. Peimin Ni）的研究助我形塑了王師父的書法哲學，王師父對於書法的諸多見解改寫自倪博士的文章〈中國書法的道德和哲學意涵〉[9]。同樣重要的還有史雄波（Xiongbo Shi）的文章〈「意」在中國書法創作中的美學觀〉[10]。

9 | Peimin Ni, *Moral and Philosophical Implications of Chinese Calligraphy.*

10 | Xiongbo Shi, *The Aesthetic Concept of Yi 意 in Chinese Calligraphic Creation.*

「練習……能讓你充滿能量，使你的靈魂完整」取自吳玉如[11]所著詩歌。

「道……是人類神聖的本質。」此觀點來自徐復觀[12]。

關於書法作爲一種人格的養成，此觀點來自於梁披雲主編的《中國書法大辭典》中所提到的書道（Shodo）。

原文第三〇七頁所提之關於硯台的描述，取自郭大維（Kwo Da-Wei）的《中國書畫筆法》[13]。小說中關於文房四寶以及撥筆技法的敍述也改寫自本書。

最後，我也必須提及歐陽中石與方聞的著作《中國書法藝術》。

成露茜（Lucie Cheng）的論文〈自由、賣身和成爲奴役：十九世紀美國的華裔妓女〉[14]帶我認識華人女性被拐賣至美國的過程。

關於舊金山華人妓院內部運作的紀錄並不多，描述妓院室內裝潢的資料更少。成露茜、張菁婉（音譯，Jingwoan Chang）、卡米亞（Gary Kamiya）、陳素貞（Sucheng Chan）、袁琳（音譯，Lynne Yuan）等人的著作和譚碧芳（Judy Yung）的《解放聲音：舊金山華人女性歷史紀實》[15]惠我良多，幫助我詮釋了這些女性在妓院中可能的生活樣貌。

李夫人的原型是阿彩（Ah Toy），據說她是第一個到美國賣淫的華人女性。

原文第一三一頁，黛玉祖母口中關於中國史上第一條鐵路的敍述，參考自我在新浪網上搜尋到的王勇（音譯，Yong Wang）文章。

對於生活在愛達荷州與西部的華人的描述，參考自萬德（John R. Wunder）的

11 | 譯注：吳玉如（1898-1982），生於中國南京，當代書法大師。

12 | 譯注：徐復觀（1904-1982），生於中國湖北，新儒學的代表人物之一。

13 | Kwo Da-Wei, *Chinese Brushwork in Calligraphy and Painting.*

14 | Lucie Cheng, *Free, Indentured, Enslaved: Chinese Prostitutes in Nineteenth-Century America.*

15 | Judy Yung, *Unbound Voices: A Documentary History of Chinese Women in San Francisco.*

《金山化爲塵埃：十九世紀美國西部華人法律史》[16]、張少書（Gordon H. Chang）的《沉默的鋼釘：鑄就美國大鐵路奇跡的中國勞工》[17]、埃森松（M. Alfreda Elsensohn）的《愛達荷華人往事》[18]、愛達荷歷史學會檔案室，還有鮑姆勒（Ellen Baumler）、羅（Randall E. Rohe）、朱立平（Liping Zhu）、韋格斯（Priscilla Wegars）、赫夫納（Sarah Christine Heffner）及其他數不盡的著作。

山繆所描述的華人寺廟也稱作「鬼神之家」（joss houses）。

菲爾澤的《驅逐：被遺忘的美國排華戰爭》以及廖．威廉姆斯（Beth Lew-Williams）的《無處落腳：暴力、排斥和在美異族的形成》[19]助我了解十九世紀的無數排華暴行，當中許多內容也反映於本書中。

我向泰勒．漢森（Lawrence Douglas Taylor Hansen）針對中華會館的研究取經，並從穆倫（Kevin J. Mullen）的《唐人街特警隊》[20]中取得關於堂會的資訊。我對天地會（Heaven and Earth Society）的描述參考自蔡少卿（Cai Shaoqing）、汪海嵐（Helen Wang）、戴玄之、薛龍（Ronald Suleski）、王霜舟（Austin Ramzy）的研究與著作。

關於啟發了本書最後一部分的絞刑與謀殺事件，留下來的紀錄很少。然而，我很幸運地從當時的報紙、「無處容身」計畫（The No Place Project）、設於愛達荷州皮爾斯實際地點的告示牌中找到了一些資料。這座歷史告示牌位於愛達荷十一號州內公路二十七點五里程處，就在皮爾斯往南一點的地方。它被列爲愛達荷州三〇七

16 | John R. Wunder, *Gold Mountain Turned to Dust: Essays on the Legal History of the Chinese in the Nineteenth-Century American West.*

17 | Gordon H. Chang, *Ghosts of Gold Mountain: The Epic Story of the Chinese Who Built the Transcontinental Railroad.*

18 | M. Alfreda Elsensohn, *Idaho Chinese Lore.*

19 | Beth Lew-Williams, *The Chinese Must Go: Violence, Exclusion, and the Making of the Alien in America.*

20 | Kevin J. Mullen, *Chinatown Squad.*

號歷史遺址。

關於葬禮的儀程，我參考了亞伯拉罕(Terry Abraham)與韋格斯(Priscilla Wegars)的研究。

與任何虛構作品一樣，我在一些細節上行使了創作的自由，例如賈斯柏朝黛玉眨眼的習慣。我不認爲眨眼是十九世紀中國普遍出現的行爲，不過在中國文化中，它被視爲一種挑逗且不入流的舉止。此外，我們今日所指的一八八二年《排華法案》，在當時其實被叫做《限華法案》(Chinese Restriction Act)。

最後，我想指出本書寫作時的一項時代錯誤——故事中我使用漢語拼音來標示中文字的羅馬拼音，然而，這套拼音系統其實要到一九五〇年才正式確立。我那理想主義的一面傾向如此認定：黛玉可以依據她對英文和中文的理解，自己想出一套類似的羅馬拼音系統。

致謝

人人都道寫作是一項孤獨的工作，但我發現，雖然寫作行爲本身必須倚靠一己之力，但是情感上和精神上的寫作，以及身爲一個作家這件事，卻是與周圍支持你的人一起做到的。因此，我必須感謝我身邊的支持網絡——即便這麼做仍不足以表達我的謝意：

感謝 Flatiron 出版社和 Macmillan 出版社團隊全體人員相信我的書，特別是從初期便給予我關鍵肯定與支持的 Megan Lynch、Bob Miller、Malati Chavali。

感謝我的編輯 Caroline Bleeke，她積極支持這本書，使其順利誕生，神乎其技地讓「第一次出書」這項駭人工作，成爲史上最順暢也最愉悅的一件事。我沒料到過程竟可以如此進行，但我很高興是這樣，而且也很慶幸是和妳一起。

感謝我的經紀人 Stephanie Delman，遇到妳簡直就是美夢成眞。謝謝妳對我抱有信心。謝謝妳對黛玉有信心。若沒有妳，這本書不會成爲現在的模樣，而我每天都對此心懷感激。

謝謝我的英國編輯 Jillian Taylor，感謝妳的熱忱和溫馨的小語，謝謝妳打從一開始就理解這本書和我的願景。出於同樣的理由，我也要感謝 Penguin Michael Joseph 出版社的所有人。

感謝 Stefanie Diaz、Sydney Jeon、Katherine Turro、Claire McLaughlin、Keith Hayes、Kelly Gatesman、Erin Gordon、Eva Diaz、Molly Bloom、Donna Noetzel、Kathleen Cook、Muriel Jorgensen、Steve Wagner、Emily Dyer、Drew Kilman、Vi-An Nguyen、Iwalani Kim，謝謝你們對這本書的出色貢獻。

感謝像是凱尼恩評論青年作家計畫（Kenyon Review Young Writers Program）、國家之聲藝術基金會（VONA、Voices of Our Nation Arts Foundation）以及《錫屋》寫作營（Tin House Writing Workshop）等環境，讓我有地方可以寫作，並且與別的作者交流。最重要的，是讓我重新成爲自己。謝謝 Catapult 文學網站，特別感激我的編輯 Matt Ortile，是他鼓勵我向人介紹我的專欄，這一切才得以開啟。

感謝這些年來教導我英文及寫作的老師：Mrs. Kriese、Mrs. Dupre、Reyna Grande、Oscar Cásares、Brad Watson、Alyson Hagy、Andy Fitch、Rattawut Lapcharoensap、Danielle Evans、Courtney Maum、T Kira Madden，謝謝你們一次又一次地灌注我生命。

謝謝懷俄明大學創意碩士學程，尤其特別感激 Alyson 和 Brad。Alyson 將這本書養育成人。我此刻眞希望和 Brad 一起來杯威士忌。謝謝我的朋友和同學，Ruffed-Up Duck 酒館永遠是我們的祕密基地。還有我的同儕小組：Tayo Basquiat、Francesca King、Lindsay Lynch，謝謝你們讓我們在羅拉米（Laramie）的時光既魔幻又古怪。

感謝那些閱讀頭幾版初稿的人貢獻了寶貴的時間和建議：Garrett Biggs、Laura Chow Reeve、Lindsay Lynch、Rachel Zarrow、Sue Chen、Cuihua Zhang。若沒有你們，本書將會遜色許多。

感謝所有朋友給我的愛與支持。感謝 Jennifer Choi 和 Mala Kumar，我的死黨和閨蜜。謝謝 Sue 總能對我直言不諱，以及總是確保我穿得夠暖。感謝防彈少年團帶給我歡笑，還有更重要的，帶給我音樂。

謝謝 Joe Van，我的冒險伙伴，謝謝你的舞和卡拉OK還有湯餃。也要謝謝 Maebe，牠搖擺的翹臀是最棒的。

感謝我在中國的家人。**我想你們**。謝謝爺爺和奶奶任由我成長。

謝謝老爺，您寫的書法無與倫比，您照看的花園艷冠群芳。

謝謝張翠華和張揚，我辛勤不倦、捨己無私、令人景仰的母親與父親，我愛你們勝過世間萬事萬物。

NEW BLACK 0021

我們仰望的四個天空

Four Treasures of the Sky

作者｜張婷慧（Jenny Tinghui Zhang）　譯者｜艾平

堡壘文化有限公司

總編輯｜簡欣彥　副總編輯｜簡伯儒　責任編輯｜郭彤恩　行銷企劃｜曾羽彤、許凱棣

封面裝幀｜傅文豪　內頁排版｜IAT-HUÂN TIUNN

出　版｜堡壘文化有限公司

發　行｜遠足文化事業股份有限公司 (讀書共和國出版集團)

地　址｜231 新北市新店區民權路 108 之 3 號 8 樓

郵撥帳號｜19504465 遠足文化事業股份有限公司

電　話｜(02) 2218-1417

信　箱｜service@bookrep.com.tw

法律顧問｜華洋法律事務所 蘇文生律師

印　製｜呈靖彩藝有限公司

出版日期｜2023 年 8 月初版一刷

定　價｜490 元

ISBN｜978-626-7240-66-3　EISBN｜9786267240670 (EPUB)　EISBN｜9786267240687 (PDF)

國家圖書館出版品預行編目 (CIP) 資料

我們仰望的四個天空 / 張婷慧著 ; 艾平譯 . -- 初版 . -- 新北市 : 堡壘文化有限公司出版 : 遠足文化事業股份有限公司發行 , 2023.08

面；　公分 . -- (New black ; 21)

譯自 : Four treasures of the sky

ISBN 978-626-7240-66-3(平裝)

874.57　112007600